JANET EVANOVICH

Einmal ist keinmal

Buch

Stephanie Plum ist pleite. Nachdem sie ihren Job im schlechtesten Kaufhaus von New Jersey verloren hat, sieht sie nur noch einen Ausweg aus dem finanziellen Notstand: Sie erklärt sich bereit, für ein Entgelt von 10 000 Dollar einen gewissen Joe Morelli ausfindig zu machen und dem Gericht zu überantworten. Die Sache hat nur zwei Haken. Erstens steht Joe unter Mordverdacht, zweitens ist er für Stephanie alles andere als ein Unbekannter. Und nach all ihren bisherigen Erfahrungen mit ihm, die zurückreichen bis in gemeinsame Kindertage, hat sich Stephanie geschworen, für alle Zeiten die Finger von Joe zu lassen. Daß er ein Mörder sein soll, kann sie allerdings nicht glauben. Und so richtig vergessen hat sie ihn auch nie – aber das würde sie nie zugeben. So stürzt sich Stephanie in einen Fall, der ihren Humor, ihr detektivisches Talent und ihre Schlagfertigkeit auf eine harte Probe stellt ...

Autorin

Janet Evanovich stammt aus South River, New Jersey, und lebt heute in Fairfax, Virginia. Sie hatte bereits eine Serie von romantischen Frauenromanen veröffentlicht, bevor sie sich dem Krimi zuwandte. Mit »Aller guten Dinge sind vier« hat sich die Zahl der von der Kritik begeistert gefeierten Stephanie-Plum-Krimis bereits auf vier erhöht. Ein fünfter ist in Vorbereitung.

Von Janet Evanovich außerdem bei Goldmann lieferbar:

Zweimal ist einmal zuviel. Roman (42878)
Eins, zwei, drei und du bist frei. Roman (44581)
Aller guten Dinge sind vier. Roman (44679)

Janet Evanovich

Einmal ist keinmal

Roman

Aus dem Amerikanischen
von Regina Rawlinson

GOLDMANN

Die Originalausgabe erschien 1994 unter dem Titel
»One for the Money«
bei Scribner's, New York

Umwelthinweis:
Alle bedruckten Materialien dieses Taschenbuches
sind chlorfrei und umweltschonend.

Der Goldmann Verlag
ist ein Unternehmen der Verlagsgruppe Bertelsmann GmbH

Einmalige Sonderausgabe September 2000

Umschlaggestaltung: Design Team München
Umschlagmotiv: Adam Elsheimer »Die Flucht nach Ägypten«
Druck: Elsnerdruck, Berlin
Made in Germany · Verlagsnummer: 44796

ISBN 3-442-44796-8
www.goldmann-verlag.de

Für Peter,
meinen Mann,
in Liebe

1

Es gibt Männer, die können einer Frau das Leben vom ersten Moment an versauen. Genauso ging es mir mit Joseph Morelli – nicht immer, aber immer wieder.

Morelli und ich stammen beide aus Trenton, wir sind in demselben Arbeiterviertel geboren und aufgewachsen. Die Reihenhäuschen waren schmal, die Gärten klein, die Autos amerikanisch. Die Menschen waren zum größten Teil italienischer Abstammung, aber es gab genügend ungarische und deutsche Einsprengsel, um Inzucht zu vermeiden. Es war ein guter Stadtteil, wenn man eine Calzone essen oder illegale Wetten abschließen wollte. Und wenn man sowieso in Trenton leben mußte, war es nicht die schlechteste Gegend, Kinder großzuziehen.

Als kleines Mädchen habe ich kaum mit Joseph Morelli gespielt. Er wohnte zwei Straßen weiter und war zwei Jahre älter als ich. »Bleib weg von den Morelli-Brüdern«, warnte mich meine Mutter. »Die Burschen sind gefährlich, vor allem, wenn sie dich allein erwischen. Sie sollen alle möglichen Sachen mit kleinen Mädchen anstellen.«

»Was denn für Sachen?« fragte ich gespannt.

»Das brauchst du nicht zu wissen«, antwortete meine Mutter. »Schlimme Sachen. Nichts Gutes.«

Von da an beäugte ich Joseph Morelli mit einer Mischung aus Angst und lüsterner Neugier, die an Ehrfurcht grenzte. Zwei Wochen später, ich war gerade sechs Jahre alt, folgte ich Morelli mit weichen Knien und einem flauen Gefühl im Magen in die Garage seines Vaters, weil er mir versprochen hatte, mir ein neues Spiel beizubringen.

Die Garage, ein baufälliger Schuppen, stand allein und verlassen am Rand des Morellischen Grundstücks. Durch das einzige dreckverschmierte Fenster drang nur spärlich Licht herein. Die Luft war abgestanden, und es roch muffig nach ausrangierten Autoreifen und Kannen mit verbrauchtem Motoröl. Da es der Garage nie vergönnt war, irgendwelche Wagen der Familie Morelli zu beherbergen, diente sie anderen Zwekken. Vater Morelli benutzt sie, um seine Söhne mit dem Gürtel zu verdreschen, seine Söhne benutzten sie, um Hand an sich zu legen, und Joseph Morelli benutzte sie, um mit mir, Stephanie Plum, Eisenbahn zu spielen.

»Wie heißt das Spiel?« fragte ich Joseph Morelli.

»Puff-Puff«, sagte er. Da war er schon längst auf allen vieren zwischen meinen Beinen und hatte den Kopf unter mein kurzes rosa Röckchen gesteckt. »Du bist der Tunnel, und ich bin die Lokomotive.«

Kann sein, daß sich an dieser Geschichte einiges über meine Persönlichkeit ablesen läßt Zum Beispiel, daß ich mir nicht gern einen Rat geben lasse, oder daß ich viel zu neugierig bin. Kann auch sein, daß sie etwas über kindliche Aufsässigkeit, Langeweile und die Macht des Schicksals aussagt. Wie dem auch sei, es war jedenfalls eine sehr einseitige Angelegenheit und verdammt enttäuschend, weil ich nur der Tunnel sein durfte, obwohl ich eigentlich die Lokomotive spielen wollte.

Zehn Jahre später wohnte Joseph Morelli immer noch zwei Straßen weiter. Er war ein großer, starker, wilder Kerl geworden, und er hatte Augen wie schwarze Kohlen, die leidenschaftlich und zärtlich zugleich funkelten. Er hatte eine Adlertätowierung auf der Brust, einen knackigen Po, schmale Hüften, einen aufreizenden Gang und war allseits berühmt für seine flinken Hände und geschickten Finger.

Meine beste Freundin Mary Lou Molnar erzählte mir, sie hätte gehört, daß Morelli eine Zunge wie eine Eidechse hätte.

»Heiliger Bimbam«, sagte ich, »was soll denn das bedeuten?«

»Das wirst du schnell merken, wenn du mit ihm allein bist. Wenn er dich allein erwischt, ist es aus. Dann bist du geliefert.«

Seit unserem Eisenbahnspiel hatte ich nicht viel mit Morelli zu tun gehabt, aber ich nahm an, daß er seine Verführungskünste inzwischen vervollkommnet hatte. Mit großen Augen rutschte ich näher an Mary Lou heran. Ich war auf das Schlimmste gefaßt. »Du redest doch nicht etwa von Vergewaltigung?«

»Ich rede von Lust! Wenn er dich haben will, bist du verloren. Der Typ ist unwiderstehlich.«

Abgesehen davon, daß ich als Sechsjährige von Sie-wissen-schon-von-wem befingert worden war, war ich noch unberührt. Ich sparte mich für die Ehe auf, oder wenigstens fürs College. »Ich bin noch Jungfrau«, sagte ich, als ob das etwas Neues wäre. »Der macht sich doch bestimmt nicht an Jungfrauen ran.«

»Jungfrauen sind seine Spezialität! Er braucht eine Jungfrau bloß anzufassen, und schon verwandelt sie sich in einen winselnden Schmachtlappen.«

Zwei Wochen später kam Joe Morelli in die Bäckerei Tasty Pastry, wo ich nach der Schule jobbte. Er kaufte ein Chocolate Chip Cannoli, erzählte mir, er sei jetzt bei der Navy, und raspelte derart viel Süßholz, daß ich vier Minuten nach Ladenschluß mit ihm auf dem Fußboden des Tasty Pastry, hinter der Vitrine mit den Liebesknochen, zugange war.

Als ich ihn das nächste Mal sah, war ich drei Jahre älter. Ich fuhr gerade mit dem Buick meines Vaters ins Einkaufszentrum, als ich Morelli vor der Metzgerei Giovichinni stehen sah. Ich ließ den Achtzylindermotor aufheulen, rollte über den Bordstein auf den Bürgersteig und rammte Morelli von hinten, so daß er über den vorderen rechten Kotflügel flog. Ich hielt an und stieg aus, um den Schaden zu begutachten. »Was gebrochen?«

Er lag platt auf dem Bürgersteig und linste unter meinen Rock. »Mein Bein.«

»Gut«, sagte ich. Dann drehte ich mich um, stieg wieder in den Buick und fuhr ins Einkaufszentrum.

Ich kann mir diesen Vorfall nur mit vorübergehender Unzurechnungsfähigkeit erklären, und zu meiner Verteidigung möchte ich außerdem anführen, daß ich seither keinen einzigen Menschen mehr an- oder umgefahren habe.

Im Winter pfeift ein kalter Wind durch die Hamilton Avenue. Heulend fegt er an den Panzerglasscheiben vorbei und türmt den Abfall an den Bordsteinen und in den Ladeneingängen auf. Im Sommer liegt die Luft reglos und zäh über der Straße, bleischwer von Feuchtigkeit, gesättigt mit Kohlenwasserstoffen. Die Hitze flimmert über dem Zement und weicht den Asphalt auf. Zikaden zirpen, Müllcontainer stinken, und über dem gesamten Bundesstaat hängt eine staubige Dunstglocke. All das war für mich Teil des großen Abenteuers »Leben in New Jersey«.

An einem solch brütend heißen Tag im August beschloß ich, das Ozon, das ich schon auf der Zunge schmecken konnte, zu ignorieren, das Verdeck meines Mazda Miata herunterzulassen und mit dem Wagen zu fahren. Die Klimaanlage lief auf vollen Touren, ich sang laut mit Paul Simon um die Wette, die schulterlangen braunen Haare wehten in wilden Locken und Kringeln um mein Gesicht, meine stets wachsamen Augen waren hinter einer coolen Oakleys-Sonnenbrille verborgen, und mein Fuß ruhte schwer auf dem Gaspedal.

Es war Sonntag, und im Haus meiner Eltern wartete ein Braten auf mich. Als ich vor einer roten Ampel in den Rückspiegel blickte, entdeckte ich zwei Wagen hinter mir Lenny

Gruber in einer beigefarbenen Limousine. Ich schlug mit dem Kopf aufs Lenkrad und fluchte: »Verdammt.« Gruber und ich waren zusammen auf die High-School gegangen. Schon damals war er ein Wurm gewesen, und das war er immer noch. Aber leider kämpfte dieser Wurm inzwischen für eine gerechte Sache. Ich war mit den Ratenzahlungen für den Miata im Rückstand, und Gruber arbeitete als Schuldeneintreiber.

Vor sechs Monaten, als ich den Wagen kaufte, sah alles prima aus. Ich hatte eine schöne Wohnung und eine Dauerkarte für die Rangers. Aber dann war ich auf einmal – *peng!* – meinen Job los. Keine Kohle mehr, meine Kreditwürdigkeit beim Teufel.

Nachdem ich noch einen Blick in den Rückspiegel geworfen hatte, biß ich die Zähne zusammen und zog die Handbremse an. Lenny war wie Rauch. Wenn man versuchte, ihn zu fassen, löste er sich auf, deshalb durfte ich mir diese wahrscheinlich einzige Gelegenheit, mit ihm zu verhandeln, nicht entgehen lassen. Ich stieg aus, entschuldigte mich bei dem Fahrer, der zwischen uns feststeckte, und ging auf die Limousine zu.

»Stephanie Plum«, sagte Gruber mit geheuchelter Überraschung. »Was für eine Freude.«

Ich legte beide Hände auf das Wagendach und sah durch das offene Fenster zu ihm hinein. »Lenny, ich bin unterwegs zu meinen Eltern, sie warten mit dem Essen auf mich. Du wirst mir doch nicht den Wagen wegnehmen, während ich meine Eltern besuche? Das würdest du nicht machen, oder? Das wäre wirklich zu schäbig.«

»Ich bin ein ziemlich schäbiger Typ, Steph. Darum habe ich ja auch diesen schönen Job. Ich bin fast zu allem fähig.«

Die Ampel wurde grün, und der Fahrer hinter Lenny hupte.

»Vielleicht können wir einen Deal machen«, sagte ich.

»Was springt dabei für mich raus? Daß du dich splitternackt ausziehst?«

Am liebsten hätte ich ihm die Nase umgedreht, bis er wie ein

Schwein quiekte. Das Problem war nur, daß ich ihn dazu hätte anfassen müssen. Aber mir schien etwas Zurückhaltung angebrachter. »Laß mich den Wagen heute abend noch behalten. Und morgen früh liefere ich ihn als erstes bei dir ab.«

»Kommt nicht in Frage«, sagte Gruber. »Dir kann man nicht trauen. Ich bin jetzt schon seit fünf Tagen hinter der Karre her.«

»Dann kommt es doch auf einen Tag mehr oder weniger auch nicht mehr an.«

»Dafür würde ich aber eine kleine Gegenleistung erwarten, wenn du verstehst, was ich meine.«

Mich überkam ein Brechreiz. »Das kannst du dir abschminken. Nimm den Wagen. Nimm ihn gleich mit. Ich gehe zu Fuß zu meinen Eltern.«

Grubers Blick hatte sich auf meiner Brust festgehakt. Ich habe BH-Größe 80B. Ansehnlich, aber keinesfalls überwältigend bei meinen einssiebzig. Ich trug eine schwarze Radlerhose und ein schlabbriges Eishockeyhemd. Kein besonders verführerisches Outfit, aber Gruber glotzte trotzdem.

Er grinste so breit, daß man sehen konnte, wo ihm ein Backenzahn fehlte. »Vielleicht könnte ich doch noch bis morgen warten. Schließlich waren wir zusammen auf der High-School.«

»Hm, tja.« Mehr fiel mir dazu beim besten Willen nicht ein.

Fünf Minuten später bog ich von der Hamilton in die Roosevelt ein. Es waren noch zwei Block bis zum Haus meiner Eltern, aber ich spürte bereits, wie die familiären Pflichten nach mir riefen und mich in das Herz des heimatlichen Viertels zogen. In diesem Viertel wohnten fast nur Großfamilien. In diesem Viertel gab es Sicherheit, Liebe, Stabilität und tröstliche Rituale. Die Uhr am Armaturenbrett sagte mir, daß ich sieben Minuten zu spät dran war, und daran, daß ich beinahe einen Schreikrampf bekommen hätte, merkte ich, daß ich zu Hause war.

Ich hielt und sah mir das schmale Doppelhaus an, die Veranda mit den Jalousien und die Aluminiumvordächer. Die Plumsche Hälfte war gelb gestrichen, wie seit vierzig Jahren schon, und das Dach war mit braunen Schindeln gedeckt. Schneeballsträucher rahmten die Betontreppe ein, und entlang der Veranda blühten in gleichmäßigen Abständen rote Geranien. Das Haus machte nicht viel her. Vorne das Wohnzimmer, in der Mitte das Eßzimmer, hinten die Küche, im ersten Stock drei Schlafzimmer und das Bad. Es war ein ordentliches, bescheidenes kleines Haus, vollgesogen mit Küchengerüchen und vollgestopft mit Möbeln.

Mrs. Markowitz von nebenan, die von Sozialhilfe lebte und sich nur Farben aus dem Sonderangebot leisten konnte, hatte ihre Haushälfte giftgrün gestrichen.

Meine Mutter stand an der offenen Fliegendrahttür. »Stephanie«, rief sie. »Was sitzt du noch da im Wagen? Du bist sowieso schon zu spät dran. Du weißt doch, wie sehr dein Vater es haßt, wenn nicht pünktlich gegessen wird. Die Kartoffeln werden kalt. Der Braten trocknet aus.«

In meinem alten Viertel wird dem Essen große Bedeutung zugemessen. Der Mond dreht sich um die Erde, die Erde dreht sich um die Sonne, und in meinem alten Viertel dreht sich alles um den Sonntagsbraten. Solange ich zurückdenken kann, wird das Leben meiner Eltern von fünf Pfund schweren Rollbraten bestimmt, die Punkt sechs Uhr abends perfekt zubereitet auf dem Tisch zu stehen haben.

Grandma Mazur stand zwei Schritte hinter meiner Mutter. »So was muß ich mir auch besorgen«, sagte sie mit einem neidischen Blick auf meine Shorts. »Ich habe immer noch ziemlich schöne Beine.« Sie lüpfte ihren Rock und besah sich ihre Knie. »Was meinst du? Ob mir diese Radlerhosen wohl stehen würden?«

Grandma Mazur hatte die schönsten Knubbelknie. In ihrer

Jugend war sie eine Schönheit gewesen, aber mit den Jahren waren ihre Knochen spindelig und ihre Haut schlaff geworden. Wenn sie trotzdem Radlerhosen tragen wollte, meinen Segen hatte sie. Das war einer der vielen Vorteile, die das Leben in New Jersey mit sich brachte: Sogar alte Damen konnten so ausgeflippt herumlaufen, wie sie wollten.

Aus der Küche, wo mein Vater gerade den Braten aufschnitt, drang ein entsetztes Knurren. »Radlershorts«, murmelte er und schlug sich mit der flachen Hand gegen die Stirn. »Igitt!«

Als Grandpa Mazur vor zwei Jahren durch seine verfetteten Arterien in die ewigen Bratengründe befördert wurde, war Grandma Mazur bei meinen Eltern ein- und nie wieder ausgezogen. Mein Vater fand sich mit einer Mischung aus altmodischem Stoizismus und taktlosem Geknurre wohl oder übel mit dieser Tatsache ab.

Früher hat er mir oft von dem Hund erzählt, der ihm als Junge gehört hatte. Wenn man ihm seine Geschichte glauben kann, war es der häßlichste, älteste, einfältigste Hund aller Zeiten. Er hinterließ überall Urinpfützen, hatte das ganze Maul voller fauler Zähne, arthritische, völlig verkalkte Hüftgelenke und eine dicke Geschwulst unter der Haut. Eines Tages ging Grandpa Plum mit dem Hund hinter die Garage und erschoß ihn. Ich vermute, daß mein Vater sich für Grandma Mazur gelegentlich ein ähnliches Ende ausmalt.

»Du solltest wirklich Kleider tragen«, sagte meine Mutter zu mir, während sie die grünen Bohnen und das Perlzwiebelpüree auf den Tisch stellte. »Jetzt bist du dreißig Jahre alt und läufst immer noch wie ein Teenager durch die Gegend. Wie willst du dir so einen netten Mann angeln?«

»Ich will keinen Mann. Der eine, den ich hatte, reicht mir fürs erste.«

»Aber nur, weil er so ein Schafskopf war«, sagte Grandma Mazur.

Damit hatte sie vollkommen recht. Mein Exmann war ein Schafskopf gewesen. Und als ich ihn in flagranti mit Joyce Barnhardt auf dem Eßzimmertisch erwischte, hatte er völlig belämmert ausgesehen.

»Ich habe gehört, daß Loretta Buzicks Junge sich von seiner Frau getrennt hat«, sagte meine Mutter. »Erinnerst du dich noch an ihn? Ronald Buzick?«

Ich wußte genau, worauf sie hinauswollte. Ohne mich. »Ich verabrede mich nicht mit Ronald Buzick«, sagte ich. »Das kannst du gleich wieder vergessen.«

»Was hast du denn gegen den Jungen?«

Ronald Buzick war Metzger. Er war kahl und fett. Mag sein, daß es snobistisch von mir war, aber ich fand es schwierig, mir eine Liebesbeziehung mit einem Mann vorzustellen, der den ganzen Tag Wurstbrät in Därme stopfte.

Meine Mutter ließ nicht locker. »Na gut, wie wäre es dann mit Bernie Kuntz? Ich habe Bernie Kuntz in der Reinigung getroffen, und er hat sich extra nach dir erkundigt. Ich glaube, er interessiert sich für dich. Er könnte doch mal zum Kaffee kommen.«

Bei meinem Glück hatte meine Mutter ihn womöglich längst eingeladen. Wahrscheinlich fuhr er gerade ein letztes Mal um den Block und warf noch schnell ein paar Tic-tacs ein. »Ich will nicht über Bernie reden«, sagte ich. »Ich muß euch etwas sagen. Ich habe schlechte Neuigkeiten . . .«

Vor diesem Augenblick hatte mir gegraut, und ich hatte ihn so lange wie möglich hinausgezögert.

Meine Mutter schlug sich die Hände vor den Mund. »Du hast einen Knoten in der Brust!«

In unserer Familie hat noch nie jemand einen Knoten in der Brust gehabt, aber meine Mutter ist immer auf das Schlimmste gefaßt. »Es geht nicht um meine Brust, der fehlt nichts. Es geht um meine Arbeit.«

»Was ist denn mit deiner Arbeit?«

»Ich habe keine mehr. Ich bin entlassen worden.«

»Entlassen!« japste sie. »Wie ist denn das möglich? So eine gute Stellung. Du hast deine Arbeit geliebt.«

Ich hatte als Dessouseinkäuferin bei E. E. Martin gearbeitet, in Newark, das man nicht gerade als das blühendste Fleckchen Erde im sogenannten Gartenstaat New Jersey bezeichnen kann. In Wahrheit hatte meine Mutter meinen Job geliebt, weil sie ihn sich irgendwie romantisch vorstellte, obwohl ich die meiste Zeit bloß um den Preis von Nylonschlüpfern feilschen mußte.

»Mach dir keine Sorgen«, sagte meine Mutter. »Dessouseinkäufer werden immer gebraucht.«

»Dessouseinkäufer werden überhaupt nicht gebraucht.« Vor allem dann nicht, wenn sie von E. E. Martin kamen. Wer bei E. E. Martin eine bezahlte Stelle gehabt hatte, war ungefähr genauso beliebt wie ein Aussätziger. Weil sich die Firma im letzten Winter etwas knauserig mit den Schmiergelderzahlungen angestellt hatte, waren ihre Verbindungen zur Unterwelt ans Licht gekommen. Der Geschäftsführer wurde wegen illegaler Geschäftspraktiken verhaftet, E. E. Martin wurde an Baldicott Inc. verkauft, und ich wurde, ohne daß ich mir etwas hatte zuschulden kommen lassen, von den neuen Besen, die angeblich so gut kehren, vor die Tür gefegt. »Ich bin seit sechs Monaten arbeitslos.«

»Seit sechs Monaten! Und ich wußte nichts davon! Deine eigene Mutter wußte nicht, daß du auf der Straße sitzt.«

»Ich sitze nicht auf der Straße. Ich schlage mich mit Teilzeitjobs durch. Im Büro und so.« Währenddessen ging es unaufhaltsam mit mir bergab. Ich war bei jeder Stellenvermittlung im Großraum Trenton gemeldet und las eifrig die Anzeigen in der Zeitung. Obwohl ich nicht besonders wählerisch war und höchstens eine Stelle als Telefonsexbiene oder Hundepflegerin abgelehnt hätte, sah meine Zukunft alles andere als rosig aus. Für eine Berufsanfängerin war ich überqualifiziert, für eine verantwortlichere Stellung fehlte mir die Erfahrung.

Mein Vater legte sich noch eine Scheibe Braten auf den Teller. Er hatte dreißig Jahre bei der Post gearbeitet und war dann in Frührente gegangen. Nun fuhr er stundenweise Taxi.

»Gestern habe ich deinen Vetter Vinnie getroffen«, sagte er. »Er sucht eine Aushilfe fürs Büro. Ruf ihn doch mal an.«

Genau der Schritt auf der Karriereleiter, der mir vorgeschwebt hatte: für Vinnie Bürokram erledigen. Von all meinen Verwandten konnte ich Vinnie am allerwenigsten leiden. Er war ein Wurm, ein Perverser, ein Scheißkerl. »Was zahlt er denn?« fragte ich.

Mein Vater zuckte mit den Schultern. »Den Mindestlohn, nehme ich an.«

Wunderbar. Die ideale Stelle für jemanden, der sowieso vom Schicksal schwer geschlagen war. Mieser Boß, mieser Job, miese Bezahlung. Ich würde mich nach Herzenslust in meinem Unglück suhlen können.

»Und was das beste ist«, sagte meine Mutter, »es wäre nicht weit von hier. Du konntest jeden Mittag zum Essen kommen.«

Ich nickte stumm. Lieber hätte ich mir eine Nadel ins Auge gestochen.

Die Sonne fiel schrägt durch den Spalt zwischen den Schlafzimmervorhängen herein, die Klimaanlage im Wohnzimmer kündigte mit ominösem Brummen einen neuen Hitzetag an, die Digitalanzeige meines Radioweckers blinkte elektrisch blau und ließ mich wissen, daß es neun Uhr war. Der Tag hatte ohne mich angefangen.

Ich wälzte mich ächzend aus dem Bett und schlurfte ins Bad. Danach schlurfte ich in die Küche, stellte mich vor den Kühlschrank und betete, daß mir die gute Kühlschrankfee über Nacht einen Besuch abgestattet hatte. Ich machte die Tür auf, starrte auf die leeren Fächer und mußte leider feststellen, daß sich aus den Flecken hinter der Butterklappe und den verschrumpelten Resten in der Gemüsetruhe kein neues Essen geklont hatte. Ein halbes Glas Mayo, eine Flasche Bier, ein Kopf Eisbergsalat, eingehüllt in Plastikfolie und braunen Schleim, und eine Dose Hamsterkörner standen zwischen mir und dem Hungertod. Ich fragte mich, ob neun Uhr noch zu früh für ein Bier war. In Moskau war es schließlich vier Uhr nachmittags. Der Grund mußte reichen.

Nachdem ich ein paar Schluck getrunken hatte, trat ich grimmig entschlossen ans Wohnzimmerfenster. Ich zog den Vorhang auf und starrte auf den Parkplatz hinunter. Mein Miata war verschwunden. Lenny hatte früh zugeschlagen. Eine Überraschung war es nicht, trotzdem hatte ich einen Kloß im Hals. Jetzt war es offiziell: Ich war eine Asoziale.

Diese Tatsache wäre an sich schon deprimierend genug gewesen, aber ich hatte gestern abend auch noch nachgegeben und meiner Mutter beim Nachtisch versprochen, Vinnie aufzusuchen.

Ich schleppte mich unter die Dusche. Erst eine halbe Stunde später, nachdem ich mich richtig schön ausgeweint hatte, kam ich wieder heraus. Ich zog mir ein Kostüm an und war bereit, meine töchterliche Pflicht zu erfüllen.

Mein Hamster Rex, dessen Käfig in der Küche auf der Arbeitsplatte stand, schlief noch in seiner Suppendose. Ich schüttete Futter in seinen Napf und gab ein paar schmatzende Kußgeräusche von mir. Rex machte die schwarzen Augen auf und blinzelte. Er zuckte mit den Schnurrhaaren, schnupperte mißtrauisch an den Körnern und weigerte sich, sie zu fressen. Ich konnte es ihm nicht verdenken. Ich hatte sie gestern selbst zum Frühstück probiert und war nicht sonderlich beeindruckt gewesen.

Ich verließ das Haus und ging die St. James hinunter, drei

Straßen weiter bis zum nächsten Gebrauchtwagenhändler. Ein Nova stand vor dem Laden, der für fünfhundert Dollar zu haben war. Er war dermaßen verrostet, zerschrammt und verbeult, daß er kaum als Auto, geschweige denn als Chevy zu erkennen war, aber der Händler war bereit, meinen Fernseher und den Videorecorder dafür in Zahlung zu nehmen. Als ich noch meine Küchenmaschine und die Mikrowelle drauflegte, bezahlte er auch die Zulassungsgebühren und die Steuern für mich.

Ich fuhr sofort zu Vinnie. An der Ecke Hamilton und Olden hielt ich an, zog den Zündschlüssel heraus und wartete, bis der Nova seine letzten Zuckungen von sich gegeben hatte. Ich sandte ein Stoßgebet zum Himmel, daß mich bloß niemand entdeckte, der mich kannte, stemmte die Tür auf und stieg aus. Bis zum Eingang des Kautionsbüros waren es nur ein paar Schritte. Auf dem blau-weißen Schild über derTür konnte man lesen: »Vincent Plum, Bail Bonding Company.« In kleineren Buchstaben stand darunter, daß man einen landesweiten Vierundzwanzigstundenservice anbot. Günstig gelegen zwischen einer chemischen Reinigung und einem italienischen Feinkostgeschäft, wurde Vincent Plums Kautionsbüro hauptsächlich für Stammkunden tätig, die sich kleinerer Vergehen schuldig gemacht hatten. Meistens ging es um Familienstreitigkeiten, Erregung öffentlichen Ärgernisses, mutwillige Sachbeschädigung, Auto- und Ladendiebstahl. Das Büro war klein und nicht zu fein. Es bestand aus zwei Räumen mit billigen Walnußpaneelen an den Wänden und war mit einem strapazierfähigen, rostbraunen Teppichboden ausgelegt. Eine Kiefernholzcouch mit braunen Kunstlederpolstern stand an der einen Wand des Vorzimmers, ein schwarz-brauner Metallschreibtisch mit Telefonanlage und Computer weiter hinten in der Ecke.

Hinter dem Schreibtisch saß, über einen Aktenstapel gebeugt, Vinnies Sekretärin. »Ja?«

»Mein Name ist Stephanie Plum. Ich hätte gern meinen Vetter gesprochen.«

»Stephanie Plum!« Sie hob den Kopf. »Ich bin Connie Rosolli. Du warst mit meiner kleinen Schwester Tina in derselben Klasse. Ach Gottchen, ich hoffe bloß, du brauchst keine Kaution.«

Jetzt erkannte ich sie ebenfalls wieder. Sie war eine ältere Ausgabe von Tina, fülliger in der Taille, gröber vom Gesichtsschnitt her. Sie hatte schwarze Locken, einen makellosen südländischen Teint und dunklen Flaum auf der Oberlippe.

»Das einzige, was ich brauche, ist Geld«, sagte ich. »Wie ich höre, sucht Vinnie eine Aushilfe fürs Büro.«

»Wir haben gerade jemanden eingestellt. Unter uns gesagt, da hast du nicht viel verpaßt. Es war ein beschissener Job. Akten ordnen. Man kriegt nur den Mindestlohn, liegt ständig vor den Aktenschränken auf den Knien und sagt das Alphabet auf. Ich finde, wenn man sowieso die ganze Zeit auf den Knien liegen muß, kann man auch eine Arbeit finden, die besser bezahlt wird. Wenn du verstehst, was ich meine.«

»Ich hab' das letzte Mal vor zwei Jahren auf den Knien gelegen. Mir war eine Kontaktlinse runtergefallen.«

»Weißt du was? Wenn du wirklich Geld brauchst, fang doch als Kopfgeldjäger bei Vinnie an. Dabei fällt ganz schön was ab.«

»Wieviel?«

»Zehn Prozent der Kautionssumme.« Connie nahm einen Aktenordner aus der obersten Schreibtischschublade. »Dieser Fall ist gestern reingekommen. Die Kaution wurde auf hunderttausend Dollar festgesetzt, und der Kerl ist nicht zu einem Gerichtstermin erschienen. Wenn du ihn findest und dingfest machen kannst, bekommst du zehntausend Dollar.«

Ich mußte mich mit der Hand am Schreibtisch abstützen. »Zehntausend Dollar dafür, daß man jemanden findet? Die Sache hat doch bestimmt einen Haken, oder?«

»Wenn die Kerle nicht gefunden werden wollen, schießen sie manchmal. Aber das kommt fast nie vor.« Connie blätterte in der Akte. »Der Typ, der gestern reinkam, stammt hier aus der Gegend. Morty Beyers war hinter ihm her, so daß die Vorarbeiten schon erledigt sind. Du könntest Fotos haben und was du sonst noch brauchst.«

»Was ist mit Morty Beyers passiert?«

»Blinddarmdurchbruch. Gestern abend um halb zwölf. Er hängt jetzt im St. Francis am Tropf.«

Ich wünschte Morty Beyers nichts Böses, aber der Gedanke, in seine Fußstapfen zu treten, hatte etwas für sich. Das Geld reizte mich, und die Berufsbezeichnung klang irgendwie aufregend. Andererseits auch nicht ganz ungefährlich, und wenn es um meine heilen Glieder geht, bin ich ein ausgemachter Feigling.

»Es dürfte nicht schwierig sein, den Typen zu fangen«, sagte Connie. »Du könntest mal mit seiner Mutter reden. Und wenn es dir zu brenzlig wird, kannst du immer noch aussteigen. Was hast du schon zu verlieren?«

Nur mein Leben. »Ich weiß nicht. Daß dabei geschossen wird, finde ich ungemütlich.«

»Wahrscheinlich ist es auch nicht viel anders, als durch eine Mautstelle zu fahren«, sagte Connie. »Alles eine Sache der Gewöhnung. Ich sehe das so. In New Jersey zu leben, ist sowieso eine Herausforderung, bei dem ganzen Giftmüll, der hier rumliegt, bei den vielen Schwertransportern auf den Straßen und den schießwütigen Spinnern. Da kommt es auf einen Bewaffneten mehr oder weniger auch nicht mehr an.«

Das erinnerte mich sehr an meine eigene Philosophie. Und die zehntausend Dollar waren verdammt verlockend. Damit könnte ich meine Schulden bezahlen und mein Leben wieder in den Griff kriegen. »Okay«, sagte ich. »Ich mache es.«

»Zuerst muß ich mit dem Boß reden.« Connie drehte ihren

Stuhl herum. »He, Vinnie!« rief sie in das hintere Büro. »Kundschaft!«

Vinnie war fünfundvierzig Jahre alt, einssechzig groß ohne Einlagen, und er hatte den schlanken, weichen Körper eines Frettchens. Er trug gern spitze Schuhe, hatte ein Vorliebe für spitzbrüstige Frauen und dunkelhäutige junge Männer, und er fuhr einen Cadillac Seville.

»Steph will als Kopfjäger anheuern«, sagte Connie zu Vinnie.

»Kommt überhaupt nicht in Frage. Das ist viel zu gefährlich«, sagte Vinnie. »Meine Leute sind fast alle ehemalige Sicherheitskräfte. Außerdem muß man sich mit den Gesetzen auskennen.«

»Das kann ich lernen«, sagte ich.

»Wenn du es gelernt hast, kannst du wiederkommen.«

»Ich brauche den Job sofort.«

»Das ist nicht mein Problem.«

Es wurde allmählich Zeit, ihm die Zähne zu zeigen. »Es könnte aber sehr schnell dein Problem werden, Vinnie. Ich müßte mich nur mal ausführlich mit Lucille unterhalten.«

Lucille war Vinnies Frau und das einzige weibliche Wesen im ganzen Viertel, das von Vinnies ausgefallenen Sexgelüsten keine Ahnung hatte. Es war nicht an mir, Lucille die Augen zu öffnen. Es sei denn, sie hätte mich gefragt... Dann sähe die Sache schon ganz anders aus.

»Du willst mich erpressen? Mich, deinen eigenen Vetter?«

»Mir steht das Wasser bis zum Hals.«

Er wandte sich an Connie. »Gib ihr ein paar zivilrechtliche Fälle. Bei denen sie den ganzen Tag am Telefon hängt.«

»Ich will den da«, sagte ich und zeigte auf die Akte, die auf Connies Schreibtisch lag. »Ich will den Zehntausender.«

»Vergiß es. Dabei geht es um Mord. Ich hätte die Kaution nie stellen dürfen, aber er kommt aus unserem Viertel, und mir tat seine Mutter leid. Glaub mir, den Ärger willst du dir sicher nicht aufhalsen.«

»Ich brauche das Geld, Vinnie. Gib mir die Chance, ihn einzufangen.«

»Da kannst du warten, bis du schwarz wirst«, sagte Vinnie. »Wenn ich den Typen nicht zurückkriege, kostet mich das hundert Riesen. Ich setze doch keinen Amateur auf ihn an.«

Connie verdrehte die Augen. »Man könnte meinen, er müßte das alles selber bezahlen. Dabei gehört sein Büro einer Versicherungsgesellschaft. Die können das verschmerzen.«

»Gib mir eine Woche Zeit, Vinnie«, sagte ich. »Wenn ich ihn dir in einer Woche nicht gebracht habe, kannst du den Fall jemand anderem geben.«

»Du kriegst keine halbe Stunde.«

Ich holte tief Luft, beugte mich über Vinnie und flüsterte ihm ins Ohr: »Ich weiß alles über Madam Zaretski und ihre Peitschen und Ketten. Ich weiß alles über deine Jungengeschichten. Und ich weiß alles über die Ente.«

Er sagte kein Wort. Er preßte bloß die Lippen aufeinander, bis sie weiß wurden. Da wußte ich, daß ich ihn an der Angel hatte. Lucille würde sich übergeben, wenn sie hörte, was er mit der Ente gemacht hatte. Dann würde sie es ihrem Vater erzählen. Ihr Vater war Harry der Hammer, und Harry würde Vinnie den Schwanz abschneiden.

»Wie heißt der Typ, den ich suchen soll?« fragte ich Vinnie.

Vinnie gab mir die Akte. »Joseph Morelli.«

Mein Herz schlug schneller. Ich wußte, daß Morelli einen Mann erschossen hatte. Es war *das* Thema im Viertel gewesen, die *Trenton Times* hatte mit dicken Schlagzeilen darüber berichtet: COP KILLT UNBEWAFFNETEN MANN. Das war nun schon über einen Monat her, und wichtigere Themen, wie zum Beispiel die genaue Höhe des Lotto-Jackpots, hatten Morelli allmählich verdrängt. Da ich nichts Genaueres wußte, war ich davon ausgegangen, daß er den Mann in Ausübung seiner Pflicht erschossen hatte. Davon, daß er unter Mordanklage stand, wußte ich nichts.

Meine Reaktion war Vinnie nicht entgangen. »Deinem Gesicht nach zu urteilen, würde ich sagen, du kennst ihn.«

Ich nickte. »Ich habe ihm mal ein Cannoli verkauft, als ich noch auf der High-School war.«

Connie knurrte. »Schätzchen, die Hälfte aller Frauen in New Jersey haben ihm ihr Cannoli verkauft.«

2

Ich kaufte mir im Feinkostgeschäft nebenan eine Dose Limo und öffnete sie schon auf dem Weg zum Wagen. Nachdem ich hinter das Lenkrad gerutscht war, knöpfte ich die obersten beiden Knöpfe meiner Seidenbluse auf und zog, weil es so heiß war, die Strumpfhose aus. Dann schlug ich Morellis Akte auf und sah mir erst einmal die Fotos an – typische Polizeifotos aus der Verbrecherkartei, ein lockerer Freizeitschnappschuß, auf dem er eine braune Bomberjacke und Jeans trug, und eine etwas steifere Aufnahme, die ihn mit Hemd und Krawatte zeigte und offensichtlich aus einer amtlichen Veröffentlichung stammte. Er hatte sich kaum verändert. Vielleicht war er etwas hagerer geworden, vielleicht etwas kantiger im Gesicht. Er hatte ein paar Fältchen um die Augen, und eine hauchfeine Narbe, die ich noch nicht kannte, zog sich durch seine rechte Augenbraue, wodurch das Lid eine Idee zu weit herunterhing. Die Wirkung war beunruhigend. Bedrohlich.

Morelli hatte meine Naivität nicht nur ein-, sondern gleich zweimal ausgenutzt. Nach der Szene auf dem Bäckereifußboden hatte er mich nicht angerufen, mir nicht geschrieben; er hatte sich nicht mal von mir verabschiedet. Das Schlimmste war, daß ich gehofft hatte, er würde sich melden. Mary Lou Molnar hatte in bezug auf Joseph Morelli recht gehabt. Er war einfach unwiderstehlich.

Aber das war alles Schnee von gestern. Ich hatte den Mann in den letzten elf Jahren höchstens drei-, viermal gesehen, und auch dann immer nur aus der Ferne. Morelli war ein Teil meiner Kindheit, und für meine kindlich-kindischen Gefühle ihm gegenüber war in der Gegenwart kein Platz. Ich hatte einen Job zu erledigen. So einfach war das. Ich hatte nicht vor, mich für vergangene Schmach zu rächen. Mir ging es nicht um Rache, mir ging es um meine Miete. Ganz genau. Hatte ich deshalb plötzlich so ein merkwürdiges Gefühl im Magen?

Laut den Angaben in der Kautionsvereinbarung wohnte Morelli in einem Apartmenthaus nicht weit von der Route 1. Es war sicher keine schlechte Idee, dort mit der Suche anzufangen. Zwar konnte ich mir nicht vorstellen, daß ich Morelli zu Hause antreffen würde, aber ich wollte wenigstens seine Nachbarn befragen und nachsehen, ob er seine Post abholte.

Ich legte die Akte weg und zwängte meine Füße wieder in die schwarzen Pumps. Als ich den Zündschlüssel herumdrehte, tat sich nichts. Ich verpaßte dem Armaturenbrett einen kräftigen Faustschlag und seufzte erleichtert, als der Motor doch noch ansprang.

Zehn Minuten später fuhr ich auf den Parkplatz, der zu Morellis Apartmentkomplex gehörte. An jedem der niedrigen, nüchternen Gebäude zogen sich zwei Außentreppenhäuser entlang, von denen jeweils acht Wohnungen abgingen, vier im ersten Stock und vier im Erdgeschoß. Ich stellte den Motor ab und ließ die Augen über die Apartmentnummern wandern. Morelli wohnte im Erdgeschoß, nach hinten hinaus.

Ich blieb noch eine Weile im Wagen sitzen, weil ich nicht so recht weiterwußte. Was, wenn Morelli nun doch zu Hause war? Was sollte ich dann machen? Ihm damit drohen, daß ich ihn bei seiner Mutter verpetzen würde, wenn er nicht friedlich mitkäme? Der Mann wurde wegen Mordes gesucht. Für ihn stand allerhand auf dem Spiel. Ich glaubte zwar nicht, daß er mir etwas antun würde, aber die Gefahr, daß ich mich bis auf die Knochen blamierte, war äußerst groß. Womit nicht gesagt sein soll, daß mich die Angst vor einer Blamage schon jemals vor einer Dummheit bewahrt hätte. Zu nennen wäre hier zum Beispiel meine unglückselige Ehe mit Dickie Orr, dem Schafskopf. Bei dieser Erinnerung verzog ich unwillkürlich das Gesicht. Kaum zu fassen, daß ich einen Mann geheiratet hatte, der Dickie hieß.

Aber jetzt war nicht die Zeit, weitere Gedanken an Dickie zu verschwenden. Ich hatte einen Plan. Zuerst wollte ich mir Morellis Briefkasten und seine Wohnung ansehen. Wenn ich Glück hatte – oder Pech, je nachdem, wie man es drehte –, und er mir tatsächlich die Tür aufmachte, würde ich ihm kurz etwas vorflunkern und mich schleunigst wieder verziehen. Dann würde ich die Polizei anrufen und ihn festnehmen lassen.

Als erstes nahm ich mir die Briefkästen vor, die in die Ziegelwand eingelassen waren. In allen steckte Post. Morellis Kasten war voller als die meisten anderen. Ich ging durch das Treppenhaus und klopfte an seine Tür. Keine Antwort. Große Überraschung. Ich klopfe noch einmal und wartete. Nichts. Ich ging um das Gebäude herum und zählte die Fenster. Vier gehörten zu Morellis Wohnung, vier zu der dahinterliegenden. Morellis Rollos waren heruntergelassen, aber ich pirschte mich trotzdem vorsichtig an und versuchte, durch den Spalt zwischen Rollo und Wand hineinzuspähen. Wenn die Rollos plötzlich nach oben geschnellt wären und jemand herausgeschaut hätte, hätte ich mir garantiert in die Hose gemacht. Zum Glück blieben sie unten, aber leider konnte ich auch nicht hineinsehen. Ich kehrte um und probierte es bei den drei anderen Wohnungen auf der Etage. Bei den ersten beiden machte niemand auf. In der dritten öffnete mir eine ältere Frau, die schon seit sechs Jahren dort wohnte und Morelli noch nie gesehen hatte. Sackgasse.

Ich setzte mich wieder in den Wagen und überlegte, was ich als nächstes tun sollte. Auf dem ganzen Grundstück regte und rührte sich nichts. Kein Fernsehlärm, der aus offenen Fenstern dröhnte, keine Kinder, die auf Fahrrädern herumsausten, keine Hunde, die auf den Rasen machten. Nicht gerade familienfreundlich, fand ich. Bestimmt keine Anlage, wo der eine Nachbar den anderen kannte.

Ein Sportwagen fuhr auf den Parkplatz, beschrieb einen weiten Halbkreis um mich herum und hielt an. Der Fahrer blieb so lange hinter dem Lenkrad sitzen, daß ich mich fragte, ob er vielleicht ein Rendezvous hatte. Da ich nichts Besseres zu tun hatte, wartete ich ab, was passieren würde. Fünf Minuten später ging die Fahrertür auf, der Mann stieg aus und steuerte Morellis Haus an.

Ich traute meinen Augen kaum. Der Mann war Joes Vetter, Mooch Morelli. Mooch hatte bestimmt auch einen richtigen Namen, aber den wußte ich nicht. Ich hatte ihn immer nur unter seinem Spitznamen gekannt. Als Junge hatte er in der Straße hinter dem St.-Francis-Krankenhaus gewohnt und war ständig mit Joe herumgezogen. Ich drückte die Daumen. Vielleicht sollte der gute alte Mooch für seinen Vetter etwas abholen, was der bei einem Nachbarn untergestellt hatte. Vielleicht stemmte er auch gerade Joes Fenster auf. Ich hatte mich eben mit der Idee angefreundet, daß Mooch ein Einbrecher war, als er mit einem Schlüsselbund in der Hand um das Haus kam, Joes Tür aufschloß und in die Wohnung ging.

Zehn Minuten später kam Mooch mit einem schwarzen Matchbeutel über der Schulter wieder heraus. Er stieg in seinen Wagen und fuhr los. Als er auf der Straße war, klemmte ich mich hinter ihn. Ich achtete darauf, daß immer ein paar Wagen zwischen uns waren. Vor Aufregung hielt ich das Lenkrad so fest umklammert, daß meine Fingerknöchel weiß hervortraten. Das Herz wummerte mir in der Brust, und bei dem Gedanken an die zehntausend Dollar wurde mir schwindelig.

Ich verfolgte Mooch bis in die State Street, wo er in eine private Auffahrt einbog. Ich fuhr einmal um den Block und parkte in sicherer Entfernung. An den solide gebauten, großen Häusern und den ausgedehnten Gärten konnte man noch erkennen, daß es früher ein vornehme Wohngegend gewesen war. In den sechziger Jahren, als es die Rassentrennung noch gab, hatte ein liberal gesonnener Mensch sein Haus in der State Street an eine schwarze Familie verkauft, woraufhin binnen fünf Jahren die gesamte weiße Bevölkerung panisch geflüchtet war. Ärmere Familien waren nachgezogen, die Häuser verfielen und wurden in kleine Wohnungen unterteilt, die Gärten verkamen, Fenster wurden mit Brettern zugenagelt. Aber wie es bei günstig gelegenen Grundstücken oft der Fall ist, hatte sich das Blatt inzwischen gewendet, und die Gegend wurde allmählich wieder etwas feiner.

Mooch verließ das Haus schon nach wenigen Minuten wieder. Er war allein, und den Matchbeutel hatte er auch nicht mehr bei sich. O Mann. Eine Spur. Wie standen die Chancen, daß Joe Morelli mit dem Matchbeutel auf dem Schoß in dem Haus hockte? Gut bis mittelprächtig. Wahrscheinlich lohnte es sich, der Sache nachzugehen. Ich hatte zwei Alternativen. Ich konnte die Polizei sofort verständigen oder erst auf eigene Faust Erkundigungen einziehen. Wenn ich umsonst Verstärkung holte und Morelli gar nicht da war, stand ich wie der letzte Depp da, und die Polizei wäre vielleicht nicht besonders versessen darauf, mir beim nächsten Mal beizuspringen. Andererseits hatte ich keine große Lust, allein etwas zu unternehmen. Das war zwar nicht die beste Einstellung für jemanden, der gerade einen Job als Kopfgeldjäger an Land gezogen hatte, aber was will man machen?

Eine ganze Weile starrte ich das Haus nur unentschlossen an und hoffte, Morelli käme herausspaziert, damit ich nicht hineinspazieren mußte. Ich sah auf die Uhr und dachte ans Essen. Bis jetzt hatte ich bloß eine Flasche Bier zum Frühstück gehabt. Ich sah wieder zum Haus. Wenn ich diese Sache durchzog, würde ich im Geld schwimmen. Ich könnte mein letztes Kleingeld verprassen und mir einen Hamburger gönnen. Ein Motivationsschub.

Ich atmete tief durch, stieß die Wagentür auf und stieg aus. Stell dich nicht so an, sagte ich mir. Mach aus einer Mücke keinen Elefanten. Wahrscheinlich ist er gar nicht da.

Ich marschierte zielstrebig den Gehsteig entlang und redete mir unentwegt gut zu. Die Zahl der Briefkästen im Eingang ließ auf acht Mietparteien schließen. Sämtliche Wohnungstüren führten auf ein gemeinsames Treppenhaus. An allen Briefkästen hingen Namensschilder, nur nicht an dem, der zu Apartment 201 gehörte. Keiner der Namen lautete Morelli.

In Ermangelung eines besseren Plans beschloß ich, mein Glück mit der namenlosen Wohnung zu probieren. Das Adrenalin stolperte in meinen Adern, als ich die Treppe hochstieg. Oben angekommen, klopfte mir das Herz bis zum Hals. Lampenfieber, sagte ich mir. Vollkommen normal. Ich holte ein paarmal tief Luft und überwand mich, weiterzugehen. Eine Hand klopfte an die Tür. Heilige Scheiße, es war meine Hand.

Auf der anderen Seite der Tür bewegte sich etwas. Jemand stand dahinter und beobachtete mich durch den Spion. Morelli? Ich war überzeugt davon. Die Luft blieb in meinen Lungen stecken, und mir tat die Kehle weh. Was wollte ich eigentlich hier? Ich war Einkäuferin für billige Unterwäsche. Was wußte ich denn schon davon, wie man einen Mörder fing?

Ich durfte einfach nicht daran denken, daß er ein Mörder war. Er war ein gemeiner Macho. Er war der Mann, der mich vom Pfad der Tugend abgebracht und hinterher die Einzelheiten in Mario's Sub Shop an die Toilettenwand geschrieben hatte. Ich kaute auf meiner Lippe und gönnte dem Menschen am Türspion ein unsicheres Lächeln. Sicher konnte kein Macho der Versuchung widerstehen, sich eines dermaßen arglosen Dummerchens anzunehmen.

Noch immer tat sich nichts. Ich bildete mir fast ein, hören zu können, wie er in sich hineinfluchte, während er überlegte, ob es klug wäre, die Tür zu öffnen. Ich winkte zum Spion. Die Geste fiel eher zurückhaltend und auf keinen Fall bedrohlich aus. Sie sollte ihm nur zeigen, daß ich keine Gefahr für ihn darstellte, aber trotzdem wußte, daß er da war.

Ein Riegel glitt zurück, die Tür ging auf, und ich stand Morelli Auge in Auge gegenüber.

Seine Haltung war passiv-aggressiv, sein Ton leicht gereizt. »Ja?«

Er war stabiler gebaut, als ich ihn in Erinnerung hatte. Und er war wütend. Er hatte einen abwesenden Blick, der Zug um seinen Mund war zynischer als früher. Ich hatte einen Jungen gesucht, der im Affekt zum Mörder geworden war. Bei dem Mann, der vor mir stand, kam mir der Verdacht, daß er fähig war, mit professioneller Gefühllosigkeit zu töten.

Ich brauchte einen Augenblick, um mich zu fassen und mir eine Lüge auszudenken. »Ich wollte zu John Juniak.«

»Sie haben die falsche Wohnung erwischt. Hier gibt es keinen Juniak.«

Ich tat verwirrt und setzte ein verlegenes Lächeln auf. »Entschuldigung.« Ich wollte gerade die Treppe wieder hinunterflitzen, als Morelli das berühmte Licht aufging.

»Herr im Himmel!« sagte er. »Stephanie Plum?«

Den Ton kannte ich nur zu gut, und ich wußte auch, was er zu bedeuten hatte. Mein Vater schlug haargenau den gleichen Ton an, wenn der Hund der Smullens mal wieder an seinen Hortensien das Beinchen hob. Aber mir war das ganz recht. Damit waren die Fronten klar abgesteckt. Daß wir wohl nie ein Herz und eine Seele werden würden, stand fest. Das erleichterte mir die Arbeit.

»Joseph Morelli«, sagte ich. »Was für eine Überraschung.«

Er sah mich mißtrauisch an. »Ja, fast so eine Überraschung

wie damals, als du mich mit dem Wagen deines Vaters über den Haufen gefahren hast.«

Um größeren Ärger zu vermeiden, sah ich mich gezwungen, eine Erklärung abzugeben. Aber ich fühlte mich nicht verpflichtet, sie besonders überzeugend zu gestalten. »Es war ein Unfall. Ich bin mit dem Fuß vom Pedal gerutscht.«

»Das war kein Unfall. Du bist absichtlich auf den Bürgersteig gefahren und hast mich verfolgt. Du hättest mich umbringen können.« Er steckte den Kopf aus der Tür und sah forschend in den Hausflur. »Also, was willst du hier? Hast du in der Zeitung von mir gelesen? Willst du mir das Leben jetzt noch mehr zur Hölle machen?«

Ich war so empört, daß sich mein ganzer schlauer Plan verflüchtigte. »Dein Leben ist mir scheißegal«, raunzte ich. »Ich arbeite für meinen Vetter Vinnie. Du hast deine Kautionsvereinbarung gebrochen.«

Gut gemacht, Stephanie. Wunderbare Selbstbeherrschung.

Er grinste. »Vinnie hat *dich* hinter mir hergeschickt?«

»Findest du das etwa witzig?«

»Kann man wohl sagen. Aber ich bin für jeden Witz dankbar, weil ich in letzter Zeit nicht besonders viel zu lachen habe.«

Ich konnte ihn verstehen. Hätte ich eine Haftstrafe von zwanzig Jahren bis lebenslänglich in Aussicht gehabt, wäre mir auch nicht zum Lachen zumute gewesen. »Wir müssen reden.«

»Mach schnell. Ich hab's eilig.«

Mir blieben schätzungsweise vierzig Sekunden, um ihn zu überzeugen, sich zu stellen. Mir blieb nichts anderes übrig, als gleich schweres Geschütz aufzufahren. Ich appellierte an seine Familienehre. »Was ist mit deiner Mutter?«

»Was soll mit ihr sein?«

»Sie hat die Kautionsvereinbarung unterschrieben. Sie muß für die hunderttausend Dollar geradestehen. Bestimmt muß sie eine Hypothek auf ihr Häuschen aufnehmen. Und wie soll sie das erklären? Soll sie sagen, daß ihr Sohn Joe zu feige war, sich einem Prozeß zu stellen?«

Sein Gesicht wurde hart. »Du vergeudest deine Zeit. Ich habe nicht die Absicht, mich wieder in Polizeigewahrsam zu begeben. Die sperren mich ein und schmeißen den Schlüssel weg. Mit ein bißchen Pech wäre ich bald ein toter Mann. Du weißt doch sicher, was einen Bullen im Gefängnis erwartet. Es ist nicht schön. Und dann will ich dir noch etwas sagen. Du bist der letzte Mensch, dem ich die Kopfprämie gönne. Du bist irre. Du hast mich mit dem Buick überfahren.«

Obwohl mir Morelli und die Meinung, die er von mir hatte, herzlich egal sein konnten, ärgerte ich mich über seine Feindseligkeit. Mir wäre es lieber gewesen, wenn er eine kleine Schwäche für mich gehabt hätte. Ich wollte ihn fragen, warum er mich nie angerufen hatte, nachdem er mich auf dem Bäckereifußboden verführt hatte. Statt dessen schrie ich ihn an: »Du hattest es verdient, überfahren zu werden. Außerdem habe ich dich kaum erwischt. Das Bein hast du dir nur deshalb gebrochen, weil du aus lauter Panik über deine eigenen Füße gefallen bist.«

»Du hattest Glück, daß ich dich nicht angezeigt habe.«

»Und du hattest Glück, daß ich nicht den Rückwärtsgang eingelegt und dich noch einmal überrollt habe.«

Morelli verdrehte die Augen und warf die Hände hoch. »Ich muß los. So gerne ich noch bliebe, um mit dir über weibliche Logik zu plaudern . . .«

»Wie bitte? Weibliche Logik?«

Morelli drehte sich um, schlüpfte in ein leichtes Sportjackett und griff nach dem schwarzen Matchbeutel, der hinter ihm stand. »Ich muß hier weg.«

»Wo willst du hin?«

Er schubste mich zur Seite, stopfte sich eine häßliche schwarze Knarre in den Bund seiner Levis, schloß die Tür ab und steckte den Schlüssel ein. »Das geht dich nichts an.«

»Hör zu«, sagte ich, während ich hinter ihm die Treppe hinunterlief. »Ich bin vielleicht neu in der Verbrecherfängerbranche, aber blöd bin ich nicht. Und aufgeben tue ich auch nicht. Ich habe Vinnie gesagt, daß ich dich abliefere, und genau das habe ich auch vor. Du kannst abhauen, wenn du willst, aber ich bleibe dir auf den Fersen. Ich finde dich, und ich werde alles tun, was nötig ist, um dich hinter Gitter zu bringen.«

Was für ein Schwachsinn. Ich konnte kaum glauben, was ich da von mir gab. Daß ich ihn gefunden hatte, war der reinste Glückstreffer gewesen. Ihn festzunehmen und bei der Polizei abzuliefern, würde mir höchstens dann gelingen, wenn ich ihn zufällig irgendwo gefesselt, geknebelt und bewußtlos vorfand. Und selbst dann war es noch fraglich, wie weit ich ihn überhaupt schleppen konnte.

Er verließ das Haus durch den Hintereingang und ging auf ein neues Auto zu, das nicht weit entfernt abgestellt war. »Das Kennzeichen zu überprüfen, kannst du dir sparen«, sagte er. »Der Wagen ist geborgt. In einer halben Stunde fahre ich einen anderen. Und du brauchst mir auch nicht zu folgen. Ich hänge dich sowieso ab. Darauf kannst du dich verlassen.«

Morelli stellte den Matchbeutel auf den Beifahrersitz und wollte schon einsteigen, als er es sich noch einmal anders überlegte. Er drehte sich um, richtete sich auf, hängte einen Ellenbogen über die Tür und sah mich zum ersten Mal richtig an, seit ich vor ihm aufgetaucht war. Die anfängliche Wut war verraucht, und an ihre Stelle war ruhige Besonnenheit getreten. Das war der Morelli, den ich nicht kannte. Der Bulle. Der erwachsene Morelli, falls es den überhaupt gab. Aber vielleicht war es auch nur der alte Morelli mit einer neuen Masche.

»Die Locken stehen dir«, sagte er schließlich. »Sie passen zu deinem Charakter. Wild und wirr und höllisch sexy.«

»Du weißt doch überhaupt nichts über meinen Charakter.«

»Aber daß du höllisch sexy bist, weiß ich.«

Ich wurde rot. »Taktlos von dir, mich daran zu erinnern.«

Morelli grinste. »Du hast recht. Und wegen der Sache mit dem Buick könntest du auch richtig liegen. Wahrscheinlich hatte ich es wirklich verdient, überfahren zu werden.«

»Soll das eine Entschuldigung sein?«

»Nein. Aber wenn wir wieder mal Eisenbahn spielen, darfst du die Taschenlampe halten.«

Es war kurz vor eins, als ich wieder in Vinnies Büro aufkreuzte. Ich schmiß mich neben Connies Schreibtisch in einen Sessel und legte den Kopf weit in den Nacken, um möglichst viel von der Klimaanlage zu profitieren.

»Warst du joggen?« fragte Connie. »So viel Schweiß habe ich seit Nixon nicht mehr gesehen.«

»Mein Wagen hat keine Klimaanlage.«

»Blöd. Wie kommst du mit Morelli voran? Hast du schon eine Spur?«

»Darum bin ich hier. Ich brauche Hilfe. Diese Verbrecherfängerei ist doch nicht so einfach. Ich muß unbedingt mit jemandem reden, der sich damit auskennt.«

»Da weiß ich genau den Richtigen für dich. Ranger. Richtig heißt er Ricardo Carlos Mañoso. Seine Eltern kommen aus Kuba. Er war früher bei den Special Forces und arbeitet jetzt für Vinnie. Ranger knackt Fälle, von denen andere nur träumen können. Manchmal ist er vielleicht ein bißchen zu kreativ, aber was will man von einem Genie anderes erwarten?«

»Kreativ?«

»Er hält sich nicht immer an die Regeln.«

»Aha.«

»Wie Clint Eastwood in den Dirty-Harry-Filmen«, sagte Connie. »Du hast doch hoffentlich nichts gegen Clint Eastwood, oder?«

Sie wählte Rangers Piepser an und hinterließ ihre Nummer.

»Keine Angst«, sagte sie lächelnd. »Ranger erklärt dir alles, was du wissen willst.«

Eine Stunde später saß ich Ranger Mañoso in einem Café gegenüber. Er hatte glatte schwarze Haare, die im Nacken zum Pferdeschwanz gebunden waren, und seine Bizepse sahen aus, als wären sie aus Granit gemeißelt. Er war knapp einsachtzig groß, hatte einen Stiernacken und eine imponierende Figur. Ich schätzte ihn auf Mitte Zwanzig.

Er lehnte sich zurück und grinste. »Soooooo, Connie will also, daß ich einen knallharten Kopfgeldjäger aus Ihnen mache. Sie sagt, Sie brauchen einen Schnellkurs für Anfänger. Wozu die Eile?«

»Sehen Sie den braunen Nova da draußen?«

Sein Blick wanderte zum Fenster. »Hm.«

»Das ist mein Wagen.«

Er nickte kaum merklich. »Sie brauchen also Geld. Sonst noch was?«

»Persönliche Gründe.«

»Kautionsflüchtlinge zu fangen, ist ein gefährliches Geschäft. Da müssen Ihre persönlichen Gründe schon verdammt gut sein.«

»Und warum machen Sie es?«

Er hob die Hände. »Weil es das ist, was ich am besten kann.«

Eine gute Antwort. Plausibler als meine. »Vielleicht werde ich es eines Tages auch so gut können. Aber im Moment geht es mir nur um eine feste Anstellung.«

»Hat Vinnie Sie schon auf jemanden angesetzt?«

»Joseph Morelli.«

Er warf den Kopf in den Nacken und lachte. Er lachte so laut, daß die Wände des kleinen Cafés wackelten. »O Mann! Soll das ein Witz sein? Den Typen kriegen Sie nie. Der ist kein kleines Würstchen. Der Kerl ist clever. Und er hat was auf dem Kasten. Verstehen Sie, was ich meine?«

»Connie sagt, Sie sind der Beste.«

»Ich bin ich, und Sie sind Sie, und so gut wie ich werden Sie niemals werden, Kindchen.«

Da ich mich noch nie durch engelhafte Geduld ausgezeichnet habe, platzte mir auch jetzt prompt der Kragen. »Ich will Ihnen mal kurz meine Lage klarmachen«, sagte ich. »Ich bin arbeitslos. Mein Wagen ist weg, mein Kühlschrank ist leer, ich werde demnächst aus der Wohnung geschmissen, und meine Füße passen nicht in diese Schuhe. Ich habe nicht die Zeit, lange um den heißen Brei herumzureden. Helfen Sie mir jetzt, oder helfen Sie mir nicht?«

Mañoso grinste. »Das ist toll. Wir spielen Professor Higgins und Eliza Doolittle in Trenton.«

»Freunde?«

»Freunde.«

»Wie soll ich dich nennen?« fragte ich.

»Sag Ranger zu mir.«

Er nahm die Akte vom Tisch, die ich mitgebracht hatte, und überflog die Kautionsvereinbarung. »Hast du schon was unternommen? Zum Beispiel seine Wohnung überprüft?«

»Er war nicht da, aber dann habe ich ihn in einem Haus in der State Street aufgestöbert. Als ich hinkam, wollte er gerade gehen.«

»Und?«

»Er ist gegangen.«

»Scheiße«, sagte Ranger. »Hat dir denn keiner gesagt, daß du ihn aufhalten sollst?«

»Ich habe ihn aufgefordert, mit mir zur Polizeiwache zu kommen, aber er wollte nicht.«

Wieder erntete ich schallendes Gelächter. »Du hast bestimmt keine Knarre, oder?«

»Meinst du, ich sollte mir eine besorgen?«

»Das wäre keine schlechte Idee«, sagte er, noch immer höchst belustigt. Er las die Kautionsvereinbarung zu Ende. »Morelli hat einen Typen namens Ziggy Kulesza umgenietet. Er hat Ziggy mit seiner Privatwaffe aus nächster Nähe eine .45er Hydroshock zwischen die Augen gesetzt.« Ranger sah hoch. »Verstehst du überhaupt etwas von Waffen?«

»Ich weiß bloß, daß ich sie nicht leiden kann.«

»Eine .45er Hydroshock geht glatt rein, aber wenn sie wieder rauskommt, reißt sie ein Loch in Kartoffelgröße. Das Gehirn spritzt nur so durch die Gegend. Ziggys Kopf muß explodiert sein wie ein Ei in der Mikrowelle.«

»Herzlichen Dank für die anschauliche Beschreibung.«

Er strahlte über das ganze Gesicht. »Ich dachte, du solltest das wissen.« Er kippelte mit dem Stuhl nach hinten und verschränkte die Arme vor der Brust. »Hast du irgendwelche Hintergrundinformationen über den Fall?«

»Den Zeitungsartikeln zufolge, die Morty Beyers an die Kautionsvereinbarung geheftet hat, fand die Schießerei vor gut einem Monat in einem Apartmentgebäude in der Shaw Street statt. Morelli, der nicht im Dienst war, wollte Carmen Sanchez besuchen. Er behauptet, sie hätte ihn angerufen, weil sie ihn in einer polizeilichen Angelegenheit sprechen wollte. Er wäre daraufhin zu ihr gefahren. Als er bei Carmen klopfte, hätte ihm Ziggy Kulesza die Tür aufgemacht und sofort auf ihn geschossen. Morelli sagt, er hätte Ziggy in Notwehr erschossen.

Carmens Nachbarn erzählen eine andere Geschichte. Mehrere von ihnen liefen ins Treppenhaus, als sie die Schüsse hörten, und sahen, wie sich Morelli mit der rauchenden Waffe in der Hand über Kulesza beugte. Ein Nachbar hat Morelli überwältigt und festgehalten, bis die Polizei eintraf. Keiner der Mieter kann sich daran erinnern, in Ziggys Hand eine Waffe gesehen zu haben, und die polizeilichen Ermittlungen ergaben ebenfalls keinen Hinweis darauf, daß Ziggy bewaffnet war.

Morelli behauptet, zum Zeitpunkt der Schießerei hätte sich

noch ein zweiter Mann in Carmens Wohnung befunden, und drei Mieter erinnerten sich, ein fremdes Gesicht im Treppenhaus gesehen zu haben, aber der Mann verschwand anscheinend, bevor die Polizei zum Tatort kam.«

»Und Carmen?« fragte Ranger.

»Was aus ihr geworden ist, wußte keiner. Der letzte Artikel wurde eine Woche nach der Tat geschrieben. Bis dahin war Carmen jedenfalls noch nicht wiederaufgetaucht.«

Ranger nickte. »Weißt du sonst noch was?«

»Das war eigentlich alles.«

»Der Typ, den Morelli erschossen hat, arbeitete für Benito Ramirez. Sagt dir der Name was?«

»Ramirez ist ein Boxer.«

»Mehr als ein Boxer, ein wahres Weltwunder. Ein Schwergewichtler der Extraklasse. So etwas wie den hat es in Trenton seit Ewigkeiten nicht mehr gegeben. Er trainiert in einem Studio in der Stark Street. Ziggy hat an Ramirez geklebt wie ein Schatten. Manchmal ist er auch als Sparringspartner eingesprungen. Hauptsächlich hat er für Ramirez den Laufburschen und Leibwächter gemacht.«

»Hast du vielleicht irgendwas gehört, warum Morelli diesen Kulesza umgebracht haben soll?«

Ranger sah mich lange an. »Nein. Aber er muß schon einen sehr guten Grund gehabt haben. Morelli ist ein cooler Cop, und wenn sich ein Cop jemanden vom Hals schaffen will, findet er immer einen Weg.«

»Auch coole Cops machen Fehler.«

»Aber nicht so einen Fehler, Baby. Und nicht Morelli.«

»Und was bedeutet das alles?«

»Daß du auf der Hut sein mußt.«

Mir wurde ein bißchen mulmig. Plötzlich ging es nicht mehr nur um ein tolles Abenteuer, in das ich mich gestürzt hatte, um schnell ein paar Dollars zu machen. Morelli zu fangen, würde schwierig werden. Und wenn ich ihn tatsächlich ablieferte, hätte ich ein übles Gefühl. Es war zwar nicht gerade mein Lieblingsmensch, aber ich haßte ihn nicht so sehr, daß ich ihn gern für den Rest seines Lebens in den Knast bringen wollte.

»Willst du ihn jetzt immer noch fangen?« fragte Ranger.

Ich schwieg.

»Wenn du es nicht machst, macht es ein anderer«, sagte Ranger. »Das war deine erste Lektion. Und es ist auch nicht deine Aufgabe, ein Urteil zu fällen. Du machst nur deine Arbeit und lieferst den Kerl ab. Man muß dem System schon vertrauen.«

»Vertraust du ihm denn?«

»Immer noch besser als Anarchie.«

»Es geht um viel Geld. Wenn du so gut bist, warum hat Vinnie dich nicht auf Morelli angesetzt? Warum hat er Morty Beyers genommen?«

»Die Wege Vinnies sind unerforschlich.«

»Muß ich sonst noch was über Morelli wissen?«

»Wenn du dir die Prämie verdienen willst, solltest du ihn dir möglichst schnell krallen. Man munkelt, unser Rechtssystem wäre noch das kleinste seiner Probleme.«

»Heißt das, daß noch ein anderer eine Prämie für ihn bezahlt?«

Ranger tat so, als drückt er seine Waffe ab. »Peng.«

»Und an dem Gerücht ist tatsächlich etwas dran?«

Er zuckte mit den Schultern. »Ich wiederhole nur, was ich gehört habe.«

»Die Geschichte wird immer undurchsichtiger.«

»Wie ich schon sagte, die Geschichte geht dich nichts an. Dein Job ist einfach. Finde den Mann, und mach ihn dingfest.«

»Traust du mir das zu?«

»Nein.«

Wenn er mich entmutigen wollte, war das genau die falsche Antwort. »Hilfst du mir trotzdem?«

»Solange du es keinem weitererzählst. Ich will mir nicht meinen schlechten Ruf versauen und plötzlich als braver Bub dastehen.«

Ich nickte. »Okay, wo fange ich an?«

»Zuerst brauchst du mal eine Ausrüstung. Und während wir dich ausstaffieren, erzähle ich dir was über die Gesetze.«

»Und was kostet der ganze Spaß?«

»Meine Zeit und mein Wissen kosten dich nichts, weil ich dich mag und weil ich schon immer mal Professor Higgins spielen wollte, aber Handschellen kosten vierzig Dollar das Paar. Bist du nicht flüssig?«

Ich besaß keine einzige Kreditkarte mehr. Ich hatte meine wenigen guten Schmuckstücke verpfändet und mein Schlafsofa an einen Nachbarn verscherbelt. Die wichtigsten Haushaltsgeräte waren für den Nova draufgegangen. Ich hatte nur noch meinen Sparstrumpf für Notfälle, den ich bislang nicht angerührt hatte. Ich wollte das Geld für die Operation sparen, der ich mich sicher demnächst würde unterziehen müssen, wenn mir die Schuldeneintreiber die Kniescheiben gebrochen hatten.

Aber jetzt konnte ich genausogut darauf pfeifen. Wahrscheinlich reichte die Kohle für neue Knie sowieso nicht. »Ich habe noch ein paar Dollars auf der hohen Kante«, sagte ich.

Ich stellte die große schwarze Umhängetasche neben meinen Stuhl und setzte mich an den Eßtisch. Meine Mutter, mein Vater und Grandma Mazur waren bereits versammelt und wollten hören, wie es mir bei Vinnie ergangen war.

»Du kommst zwölf Minuten zu spät«, sagte meine Mutter. »Ich habe schon aufgepaßt, ob ich Sirenen höre. Du hattest doch hoffentlich keinen Unfall?«

»Ich habe gearbeitet.«

»Jetzt schon?« Sie wandte sich meinem Vater zu. »Ihr erster Arbeitstag, und schon läßt dein Vetter sie Überstunden machen. Du mußt mal mit ihm reden, Frank.«

»Es ist nicht so, wie es aussieht«, sagte ich. »Ich habe gleitende Arbeitszeit.«

»Dein Vater hat über dreißig Jahre bei der Post gearbeitet, aber in der ganzen Zeit ist er nicht ein einziges Mal zu spät zum Essen gekommen.«

Mir entschlüpfte ein Seufzer.

»Was gibt es da zu seufzen?« fragte meine Mutter. »Ist das eine neue Tasche? Wann hast du dir eine neue Tasche gekauft?«

»Heute. Bei diesem Job muß ich verschiedene Sachen mit mir herumschleppen. Deshalb brauchte ich eine größere Tasche.«

»Was für Sachen? Ich dachte, du ordnest die Akten.«

»Der Job war schon weg. Ich habe einen anderen gekriegt.«

»Was für einen anderen?«

Ich schüttete Ketchup auf den Hackbraten und unterdrückte mit Mühe einen weiteren Seufzer. »Als Kautionsdetektivin«, sagte ich. »Ich habe eine Stelle als Kautionsdetektivin.«

»Kautionsdetektivin?« wiederholte meine Mutter. »Frank, weißt du, was ein Kautionsdetektiv ist?«

»Ja«, sagte mein Vater. »Ein Kopfgeldjäger.«

Meine Mutter schlug sich die flache Hand gegen die Stirn und verdrehte die Augen. »Stephanie, Stephanie, Stephanie. Was fällt dir ein? Das ist doch keine Arbeit für eine nette junge Dame.«

»Es ist eine anständige, respektable Arbeit«, sagte ich. »So etwas Ähnliches wie Polizist oder Privatdetektiv.« Berufe, die mir bisher wenig respektabel vorgekommen waren.

»Aber du verstehst doch gar nichts davon.«

»Es ist einfach«, sagte ich. »Vinnie gibt mir einen KF, ich suche ihn und bringe ihn zur Polizei.«

»Was ist denn nun wieder ein KF?« wollte meine Mutter wissen.

»Ein Kautionsflüchtling.«

»Vielleicht könnte ich auch ein Kopfgeldjäger werden«, sagte Grandma Mazur. »Ich könnte ein bißchen Taschengeld gebrauchen. Dann gehe ich mit dir auf KF-Jagd.«

»Herrgott noch mal«, sagte mein Vater.

Meine Mutter achtete nicht auf sie. »Du solltest lieber lernen, wie man Bettbezüge näht«, sagte sie zu mir. »Bettwäsche wird immer gebraucht.« Sie sah meinen Vater an. »Frank, meinst du nicht auch, es wäre gut, wenn sie lernen würde, Bettbezüge zu nähen? Ist das nicht eine gute Idee?«

Meine Rückenmuskeln verspannten sich, aber ich versuchte, ganz locker zu bleiben und mich zusammenzureißen. Schließlich war es eine gute Generalprobe für den nächsten Morgen, für meinen geplanten Besuch bei Morellis Mutter.

In der Rangordnung meines alten Viertels sah meine Mutter, verglichen mit Joseph Morellis Mutter, wie eine zweitklassige Hausfrau aus. Meine Mutter war alles andere als schlampig, aber Mrs. Morelli war eine Legende. Gott selbst hätte die Fenster nicht sauberer putzen, die Wäsche nicht weißer waschen oder die Ziti besser kochen können als Mrs. Morelli. Sie versäumte nie die Messe, sie verkaufte in der Freizeit Amway, und mit ihren stechend schwarzen Augen lehrte sie mich das Gruseln. Ich glaubte zwar nicht, daß Mrs. Morelli ihren Jüngsten verraten würde, aber sie stand trotzdem auf meiner Liste. Man durfte nichts unversucht lassen.

Joes Vater hätte ich mit fünf Dollar und einem Sechserpack Bier bestechen können, aber sein Vater war tot.

Weil ich einen seriösen Eindruck machen wollte, zog ich am nächsten Morgen ein beiges Leinenkostüm, eine Seidenstrumpfhose und hochhackige Schuhe an und schmückte mich außerdem mit geschmackvollen Perlenohrringen. Ich parkte am Straßenrand, stieg die Verandatreppe hinauf und klopfte an die Morellische Haustür.

»Na so was«, sagte Mama Morelli, die hinter der Fliegentür stand und mich mit dem tadelnden Blick musterte, den sie sich normalerweise für Atheisten und Asoziale aufsparte. »Wer steht denn da so früh putzmunter auf meiner Veranda? Die kleine Miss Kopfgeldjägerin.« Sie reckte ihr Kinn noch ein paar Zentimeter höher. »Ich habe schon von dir und deiner neuen Arbeit gehört. Ich habe dir nichts zu sagen.«

»Ich muß Joe finden, Mrs. Morelli. Er ist nicht vor Gericht erschienen.«

»Er hatte gewiß gute Gründe dafür.«

Klar. Zum Beispiel den, daß er schuldig war. »Wie wäre es, wenn ich Ihnen meine Karte dalasse, falls Sie es sich doch noch anders überlegen. Ich habe mir gestern welche machen lassen.« Ich wühlte in meiner großen schwarzen Umhängetasche zwischen Handschellen, Haarspray, Taschenlampe und Haarbürste herum – keine Visitenkarten. Als ich die Tasche auf die Seite kippte, um besser hineinsehen zu könne, fiel mein Revolver heraus und landete auf dem grünen Allwetterteppichboden der Veranda.

»Eine Waffe«, sagte Mrs. Morelli. »Was ist nur aus dieser Welt geworden? Weiß deine Mutter, daß du bewaffnet bist? Ich werde es ihr sagen. Ich rufe sie sofort an.«

Sie sah mich angewidert an und knallte die Haustür zu.

Ich war dreißig Jahre alt und Mrs. Morelli wollte mich bei meiner Mutter verpetzen. So etwas gab es nur in diesem Viertel. Als ich den Revolver wieder in der Tasche verstaute, fand ich meine Visitenkarten. Ich steckte eine zwischen Fliegendraht und Rahmen. Dann fuhr ich zu meinen Eltern und rief von ihrem Telefon aus meine Cousine Francie an, die alles über jeden wußte.

Morelli ist längst über alle Berge, sagte Francie. Der Kerl ist clever, und wahrscheinlich hat er sich inzwischen einen falschen Schnurrbart angeklebt. Er ist ein ehemaliger Bulle. Er hat Kontakte. Er weiß sicher, wie man es anstellt, daß man eine neue Sozialversicherungsnummer bekommt. Bestimmt baut er sich mittlerweile irgendwo anders ein neues Leben auf. Gib es auf, sagte Francie. Du wirst ihn nie finden.

Meine Intuition sagte mir etwas anderes, und da meine Lage verzweifelt war, hörte ich auf sie und rief Eddie Gazarra an, der in Trenton als Polizist arbeitete und mein allerbester Freund war, solange ich denken konnte. Aber er war nicht nur ein guter Kumpel, er war auch mit meiner Cousine Shirley, der Meckerziege, verheiratet. Wieso Gazarra Shirley geheiratet hatte, war mir ein Rätsel, aber da ihre Ehe schon elf Jahre hielt, mußten sie wohl irgend etwas aneinander finden.

Als ich Gazarra am Apparat hatte, hielt ich mich nicht mit langen Vorreden auf. Ich kam sofort zur Sache, erzählte ihm von meinem Job bei Vinnie und fragte ihn, was er über die Morelli-Sache wüßte.

»Eins weiß ich genau. Es wäre besser, wenn du dich da raushalten würdest«, sagte Gazarra. »Du willst für Vinnie arbeiten? Schön. Aber dann laß dir einen anderen Fall geben.«

»Zu spät. Ich arbeite schon daran.«

»Die ganze Geschichte stinkt zum Himmel.«

»Ganz New Jersey stinkt zum Himmel. Das ist doch eines der wenigen Dinge, auf die hier überhaupt Verlaß ist.«

Gazarra senkte die Stimme. »Wenn ein Cop unter Mordanklage steht, ist das eine verdammt ernste Geschichte. Auf so etwas reagieren alle höchst empfindlich. Und dieser Mord sah besonders häßlich aus, weil sämtliche Beweise so stark gegen Morelli sprechen. Er wurde am Tatort festgenommen, mit der Tatwaffe in der Hand. Er behauptet, Ziggy hätte auf ihn geschossen, aber es wurde keine Waffe gefunden, es waren keine

Kugeln in der Wand oder in der Decke eingeschlagen, und Ziggy hatte keine Schmauchspuren an der Hand oder am Hemd. Die Geschworenen der Vorverhandlung hatten keine andere Wahl, als Morelli unter Anklage zu stellen. Aber dann macht er alles noch schlimmer und erscheint einfach nicht zur Verhandlung. Für die Abteilung war das wie ein Schlag ins Gesicht, verflucht peinlich. Du brauchst bei der Polizei nur Morellis Namen zu erwähnen, und schon hat keiner mehr Zeit für dich. Du machst dir keine Freunde, wenn du deine Nase in die Angelegenheit steckst. Wenn du dich hinter Morelli klemmst, bist du ganz auf dich allein gestellt.«

»Wenn ich ihn erwische, kassiere ich zehntausend Dollar.«

»Kauf dir lieber ein Lotterielos. Damit hast du bessere Chancen.«

»Soweit ich weiß, wollte Morelli zu Carmen Sanchez, aber sie war nicht da.«

»Sie war nicht nur nicht am Tatort, sie ist vollkommen von der Bildfläche verschwunden.«

»Bis heute?«

»Bis heute. Und glaub nicht, daß wir sie nicht gesucht haben.«

»Und wo ist der Kerl abgeblieben, den Morelli zusammen mit Ziggy in der Wohnung gesehen haben will? Was ist aus dem geheimnisvollen Zeugen geworden?«

»Verschwunden.«

Ich kräuselte skeptisch die Nase. »Findest du das nicht auch etwas merkwürdig?«

»Merkwürdig ist gar kein Ausdruck.«

»Vielleicht hat Morelli die Seiten gewechselt.«

Ich hatte das Gefühl, daß Gazarra mit den Schultern zuckte. »Auf jeden Fall ist irgend etwas faul an der Sache, das sagt mir mein Polizeiverstand.«

»Meinst du, Morelli geht zur Fremdenlegion?«

»Ich glaube, er bleibt hier und testet seine Überlebenschancen, oder er kommt bei dem Versuch um.«

Ich war erfreut, daß er der gleichen Ansicht war wie ich. »Hast du einen Vorschlag?«

»Keinen, der dir gefallen würde.«

»Komm schon, Eddie. Ich brauche Hilfe.«

Er seufzte. »Bei Verwandten oder Freunden findest du ihn bestimmt nicht. Dafür ist er zu clever. Du könntest höchstens nach dieser Carmen Sanchez suchen oder nach dem Kerl, der mit Ziggy in ihrer Wohnung gewesen sein soll. Wenn ich Morelli wäre, würde ich versuchen, die beiden aufzustöbern, entweder um meine Unschuld zu beweisen, oder um zu verhindern, daß sie gegen mich aussagen. Ich habe allerdings keine Ahnung, wie du das anstellen willst. Wir können sie jedenfalls nicht finden, und du wirst wahrscheinlich auch nicht mehr Glück haben als wir.«

Ich dankte Gazarra und legte auf. Es schien mir eine gute Idee zu sein, nach den Zeugen zu suchen, und es war mir ziemlich egal, wie schlecht meine Chancen standen, sie zu finden. Mir ging es um etwas anderes. Wenn ich nach Carmen Sanchez forschte, würde ich vielleicht der gleichen Route folgen wie Morelli. Eine Begegnung war nicht ausgeschlossen.

Wo sollte ich anfangen? In dem Haus, in dem Carmen gewohnt hatte. Ich konnte mit ihren Nachbarn sprechen und vielleicht etwas über ihre Freunde und Verwandten in Erfahrung bringen. Was konnte ich sonst noch unternehmen? Mich ein bißchen mit dem Boxer unterhalten, Benito Ramirez. Wenn er so ein guter Freund von Ziggy war, kannte er vielleicht auch Carmen Sanchez. Unter Umständen wußte er sogar, wer der verschwundene Zeuge war.

Ich nahm mir eine Dose Mineralwasser aus dem Kühlschrank, stibitzte eine Schachtel Fig Newtons aus der Speisekammer und beschloß, mir als erstes Ramirez vorzuknöpfen.

3

Die Stark Street fängt unten am Fluß an, gleich hinter dem Parlamentsgebäude, und verläuft in nordöstlicher Richtung. Mit ihren heruntergekommenen Geschäften, Bars, Crack-Schuppen und trostlosen Reihenhäusern ist sie fast eine Meile lang. Die meisten Häuser waren mit der Zeit in Wohnungen oder einzeln zu vermietende Zimmer aufgeteilt worden. Klimaanlagen gibt es kaum, Mieter dafür um so mehr. Wenn es heiß ist, verteilen sich die Bewohner auf den Treppen und an den Straßenecken, um ein bißchen an die frische Luft zu kommen und vielleicht etwas zu erleben. Um halb elf vormittags war es in der Straße verhältnismäßig ruhig.

Beim ersten Mal verfehlte ich das Boxstudio. Ich überprüfte die Adresse noch einmal anhand der Seite, die ich aus meinem Telefonbuch gerissen hatte, wendete den Wagen, fuhr langsam zurück und hielt nach der richtigen Hausnummer Ausschau. Schließlich entdeckte ich das gesuchte Haus, in ordentlich gepinselten, schwarzen Buchstaben stand an einer Tür: Stark Street Gym. Es sprang einem nicht gerade ins Auge, aber wahrscheinlich hatte das Studio sowieso nicht viel Werbung nötig. Zwei Blocks weiter fand ich eine Parklücke.

Ich schloß den Nova ab, schulterte meine Umhängetasche und machte mich auf den Weg. Das Fiasko mit Mrs. Morelli hatte ich längst vergessen. Ich kam mir verdammt schick vor in meinem Kostüm, den hochhackigen Schuhen und mit meiner tollen Kopfgeldjägerausrüstung. Es ist mir zwar peinlich, aber ich muß doch zugeben, daß ich mir allmählich in meiner neuen

Rolle gefiel. Es geht eben nichts über ein Paar Handschellen, um einer Frau neue Energie zu verleihen.

Das Studio lag in der Mitte eines Straßenblocks, direkt über einer Autowerkstatt. Das Tor zur Werkstatt stand offen, und ich wurde ordentlich mit Gejohle und Pfiffen bedacht, als ich daran vorbeiging. Als gute New Jerseyerin hätte ich mich zu gern mit ein paar abfälligen Bemerkungen revanchiert, aber da nun einmal Vorsicht die Mutter der Porzellankiste ist, hielt ich lieber die Klappe und machte, daß ich weiterkam.

In einem Gebäude auf der gegenüberliegenden Straßenseite wich eine schattenhafte Gestalt von einem dreckverschmierten Fenster im zweiten Stock zurück. Jemand hatte mich beobachtet. Kein Wunder eigentlich. Schließlich war ich nicht nur einmal, sondern gleich zweimal die Straße entlanggedonnert. Am Morgen hatte ich als erstes den Auspufftopf verloren, so daß der röhrende Motor mein Kommen schon von weitem ankündigte. Kein besonders unauffälliger Auftritt.

Durch die Eingangstür gelangte ich in einen kleinen Vorraum, von dem aus eine Treppe nach oben führte. Die anstaltsgrün gestrichenen Wände des Treppenhauses waren mit Graffitis bedeckt und mit Handabdrücken aus zwei Jahrzehnten verschmiert. Es stank. Im Erdgeschoß roch es nach Urin, gemischt mit kaltem Männerschweiß und Körpergeruch. Im ersten Stock, der an ein Lagerhaus erinnerte, miefte es auch nicht viel besser.

Ein paar Männer stemmten Hanteln. Der Ring war leer. Niemand stand an den Sandsäcken. Wahrscheinlich waren die anderen Sportskameraden alle draußen, beim Seilspringen oder Autoklauen. Aber das war auch schon der letzte frivole Gedanke, der mir in den Sinn kam. Sämtliche Aktivitäten hörten schlagartig auf, als ich die Halle betrat, und wenn mir schon auf der Straße mulmig gewesen war, so war das gar nichts im Vergleich zu dem Gefühl, das mich jetzt befiel. Ich hatte erwartet, einen Champion in einer profihaften Umgebung vorzufinden. Auf die feindselige, mißtrauische Stimmung, die mich empfing, war ich nicht gefaßt. Für die Boxer war ich offensichtlich eine ahnungslose weiße Pute, die in ein schwarzes Männerterritorium eingedrungen war. Es hätte nicht viel gefehlt, und ich wäre vor dem vorwurfsvollen Schweigen zurückgewichen und die Treppe hinuntergerannt, wie das Opfer eines Poltergeists.

Ich stellte mich breitbeinig hin – allerdings eher, um nicht vor Angst umzukippen, als um die Jungs zu beeindrucken – und rückte meine Tasche zurecht. »Ich suche Benito Ramirez.«

Ein Muskelberg erhob sich von einer Bank. »Ich bin Ramirez.«

Er war fast einsneunzig groß. Er hatte eine samtige Stimme, und seine Lippen kräuselten sich zu einem verträumten Lächeln. Die Wirkung war unheimlich. Seine Stimme und das Lächeln paßten nicht zu seinem verschlagenen, berechnenden Blick.

Ich ging zu ihm hinüber und streckte ihm die Hand hin. »Stephanie Plum.«

»Benito Ramirez.«

Sein Händedruck war zu weich, und er dauerte zu lange. Er glich einer unangenehm sinnlichen Liebkosung. Ich sah Ramirez in die eng zusammenstehenden Augen mit den schweren Lidern und machte mir rasch ein paar Gedanken über Preisboxer. Bis jetzt hatte ich immer geglaubt, Boxen sei ein Sport, bei dem es darauf ankam, mit Geschicklichkeit und Aggressivität einen Kampf zu gewinnen, ohne den Gegner mutwillig zu verletzen. Aber Ramirez sah ganz so aus, als ob es ihm Freude machen würde, einem anderen Menschen Schmerzen zuzufügen. Seine Augen waren wie schwarze Löcher, die alles verschluckten und nichts wieder herausgaben. Es war, als ob das Böse in ihnen lauerte. Und in seinem Lächeln, diesem leicht dümmlichen, ekelhaft süßlichen Lächeln, lag ein Hauch von Wahnsinn. Ich fragte mich, ob dieser Ausdruck vielleicht nur gespielt war, um seine Gegner im Ring schon vor dem ersten Gong einzuschüchtern. Aber ganz egal, ob es nun geschauspielert war oder nicht, mir war der Kerl auf jeden Fall nicht geheuer.

Als ich ihm meine Hand entziehen wollte, drückte er sie fester.

»Stephanie Plum. So, so«, sagte er mit seiner samtigen Stimme. »Was kann ich für Sie tun?«

Als Einkäuferin für Unterwäsche hatte ich mich oft genug mit irgendwelchen Schleimis abgeben müssen. Ich hatte gelernt, mich durchzusetzen, dabei aber stets zuvorkommend und sachlich zu bleiben. An meinem Ton und meiner Miene ließ ich Ramirez nicht merken, wie mir zumute war, aber mit meiner Wortwahl drückte ich mich unmißverständlich aus. »Wenn Sie meine Hand loslassen würden, könnte ich Ihnen meine Karte geben.«

Er lächelte immer noch, aber nicht mehr ganz so irre, sondern eher freundlich und interessiert. Ich gab ihm meine Karte.

»Kautionsdetektivin«, sagte er belustigt. »Ein großer Titel für ein so kleines Mädchen.«

Bis ich neben Ramirez stand, hatte ich mich nie für klein gehalten. Ich bin einssiebzig und drahtig gebaut, was ich dem ungarischen Teil der Familie verdanke. Die ideale Figur, um Paprikafelder zu hacken, Pflüge zu ziehen und reihenweise Kinder in die Welt zu setzen. Obwohl ich mich mit Joggen fit hielt und manchmal einen Hungertag einlegte, um nicht zuzunehmen, brachte ich trotzdem fünfundsechzig Kilo auf die Waage. Nicht besonders schwer, aber auch nicht gerade schmächtig. »Ich bin auf der Suche nach Joe Morelli. Haben Sie ihn gesehen?«

Ramirez schüttelte den Kopf. »Ich kenne Joe Morelli nicht.

Ich weiß bloß, daß er Ziggy erschossen hat.« Er sah seine Männer an. »Hat einer von euch Morelli gesehen?«

Niemand antwortete.

»Es soll bei der Schießerei einen Zeugen gegeben haben, der seitdem verschwunden ist«, sagte ich. »Haben Sie vielleicht eine Ahnung, wer dieser Zeuge sein könnte?«

Auch diesmal bekam ich keine Antwort.

Ich ließ nicht locker. »Und was ist mit Carmen Sanchez? Kennen Sie sie? Hat Ziggy mal von ihr gesprochen?«

»Sie fragen zuviel«, sagte Ramirez.

Wir standen vor den altmodisch hohen Fenstern an der Straßenseite der Halle. Aus einem plötzlichen Instinkt heraus richtete ich meine Aufmerksamkeit auf das Gebäude gegenüber. Wieder huschte eine Gestalt an dem Fenster im zweiten Stock vorbei. Ich tippte auf einen Mann. Ob es ein Schwarzer oder ein Weißer war, konnte ich nicht sagen. Aber das war sowieso egal.

Ramirez betatschte meinen Arm. »Wollen Sie was trinken? Wir haben einen Automaten hier. Ich spendiere Ihnen gern eine Cola.«

»Vielen Dank, aber ich habe heute vormittag noch einiges vor, und es wird langsam Zeit, daß ich mich wieder auf den Weg mache. Wenn Sie Morelli sehen, wäre es nett, wenn Sie mich anrufen könnten.«

»Die meisten Frauen wären geschmeichelt, wenn ihnen der Champ eine Cola ausgeben würde.«

Aber diese Frau nicht. Diese Frau hatte eher den Eindruck, daß der Champ nicht alle Tassen im Schrank hatte. Außerdem gefiel dieser Frau das Klima in der Halle ganz und gar nicht.

»Ich würde liebend gern eine Cola mit Ihnen trinken«, sagte ich. »Aber ich bin gleich zum Mittagessen verabredet.« Mit einer Schachtel Fig Newtons.

»Wozu die Eile? Bleiben Sie doch noch ein bißchen, und machen Sie es sich gemütlich. Ihre Verabredung kann warten.«

Ich verlagerte mein Gewicht und wich Schritt um Schritt zurück, während ich meine Lüge noch etwas ausschmückte. »Um ehrlich zu sein, handelt es sich um ein Geschäftsessen mit Sergeant Gazarra.«

»Das nehme ich Ihnen nicht ab«, sagte Ramirez. Sein Lächeln war erstarrt, und sein Ton war ruppiger geworden. »Ich glaube, das mit dem Essen ist gelogen.«

Mir wurde ein bißchen mulmig, und ich mußte mich zusammennehmen, um nicht übertrieben zu reagieren. Ramirez spielte nur mit mir. Wahrscheinlich ärgerte er sich, daß ich seinem Charme nicht erlegen war. Jetzt mußte er versuchen, vor seinen Freunden das Gesicht zu wahren.

Ich sah auf meine Armbanduhr. »Tut mir leid, wenn Sie mir nicht glauben, aber ich bin in zehn Minuten mit Sergeant Gazarra verabredet. Er wird nicht besonders erfreut sein, wenn ich mich verspäte.«

Als ich mich umdrehte, packte Ramirez mich mit der Hand im Genick und drückte so fest zu, daß ich unwillkürlich einen Buckel machte.

»Du gehst nirgendwo hin, Stephanie Plum«, flüsterte er. »Der Champ ist noch nicht fertig mit dir.«

Die Stille in der Halle schlug mir aufs Gemüt. Niemand rührte sich. Niemand erhob Einspruch. Ich sah die Männer der Reihe nach an und bekam nur ausdruckslose Blicke zurück. Ich wußte, daß mir keiner helfen würde, und zum ersten Mal überkam mich echte Angst.

Ich senkte die Stimme, bis ich so leise sprach wie Ramirez. »Ich bin eine Vertreterin des Gesetzes. Ich habe Sie um Informationen gebeten, die mir bei der Dingfestmachung von Joe Morelli nützen könnten, und ich habe Ihnen keinen Anlaß gegeben, meine Absichten mißzuverstehen. Ich habe mich Ihnen gegenüber sachlich und höflich verhalten, und ich erwarte, daß Sie das respektieren.«

Ramirez zog mich näher an sich heran. »Ich will dir mal was über den Champ verraten«, sagte er. »Erstens, komm du dem Champ nicht mit Respekt. Und zweitens, der Champ kriegt immer, was er will.« Er schüttelte mich. »Weißt du, was der Champ jetzt will? Der Champ will, daß du nett zu ihm bist, Baby. Richtig nett. Dafür, daß du ihm einen Korb gegeben hast. Zeig du ihm mal ein bißchen Respekt.« Er sah auf meine Brust. »Vielleicht zeigst du ihm auch etwas Angst. Hast du Angst vor mir, Fotze?«

Jede Frau, deren Intelligenzquotient zwölf überstieg, hätte Angst vor Benito Ramirez gehabt.

Er kicherte, und ich bekam eine Gänsehaut.

»Jetzt hast du Schiß«, sagte er mit seiner Flüsterstimme. »Ich kann es riechen. Du machst dir gleich in die Hose. Soll ich mal fühlen, ob du dich schon bepißt hast?«

Ich hatte meine Waffe dabei, und wenn es gar nicht anders ging, wollte ich sie auch benützen, aber nur im äußersten Notfall. Die zehn Minuten Übungsschießen, die ich absolviert hatte, hatten keinen Scharfschützen aus mir gemacht. Vielleicht ging es auch anders. Schließlich wollte ich niemanden umbringen. Ich mußte die Männer nur soweit einschüchtern, daß ich flüchten konnte. Langsam tastete ich mit der Hand die Tasche ab, bis ich die Waffe spürte. Sie fühlt sich hart und fest an.

Ich mußte Ramirez mit dem Revolver bedrohen und ein Gesicht machen, als ob ich zu allem entschlossen wäre. Ob ich imstande gewesen wäre abzudrücken? Ich weiß es nicht. Ich hatte meine Zweifel. Hoffentlich würde es nicht zum Äußersten kommen.

»Lassen Sie meinen Hals los«, sagte ich. »Das war meine letzte Warnung.«

»Dem Champ sagt keiner, was er zu tun hat!« brüllte er unbeherrscht los. Sein Gesicht war verzerrt und häßlich. Den

Bruchteil einer Sekunde lang war es, als ob ich in ihn hineinblicken könnte. Ich sah Wahnsinn, lodernde Höllenfeuer und einen Haß, der so stark war, daß es mir den Atem verschlug.

Er krallte sich in meine Bluse, und obwohl ich laut aufschrie, hörte ich, wie der Stoff zerriß.

In einer kritischen Situation, wenn man sich nur noch auf seinen Instinkt verlassen kann, tut man das, was einem als erstes einfällt. Ich tat das, was jede andere Amerikanerin in einer vergleichbaren Situation ebenfalls getan hätte. Ich holte weit aus und knallte Ramirez meine Handtasche an den Kopf. Mit der Waffe, meinem Piepser und dem ganzen anderen Krempel wog sie mindestens zehn Pfund.

Ramirez taumelte, und ich rannte zur Treppe. Ich war noch keine fünf Schritte weit gekommen, als er mich an den Haaren zurückriß und wie eine Stoffpuppe durch die Halle schleuderte. Ich verlor den Boden unter den Füßen und landete bäuchlings auf den Dielen. Mit den Händen voraus schlitterte ich über das unlackierte Holz. Durch den Aufprall bekam ich keine Luft mehr.

Ramirez hockte sich auf meinen Rücken, krallte sich in meine Haare und zerrte heftig daran. Ich kam mit der Hand an meine Tasche, aber ich bekam den Revolver nicht heraus.

Plötzlich knallte es, und an der Straßenseite zersprang eine Fensterscheibe. Ich hörte, wie weitere Schüsse fielen. Jemand feuerte ein ganzes Magazin in das Boxstudio. Die Männer rannten brüllend durch die Halle und gingen in Deckung. Ramirez brachte sich ebenfalls schleunigst in Sicherheit. Ich mußte wie ein Krebs über den Boden kriechen, weil mich meine Beine nicht mehr tragen wollten. An der Treppe stand ich auf und hielt mich am Geländer fest. Ich verfehlte die zweite Stufe, konnte mich, weil ich viel zu durcheinander war, nicht mehr halten und schoß die restlichen Stufen hinunter, bis ich im Eingang auf dem rissigen Linoleum landete. Ich rappelte mich hoch und stolperte in die Hitze und den strahlenden Sonnenschein hinaus. Meine Strumpfhose war zerrissen, meine Knie bluteten. Nach Atem ringend, hielt ich mich an der Türklinke fest, als sich plötzlich eine Hand um meinen Oberarm legte. Ich zuckte zusammen und schrie. Es war Joe Morelli.

»Himmelherrgott«, sagte er und zog mich mit sich. »Steh nicht so dumm rum. Beweg dich!«

Ich war mir nicht sicher, ob Ramirez soviel an mir lag, daß er mich verfolgen würde, aber weil es mir auf jeden Fall ratsamer erschien, es gar nicht erst darauf ankommen zu lassen, stöckelte ich mit hochgerafftem Rock atemlos hinter Morelli her. Auf der Kinoleinwand hätte Kathleen Turner in diesem Aufzug bestimmt toll ausgesehen. Bei mir hatte es einen weniger umwerfenden Effekt. Mir lief die Nase, und ich glaube fast, ich sabberte. Ich ächzte vor Schmerzen und schniefte vor Angst, gab unappetitliche Tierlaute von mir und versprach dem lieben Gott zwischendurch das Blaue vom Himmel.

Wir bogen um die Ecke, liefen durch eine schmale Gasse bis zum nächsten Block und dann eine einspurige Straße entlang, die von Hinterhöfen gesäumt war. Rechts und links standen baufällige Garagen und überquellende, verbeulte Mülltonnen.

In der Ferne schrillten Sirenen. Bestimmt waren es ein paar Streifenwagen und eine Ambulanz, wegen der Schießerei. Im nachhinein war mir klar, daß es besser gewesen wäre, in der Nähe des Boxstudios zu bleiben. Dann hätten die Polizisten mir helfen können, Morelli zu verfolgen. Das mußte ich mir unbedingt merken. Man konnte schließlich nie wissen, wann man das nächste Mal zusammengeschlagen und fast vergewaltigt werden würde.

Morelli blieb abrupt stehen und zog mich in eine leere Garage, deren Tor einen Spaltbreit offenstand. Der Boden bestand aus Lehm, die Luft war stickig und roch nach Metall. Plötzlich wurde ich mir der Ironie der Situation bewußt. Nach all den Jahren war ich wieder allein mit Morelli in einer Garage. Sein Blick war stechend, und er hatte einen harten Zug um den Mund. Er packte mich bei der Jacke und knallte mich mit solcher Wucht rückwärts gegen die rohe Holzwand, daß der Staub von den Dachbalken rieselte und mir die Zähne klapperten.

In seiner Stimme lag kaum unterdrückte Wut. »Wie kommst du eigentlich dazu, einfach so in das Boxstudio zu spazieren?«

Zur Bekräftigung seiner Frage rammte er mich noch einmal gegen die Wand, so daß noch mehr Dreck auf uns herunterregnete.

»Los, antworte!« schnauzte er.

Es stimmte ja, ich hatte eine Dummheit gemacht. Aber daß ich mich jetzt auch noch von Morelli schikanieren lassen mußte, war fast genauso erniedrigend, wie von ihm gerettet zu werden. »Ich habe dich gesucht.«

»Herzlichen Glückwunsch, du hast mich gefunden. Außerdem hast du mich aus der Deckung gelockt, und das gefällt mir gar nicht.«

»Dann warst du also der Schatten am Fenster gegenüber, der das Studio beobachtet hat.«

Morelli schwieg. In der dunklen Garage hatten sich seine Pupillen so stark geweitet, daß seine Augen schwarz aussahen.

Im Geiste knackte ich mit den Fingerknöcheln. »Nun denn. Du weißt ja sicher, was jetzt kommt.«

»Ich kann es kaum erwarten.«

Ich kramte den Revolver aus der Tasche und stieß Morelli den Lauf zwischen die Rippen. »Du bist festgenommen.«

Er riß die Augen auf. »Du hast eine Waffe? Wieso bist du damit nicht auf Ramirez losgegangen? Du hast ihn mit der Handtasche geschlagen wie ein richtiges Mädchen. Warum hast du die verdammte Knarre nicht benutzt?«

Ich wurde rot. Was sollte ich darauf antworten? Die Wahrheit war nicht nur peinlich, sie war schädlich. Wenn ich zugab, mehr Angst vor meiner Waffe als vor Ramirez gehabt zu haben, würde das meinem guten Ruf als Kautionsdetektivin nicht gerade nützen.

Aber es dauerte sowieso nicht lange, bis Morelli sich alles allein zusammengereimt hatte. Er schnaubte verächtlich, schob den Revolver weg und nahm ihn mir ab. »Wenn du nicht bereit bist, eine Waffe zu benutzen, solltest du erst gar keine mit dir rumschleppen. Hast du eigentlich einen Waffenschein, der dir das versteckte Mitführen einer Waffe erlaubt?«

»Ja.« Und ich hielt es nicht einmal für völlig ausgeschlossen, daß er echt war.

»Wo hast du den Schein her?«

»Ranger hat ihn mir besorgt.«

»Ranger Mañoso? Der hat ihn bestimmt zu Hause im Keller selbst gedruckt.« Er schüttelte die Patronen aus der Waffe und gab sie mir zurück. »Such dir einen neuen Job. Und laß die Finger von Ramirez. Der Kerl ist gemeingefährlich. Er hat schon dreimal wegen Vergewaltigung vor Gericht gestanden, und jedesmal ist er wieder freigesprochen worden, weil die Opfer plötzlich verschwunden waren.«

»Das wußte ich nicht.«

»Du weißt vieles nicht.«

Allmählich hatte ich die Nase voll von ihm. Ich war mir durchaus darüber im klaren, daß ich über den Flüchtlingsfang noch einiges lernen mußte. Aber auf Morellis sarkastische Überheblichkeit konnte ich dabei durchaus verzichten. »Worauf willst du hinaus?«

»Halte dich aus meinem Fall raus. Du willst als Kopfgeldjägerin Karriere machen? Schön. Nur zu. Aber such dir bitte ein anderes Versuchskaninchen. Ich habe auch schon so genug Probleme, ohne daß ich für dich das Kindermädchen spiele.«

»Es hat dich keiner gebeten, auf mich aufzupassen. Mir wäre

schon noch was eingefallen, wenn du dich nicht eingemischt hättest.«

»Du meinst, wenn dieses Brett vor deinem Kopf erst mal weg wäre.«

Meine aufgeschürften Hände brannten höllisch. Mir tat die Kopfhaut weh. Meine Knie pochten. Ich wollte nur noch weg von Morelli, mich fünf bis sechs Stunden unter die heiße Dusche stellen und neue Kräfte sammeln. »Ich fahre nach Hause.«

»Gute Idee«, sagte er. »Wo steht dein Wagen?«

»Ecke Stark Street und Tyler.«

Er drückte sich flach an die Wand und lugte vorsichtig zum Tor hinaus. »Die Luft ist rein.«

Ich hatte steife Knie, und das geronnene Blut klebte an den Fetzen meiner Strumpfhose. Aber weil ich Morelli die Genugtuung, mich humpeln zu sehen, nicht gönnen wollte, marschierte ich tapfer darauf los. In Gedanken machte ich autsch, autsch, autsch, aber ich gab keinen Ton von mir. Als wir an die nächste Kreuzung kamen, merkte ich, daß er mich bis zu meinem Wagen begleiten wollte. »Ich brauche keine Eskorte«, sagte ich. »Ich komme allein zurecht.«

Er hatte die Hand unter meinen Ellenbogen gelegt und schob mich vorwärts. »Bilde dir bloß nichts ein. Mir liegt bei weitem nicht soviel an deinem Wohlergehen wie an deinem Verschwinden. Ich will mich überzeugen, daß du auch wirklich wegfährst. Ich will sehen, wie dein Auspuff dem Sonnenuntergang entgegenruckelt.«

Aus diesem Wunsch würde leider nichts werden. Mein Auspuff lag irgendwo auf der Route 1, zusammen mit dem Auspufftopf.

Als wir um die letzte Ecke bogen und ich meinen Wagen erblickte, hätte mich fast der Schlag getroffen. In der knappen Stunde, die er in der Stark Street gestanden hatte, war er über und über besprüht worden. Die vorherrschenden Farben waren Neonpink und Knallgrün, und auf beiden Seiten prangte dick und fett die Aufschrift »Pussi«. Ich überprüfte das Kennzeichen und sah nach, ob auf dem Rücksitz eine Schachtel Fig Newtons stand. Doch, es war tatsächlich mein Wagen.

Noch eine Blamage an einem Tag, der mit Blamagen ohnehin schon reich gesegnet war. Ob es mir etwas ausmachte? Nicht viel. Ich war wie betäubt. Allmählich wurde ich gegen Blamagen immun. Ich suchte nach meinen Schlüsseln und schloß die Wagentür auf.

Morelli wippte auf den Fersen, die Hände in den Taschen, den Anflug eines Grinsens auf den Lippen. »Die meisten Leute begnügen sich mit einem Zierstreifen und ihren Initialen auf dem Nummernschild.«

»Du kannst mich mal!«

Morelli warf den Kopf in den Nacken und lachte. Sein Lachen klang tief und volltönend, und es war so ansteckend, daß ich bestimmt mitgelacht hätte, wenn ich nicht so geknickt gewesen wäre. So aber riß ich bloß die Wagentür auf und rutschte hinter das Lenkrad. Ich drehte den Zündschlüssel herum, verpaßte dem Armaturenbrett einen wuchtigen Schlag mit der Faust und fuhr mit knatterndem Auspuff davon. Morelli ließ ich in einer Lärm- und Abgaswolke stehen, die ausgereicht hätte, seine Eingeweide zu verflüssigen.

Ich wohnte am äußersten östlichen Stadtrand von Trenton in einem häßlichen, dunkelroten Backsteinkasten, der noch aus der Zeit vor der Erfindung von Klimaanlagen und Isolierfenstern stammte. Insgesamt gab es achtzehn Wohnungen in dem Gebäude, die sich gleichmäßig über drei Stockwerke verteilten und die man nicht unbedingt als Traum eines jeden Mieters bezeichnen konnte. Wir hatten weder ein Schwimmbad noch einen Tennisplatz, und auf den Fahrstuhl war kein Verlaß.

Mein Badezimmer hatte senfgelbe Einbauten und altmodische Zierfliesen, die wahrscheinlich zur Zeit der Partridge Family der letzte Schrei gewesen waren. Die Küche war auch nicht wesentlich jünger.

Aber die Wohnung hatte auch ihre Vorteile. Die Wände waren so solide gebaut, daß keine Geräusche hindurchdrangen. Die Zimmer waren groß und sonnig. Die Decken waren hoch. Ich wohnte im ersten Stock, und meine Fenster gingen auf unseren kleinen Privatparkplatz hinaus. Einen Balkon hatte ich nicht, aber immerhin führte die altmodische schwarze Feuerleiter direkt an meinem Schlafzimmerfenster vorbei, geradezu ideal, um Strumpfhosen zu trocknen oder von Blattläusen befallene Topfpflanzen auszulagern, und außerdem groß genug, um in warmen Sommernächten draußen sitzen zu können.

Das schönste an diesem häßlichen Backsteinkasten war jedoch die Tatsache, daß er nicht zu einem riesigen Komplex anderer häßlicher Backsteinkästen gehörte, sondern für sich allein an einer belebten Straße mit kleinen Geschäften stand, an die bescheidene Holzhäuschen grenzten. Fast so wie in meinem alten Viertel, nur besser. Meine Mutter hatte ihre liebe Not, die Nabelschnur so weit zu spannen, und die nächste Bäckerei lag gleich um die Ecke.

Ich stellte den Wagen auf dem Parkplatz ab und schlich durch den Hintereingang ins Haus. Ohne Morelli brauchte ich nicht mehr tapfer zu sein, und so humpelte ich denn unter ausgiebigem Wimmern und Fluchen in meine Wohnung. Nachdem ich geduscht und mich verarztet hatte, zog ich mir ein frisches T-Shirt und Shorts an. Meine Knie hatten die oberste Hautschicht eingebüßt, und die Blutergüsse, die sich darauf abzeichneten, schillerten bereits in den schönsten Lila- und Blautönen. Meine Ellenbogen sahen auch nicht viel besser aus. Ich fühlte mich wie ein Kind, das vom Fahrrad gefallen war. Ich hörte mich noch jubeln: »Ich kann es, ich kann es«, da lag ich auch schon auf der Nase und hatte aufgeschlagene Knie.

Ich warf mich aufs Bett und streckte alle viere von mir. Das mache ich immer, wenn ich nicht mehr weiterweiß. Ich kann es nur empfehlen. Man kann ein Nickerchen machen, während man darauf wartet, daß einem ein genialer Gedanke kommt. Ich lag also da, und die Zeit verging. Ein genialer Gedanke wollte mir nicht kommen, und zum Schlafen war ich zu aufgeregt.

Immer und immer wieder lief die Begegnung mit Ramirez vor mir ab. Ich war noch nie von einem Mann angegriffen worden. Es war eine entwürdigende beängstigende Erfahrung, und obwohl sich die Aufregung inzwischen etwas gelegt und ich mich ein wenig beruhigt hatte, fühlte ich mich immer noch verletzt und wehrlos.

Ich überlegte, ob ich Ramirez anzeigen sollte, entschied mich aber sofort dagegen. Wenn ich mich bei Big Brother ausweinte, würde das meinem Ruf als harter, zäher Kopfgeldjägerin nicht gerade nützen. Daß Ranger jemanden wegen eines tätlichen Angriffs anzeigte, konnte ich mir jedenfalls nicht vorstellen.

Ich hatte noch einmal Glück gehabt, ich war mit leichten Blessuren davongekommen. Und das hatte ich ausgerechnet Morelli zu verdanken.

Es fiel mir nicht leicht, das zuzugeben: Von Morelli gerettet zu werden, war verdammt peinlich gewesen. Und furchtbar ungerecht. Alles in allem hatte ich mich wirklich nicht schlecht geschlagen. Ich arbeitete noch keine achtundvierzig Stunden an dem Fall und hatte Morelli schon zweimal gefunden. Sicher, es war mir nicht gelungen, ihn festzunehmen, aber ich lernte ständig dazu. Von einem Ingenieurstudenten im ersten Semester erwartet schließlich auch niemand, daß er auf Anhieb eine perfekte Brücke baut. Da konnte man bei mir ruhig auch ein Auge zudrücken.

Ich bezweifelte, daß mir der Revolver jemals sehr viel nützen würde. Es kam mir eher unwahrscheinlich vor, daß ich auf Morelli schoß. Das höchste der Gefühle wäre ein Schuß in den

Fuß gewesen. Aber wie gut standen meine Chancen, so ein kleines, bewegliches Ziel zu treffen? Nicht besonders gut. Ich brauchte unbedingt eine weniger tödliche Waffe, um mein Opfer außer Gefecht zu setzen. Vielleicht wäre mir mit einem Selbstverteidigungsspray besser gedient. Also gut, am nächsten Morgen würde ich mir in Sunny's Gun Shop noch ein neues Spielzeug für meine Umhängetasche besorgen.

Mein Radiowecker blinkte. 5.50 Uhr. Dösig sah ich auf die Anzeige, ohne mir viel dabei zu denken. Doch dann bekam ich einen Heidenschrecken. Meine Mutter erwartete mich wieder zum Abendessen!

Ich sprang aus dem Bett und raste zum Telefon. Die Leitung war tot. Die Telefongesellschaft hatte mir wegen unbezahlter Rechnungen den Anschluß abgeklemmt. Ich schnappte mir die Wagenschlüssel und schoß zur Tür hinaus.

4

Meine Mutter stand auf der Verandatreppe, als ich vor dem Haus anhielt. Sie schrie etwas und fuchtelte mit den Armen. Wegen meines laut knatternden Auspuffs konnte ich nicht hören, was sie schrie, aber dafür konnte ich es ihr von den Lippen ablesen. »STELL DAS AB!« schrie sie. »STELL DAS AB!«

»'tschuldigung!« schrie ich zurück. »Der Auspuff ist kaputt.«

»Das mußt du reparieren lassen. Ich habe dich schon vier Straßen weiter kommen hören. Bei dem Krach kriegt die alte Mrs. Ciak noch Herzjagen.« Sie musterte mit zusammengekniffenen Augen meinen fahrbaren Untersatz. »Hast du den Wagen neu spritzen lassen?«

»Das ist mir in der Stark Street passiert. Vandalen.« Ich schob sie rasch in die Diele, bevor sie die Aufschrift entziffern konnte.

»Mensch, was für tolle Knie«, sagte Grandma Mazur und bückte sich, um sich meine blutigen Schrammen genauer anzusehen. »Letzte Woche im Fernsehen, ich glaubte, es war in der Oprah-Winfrey-Show, da war eine Gruppe von Frauen im Studio, die hatten auch solche Knie. Sie haben gesagt, sie müßten ständig auf den Knien rumrutschen. Das habe ich bis heute nicht verstanden.«

»Herrschaftszeiten«, knurrte mein Vater hinter seiner Zeitung. Mehr brauchte er nicht zu sagen. Wir verstanden ihn auch so.

»Das kommt nicht vom Rumrutschen«, sagte ich zu

Grandma Mazur. »Ich bin mit meinen Roller Blades hingefallen.« Die kleine Lüge machte mir nichts aus. Ich war sowieso berühmt für unglückselige Mißgeschicke.

Ich warf einen Blick ins Eßzimmer. Die gute Spitzendecke lag auf dem Tisch. Besuch. Ich zählte die Gedecke. Fünf. Ich verdrehte die Augen. »Ma, du hast doch nicht etwa . . .?«

»Was?«

Es klingelte an der Haustür, und meine schlimmsten Befürchtungen wurden wahr.

»Wir bekommen Besuch, das ist alles«, sagte meine Mutter und ging zur Tür. »Ich kann mir doch in mein eigenes Haus Gäste einladen, wann ich will.«

»Es ist Bernie Kuntz«, sagte ich. »Ich sehe ihn durchs Dielenfenster.«

Meine Mutter blieb stehen und stemmte die Hände in die Hüften. »Und was hast du gegen Bernie Kuntz einzuwenden?«

»Zum Beispiel, daß er ein Mann ist.«

»Ich weiß ja, daß du eine schlechte Erfahrung gemacht hast. Aber das muß doch noch lange nicht das Ende vom Lied sein. Sieh dir deine Schwester Valerie an. Sie ist seit zwölf Jahren glücklich verheiratet und hat zwei reizende kleine Mädchen.«

»Mir reicht's. Ich haue ab. Ich verschwinde durch die Hintertür.«

»Es gibt Ananasauflauf«, sagte meine Mutter. »Du verpaßt den Nachtisch, wenn du jetzt gehst. Und glaub ja nicht, daß ich dir eine Portion aufhebe.«

Meine Mutter schreckt auch vor Gemeinheiten nicht zurück, solange sie der Meinung ist, daß sie einem guten Zweck dienen. Sie wußte, daß sie mich mit dem Ananasauflauf ködern konnte. Für einen guten Nachtisch würde jedes Mitglied der Familie Plum einiges in Kauf nehmen.

Grandma Mazur starrte Bernie an. »Wer sind Sie?«

»Ich bin Bernie Kuntz.«

»Was wollen Sie?«

Bernie scharrte verlegen mit den Füßen.

»Ich bin zum Abendessen eingeladen«, sagte er.

Grandma Mazur hatte die Fliegendrahttür immer noch nicht aufgemacht. »Helen«, rief sie über ihre Schulter. »Hier steht ein junger Mann vor der Tür. Er sagt, er ist zum Essen eingeladen. Wieso weiß ich nichts davon? Jetzt habe ich so ein altes Kleid an. In diesem Kleid kann ich doch keinen Männerbesuch empfangen.«

Ich kannte Bernie, seit er fünf war. Ich war mit ihm zur Grundschule gegangen. Von der ersten bis zur dritten Klasse hatten wir immer die Mittagspause zusammen verbracht, und noch heute fielen mir beim Namen Bernie Kuntz als erstes Erdnußbutter- und Geleebrote ein. An der High-School hatte ich ihn aus den Augen verloren. Ich wußte, daß er studiert hatte und zurückgekommen war, um im Geschäft seines Vaters Elektrogeräte zu verkaufen.

Er war mittelgroß und mittelbreit, inklusive Babyspeck, den er nie ganz losgeworden war. Er hatte sich fein gemacht, blank gewienerte Slipper mit Troddeln, schicke Hose und Sportjakkett. Anscheinend hatte er sich seit der sechsten Klasse nicht sehr verändert. Er sah immer noch so aus, als ob er keine Brüche addieren könnte, und der Schieber an seinem Reißverschluß stand hoch, so daß sich an seinem Hosenschlitz ein kleines Zelt bildete.

Wir setzten uns an den Tisch und konzentrierten uns aufs Essen.

»Bernie verkauft Elektroartikel«, sagte meine Mutter, während sie den Rotkohl herumreichte. »Er verdient gutes Geld damit. Er fährt einen Bonneville.«

»Man stelle sich vor, einen Bonneville«, sagte Grandma Mazur.

Mein Vater sah nicht von seinem Hähnchen hoch. Er hielt

den Mets die Treue, er trug Unterwäsche von Fruit of the Loom, und er fuhr einen Buick. Das waren die unverrückbaren Konstanten in seinem Leben, und er hatte ganz und gar nicht die Absicht, sich von einem Toasterverkäufer beeindrucken zu lassen, der einen Bonneville fuhr.

Bernie wandte sich mir zu. »Und was machst du so beruflich?«

Ich spielte mit meiner Gabel. Nach meinem alles andere als erfolgreichen Tag schien es mir etwas dreist, großspurig zu verkünden, ich wäre Kautionsdetektivin. »In gewisser Weise arbeite ich für eine Versicherungsgesellschaft«, sagte ich.

»Dann bist du so etwas wie eine Schadensreguliererin?«

»Eher so etwas wie eine Inkassovertreterin.«

»Sie ist Kopfgeldjägerin!« posaunte Grandma Mazur los. »Sie jagt gemeine Verbrecher, genau wie im Fernsehen. Sie hat eine Waffe und alles, was sie sonst noch braucht.« Sie griff hinter sich aufs Sideboard, wo meine Tasche lag. »Sie hat eine ganz tolle Ausrüstung«, sagte Grandma Mazur und stellte sich die Tasche auf den Schoß. Sie holte die Handschellen, den Piepser und eine Schachtel Tampons heraus und legte alles vor sich auf den Tisch. »Und hier ist ihre Waffe«, sagte sie stolz. »Ist sie nicht schön?«

Ich muß zugeben, es war eine ziemlich schicke Waffe. Sie hatte einen Edelstahlrahmen und einen geschnitzten Holzgriff. Es war ein fünfschüssiger Smith and Wesson-Revolver, Model 60. A .38 Special. Wenig Gewicht, einfache Handhabung hatte Ranger gesagt. Außerdem war er wesentlich preisgünstiger gewesen als eine halbautomatische Waffe, falls man vierhundert Dollar noch preisgünstig nennen kann.

»Mein Gott!« schrie meine Mutter. »Tu das Ding weg! Nehmt ihr die Waffe weg, bevor sie sich etwas antut!«

Die Trommel war offen und eindeutig leer. Ich kannte mich zwar nicht besonders gut mit Waffen aus, aber immerhin wußte ich, daß sie ohne Patronen nicht losgehen konnten. »Sie ist leer«, sagte ich. »Sie ist nicht geladen.«

Grandma Mazur hielt den Revolver mit beiden Händen, den Zeigefinger am Abzug. Sie kniff ein Auge zu und visierte die Nippesvitrine an. »Ka-bumm«, sagte sie. »Ka-bumm, ka-bumm, ka-bumm.«

Mein Vater beschäftigte sich mit der Hähnchenfüllung und würdigte uns keines Blickes.

»Ich will keine Waffen am Tisch haben«, sagte meine Mutter. »Außerdem wird das Essen kalt. Gleich muß ich die Soße aufwärmen.«

»Ohne Munition nützt dir die beste Knarre nichts«, sagte Grandma Mazur zu mir. »Wie willst du denn die ganzen Mörder fangen, wenn deine Waffe nicht geladen ist?«

Bernie, der bis jetzt nur stumm dagesessen und mit offenem Mund zugehört hatte, sagte entgeistert: »Mörder?«

»Sie ist hinter Joe Morelli her«, erklärte Grandma Mazur. »Er ist ein echter Mörder und ein Kautionsflüchtling. Er hat Ziggy Kulesza in den Kopf geschossen.«

»Ich kannte Ziggy Kulesza«, sagte Bernie. »Ich habe ihm vor ungefähr einem Jahr einen Fernseher mit Großbildschirm verkauft. Davon werden wir nicht viele los. Sie sind zu teuer.«

»Hat er sonst noch was bei dir gekauft?« fragte ich. »In der letzten Zeit vielleicht?«

»Nein. Aber ich habe ihn ein paarmal in den Laden gegenüber gehen sehen, in Sals Metzgerei. Mir ist nichts Besonderes an Ziggy aufgefallen. Er war ein ganz normaler Mensch.«

Niemand hatte auf Grandma Mazur geachtet. Sie spielte immer noch mit dem Revolver, visierte und zielte, wog ihn in der Hand. Plötzlich fiel mir ein, daß ich eine Schachtel Munition in der Tasche hatte. Mir kam ein ungemütlicher Gedanke. »Grandma, du hast die Waffe doch nicht etwa geladen, oder?«

»Natürlich habe ich sie geladen«, sagte sie. »Und eine Kammer habe ich leer gelassen, das weiß ich aus dem Fernsehen. Dann kann man nämlich aus Versehen keinen erschießen.« Sie drückte ab, um uns zu zeigen, daß nichts zu befürchten war. Es krachte, die Revolvermündung blitzte auf, und das Hähnchen sprang vom Teller in die Höhe.

»Heilige Mutter Gottes!« kreischte meine Mutter. Sie sprang auf und kippte ihren Stuhl um.

»Mist«, sagte Grandma. »Da muß ich wohl die falsche Kammer leer gelassen haben.« Sie beugte sich vor, um das Ergebnis ihrer Handarbeit zu begutachten. »Gar nicht so übel für meinen ersten Schießversuch. Ich habe den Vogel genau in den Bürzel getroffen.«

Mein Vater krallte die Finger so fest um seine Gabel, daß die Knöchel weiß hervortraten. Sein Gesicht war preißelbeerrot.

Ich lief um den Tisch und nahm Grandma Mazur vorsichtig die Waffe aus der Hand. Dann schüttelte ich die Patronen aus der Trommel und packte meine Siebensachen wieder in die Tasche.

»Seht euch den kaputten Teller an«, sagte meine Mutter. »Der gehörte zum Service. Wo soll ich denn nur wieder einen neuen herbekommen?« Sie schob den Teller zur Seite, und wir starrten schweigend auf das kreisrunde Loch in der Tischdecke und auf die Kugel, die sich in die Mahagoniplatte gebohrt hatte.

Grandma Mazur fand als erste die Sprache wieder. »Schießen macht hungrig«, sagte sie. »Reicht mir mal die Kartoffeln rüber.«

Alles in allem hatte Bernie Kuntz den Abend gut überstanden. Er hatte sich nicht in die Hose gemacht, als Grandma Mazur dem Hähnchen ins Gesäß schoß. Er hatte zwei Portionen vom berüchtigten Rosenkohleintopf meiner Mutter bewältigt. Und er war einigermaßen nett zu mir gewesen, obwohl kein Zweifel daran bestand, daß wir nie zusammen unter eine Decke schlüpfen würden, und obwohl meine Familie verrückt war. Sein Motiv für so viel Freundlichkeit lag auf der Hand. Ich war eine Frau, der es an Elektrogeräten mangelte. Romantik ist gut für ein paar vertrödelte Abendstunden, aber bei florierendem Geschäft fällt schon mal ein Urlaub auf Hawaii ab. Er wollte verkaufen, ich wollte kaufen, und gegen die zehn Prozent Rabatt, die er mir anbot, hatte ich auch nichts einzuwenden. Als Belohnung für den verkorksten Abend hatte ich immerhin etwas Neues über Ziggy Kulesza erahren. Er kaufte sein Fleisch bei Sal Bocha, einem Mann, der mehr wegen seiner Wettgeschäfte als seiner fachmännischen Fähigkeiten bekannt war.

Ich merkte mir diese Information für später. Momentan kam sie mir nicht wichtig vor, aber vielleicht war sie ja später noch von Bedeutung.

Als ich wieder zu Hause war, setzte ich mich mit einem Glas Eistee und Morellis Akte an den Tisch und versuchte, mir einen Schlachtplan zurechtzulegen. Ich hatte Rex eine Schüssel Popcorn gemacht. Die Schüssel stand neben mir auf dem Tisch, und Rex saß in der Schüssel, die Backen mit Popcorn vollgestopft. Seine Augen leuchteten, und seine Schnurrhaare waren kaum zu sehen, so schnell bewegten sie sich.

»Na, Rex«, sagte ich. »Was meinst du? Glaubst du, wir können Morelli schnappen?«

Da klopfte es an der Wohnungstür. Rex und ich saßen völlig reglos da, nur unser inneres Radar summte. Ich erwartete keinen Besuch. Bei meinen Nachbarn handelte es sich zum größten Teil um ältere Herrschaften. Mit niemanden stand ich auf besonders freundschaftlichem Fuß. Ich konnte mir jedenfalls nicht vorstellen, daß einer von ihnen abends um halb zehn an meine Tür klopfte. Höchstens Mrs. Becker aus dem zweiten Stock. Sie vergaß manchmal, wo sie wohnte.

Es klopfte noch einmal. Rex und ich drehten die Köpfe zur Tür. Es war eine schwere Eisentür mit Sicherheitsspion, einem

Riegel und einer zweifach verstärkten Vorlegekette. Bei schönem Wetter ließ ich meine Fenster Tag und Nacht offenstehen, aber die Tür schloß ich immer ab. Hannibal und seine Elefanten wären nicht durch meine Wohnungstür gekommen, aber durch meine Fenster konnte jeder Vollidiot eindringen, der imstande war, eine Feuerleiter hinaufzusteigen.

Ich legte den Spritzschutz meiner Bratpfanne auf die Popcornschüssel, damit Rex nicht herausklettern konnte, und ging nachsehen. Als ich vor der Tür stand, hörte das Klopfen auf. Ich drückte ein Auge auf den Spion und sah nichts. Jemand hielt das Guckloch zu. Kein gutes Zeichen. »Wer ist da?« rief ich.

Ein leises Lachen, das durch die Ritzen drang, ließ mich ein paar Schritte zurückweichen. Auf das Lachen folgte nur ein einziges Wort: »Stephanie.«

Diese Stimme mit dem melodischen, höhnischen Klang war nicht zu verwechseln. Sie gehörte Ramirez.

»Ich will mit dir spielen, Stephanie«, säuselte er. »Hast du Lust zum Spielen?«

Ich bekam weiche Knie, und in mir stieg eine irrationale Angst auf. »Verschwinde, oder ich rufe die Polizei.«

»Du kannst doch überhaupt nicht telefonieren, du Flittchen. Dein Apparat ist tot. Das weiß ich genau, weil ich selber schon probiert habe, bei dir anzurufen.«

Meine Eltern haben nie begriffen, warum mir soviel an meiner Unabhängigkeit liegt. Sie sind überzeugt davon, daß ich mich die meiste Zeit verängstigt und einsam in meiner Wohnung verkrieche. Ich kann ihnen erzählen, was ich will, sie glauben mir nicht. Dabei habe ich fast nie Angst. Höchstens ab und zu vor vielfüßigen Krabbeltieren. Meiner Ansicht nach ist nur eine tote Spinne eine gute Spinne, und die ganze Gleichberechtigung ist keinen Pfifferling wert, wenn ich keinen Mann mehr bitten darf, für mich die Insekten totzuschlagen. Ich habe keine Angst, daß irgendwelche mordlüsternen Skinheads meine Tür aufbrechen oder durch das offene Fenster einsteigen. Solche Typen bevorzugen sowieso meistens die Gegend um den Bahnhof. Außerdem wird man in meinem Viertel so gut wie nie überfallen oder samt dem eigenen Wagen entführt, und wenn es doch mal passiert, kommt man in der Regel mit dem Leben davon.

Bis zu diesem Augenblick hatte ich Angst eigentlich nur dann gekannt, wenn ich mitten in der Nacht aufwachte, aus dem Schlaf geschreckt von einer Invasion der grauenhaftesten Monster ... Geister, Ungeheuer, Vampirfledermäuse, Außerirdische. Dann lag ich, meiner vollkommen aus den Fugen geratenen Phantasie hilflos ausgeliefert, im Bett, wagte kaum noch zu atmen und wartete darauf, daß ich abhob. Ich muß zugeben, daß es tröstlich wäre, nicht allein warten zu müssen, aber abgesehen von Bill Murray, welcher normale Sterbliche würde mir schon bei einem Geisterangriff helfen können? Zum Glück ist mir noch nie etwas passiert. Weder hat sich mein Kopf jemals um die eigene Achse gedreht, noch bin ich in den Weltraum gebeamt worden, noch ist mir Elvis erschienen. Und falls ich überhaupt einmal ein außerkörperliches Erlebnis gehabt habe, dann vor vierzehn Jahren, als Joe Morelli mit mir hinter der Vitrine mit den Liebesknochen lag.

Ramirez Stimme drang schneidend durch die Tür. »Ich bin noch nicht fertig mit dir, Stephanie Plum. Ich kann es nicht leiden, wenn ein Weib vor dem Champ wegläuft.«

Er drehte am Türknauf, und einen Augenblick lang klopfte mir das Herz im Hals. Die Tür rührte sich nicht, und mein Puls sank wieder auf eine nicht mehr unmittelbar zum Hirnschlag führende Frequenz.

Ich atmete ein paarmal tief durch und kam zu dem Schluß, daß es das klügste wäre, ihn einfach zu ignorieren. Ich hatte keine Lust, mich mit ihm herumzustreiten, und ich wollte nicht alles noch schlimmer machen, als es sowieso schon war. Ich schloß die Fenster, verriegelte sie und zog die Vorhänge zu. Dann lief ich ins Schlafzimmer und überlegte, ob ich über die Feuerleiter abhauen sollte, um Hilfe zu holen. Aber irgendwie erschien mir das albern, so als ob ich Ramirez' Drohung damit mehr Gewicht beimaß, als ihr zukam. Mach dir nicht gleich in die Hose, schalt ich mich. Es ist doch nichts Ernstes. Ich verdrehte die Augen. Nichts Ernstes! Nur ein gemeingefährlicher Irrer von zweihundertfünfzig Pfund Lebendgewicht, der in meinem Hausflur stand und mich lautstark bedrohte.

Ich schlug die Hand vor den Mund, um ein hysterisches Wimmern schon im Ansatz zu ersticken. Nur keine Panik. Es würde sicher nicht lange dauern, bis meine Nachbarn kamen, um nach dem Rechten zu sehen. Dann war Ramirez gezwungen zu gehen.

Ich nahm den Revolver aus der Tasche und ging noch einmal in die Diele. Der Spion war frei, der Hausflur sah verlassen aus. Ich legte mein Ohr an die Tür und lauschte. Nichts. Ich schob den Riegel zurück und öffnet einen Spaltbreit, rührte aber die Sicherheitskette nicht an und hielt die Waffe im Anschlag. Kein Ramirez in Sicht. Ich machte die Kette los und spähte den Hausflur hinaus. Alles friedlich. Er war tatsächlich verschwunden.

Plötzlich bemerkte ich, daß an meiner Tür ein widerwärtiger Schleim hinunterlief. Haferschleim war es nicht, dessen war ich mir sicher. Ich mußte würgen. Schnell machte ich die Tür zu, schloß ab, schob den Riegel vor und hängte die Kette wieder ein. Wunderbar. Gerade mal zwei Tage in dem Job, und schon holte sich der erste Irre vor meiner Tür einen runter.

So etwas war mir früher nie passiert, als ich noch bei E. E. Martin arbeitete. Sicher, einmal hatte mir ein Obdachloser auf den Fuß uriniert, und zuweilen ließ im Bahnhof schon auch mal ein Kerl die Hose runter, aber darauf war man gefaßt, wenn man in Newark arbeitete. Ich hatte gelernt, diese Dinge nicht persönlich zu nehmen. Die Sache mit Ramirez war etwas vollkommen anderes. Sie machte mir angst.

Ich schrie auf, als über mir ein Fenster geöffnet und wieder geschlossen wurde. Dabei war es nur Mrs. Delgado, die ihre Katze für die Nacht rausließ. Ich mußte mich zusammenreißen. Um auf andere Gedanken zu kommen, fing ich an, nach verpfändbaren Gegenständen zu suchen. Viel war nicht mehr übrig. Ein Walkman, ein Bügeleisen, Perlenohrringe von meiner Hochzeit, eine Küchenuhr, die wie ein Huhn aussah, ein gerahmtes Ansel-Adams-Poster und zwei getöpferte Tischlampen. Vielleicht konnte ich damit die Telefonrechnung zahlen. Ich wollte es nicht noch einmal erleben, daß ich in meiner eigenen Wohnung in der Falle saß und nicht um Hilfe rufen konnte.

Ich setzte Rex wieder in seinen Käfig, putzte mir die Zähne, zog ein Nachthemd an und kroch ins Bett. Sämtliche Lampen ließ ich brennen.

Als ich am nächsten Morgen aufwachte, sah ich als allererstes durch den Türspion. Da mir nichts Ungewöhnliches auffiel, duschte ich rasch und zog mich an. Rex schlief tief und fest in seiner Suppendose, nachdem er die ganze Nacht in seinem Rad gelaufen war. Ich gab ihm frisches Wasser und schüttete die berüchtigten Hamsterkörner in seinen Napf. Eine Tasse Kaffee wäre nicht zu verachten gewesen. Aber leider hatte ich keinen Kaffee im Haus.

Ich ging ans Wohnzimmerfenster und hielt auf dem Parkplatz nach Ramirez Ausschau, dann spähte ich vorsichtshalber noch einmal durch den Spion. Ich schob den Riegel zurück und öffnete die Tür, aber die Kette nahm ich nicht ab. Ich steckte die Nase durch den Spalt und schnupperte. Es roch nicht nach Boxer, also löste ich die Kette und trat mit gezückter Waffe einen Schritt in den Hausflur. Er war leer. Ich schloß hinter mir ab und pirschte mich mich ein paar Schritte vorwärts. Der Aufzug klingelte, die Tür glitt summend auf, und ich hätte um ein Haar die alte Mrs. Moyer erschossen. Nachdem ich mich wortreich entschuldigt und ihr versichert hatte, daß die Waffe nicht echt war, schlich ich zur Treppe. Die Luft war rein. Ich konnte die erste Ladung Sperrmüll nach unten schleppen.

Als Emilio seine Pfandleihe endlich aufmachte, war ich voll auf Koffeinentzug. Um den Preis der Ohrringe versuchte ich noch zu feilschen, aber ich war nicht recht mit dem Herzen dabei und ließ mich von ihm übers Ohr hauen. Es war mir egal. Ich hatte, was ich brauchte. Geld für eine weniger gefährliche Waffe und die Telefonrechnung. Es war sogar noch genügend für einen Blaubeermuffin und eine große Tasse Kaffee übrig.

Ich gönnte mir fünf Minuten Pause, um mein Frühstück ausgiebig zu genießen, dann beeilte ich mich, zur Telefongesellschaft zu kommen. An einer Ampel wurde ich von zwei Typen in einem Geländewagen angehupt. Ihren Gesten nach zu urteilen, bewunderten sie die Aufschriften an meinem Wagen. Was sie sagten, konnte ich nicht hören, weil der Motor zu laut war. Ein Gutes hatte das Geknatter also doch.

Plötzlich stieg um mich herum Nebel auf, und ich begriff, daß ich qualmte. Es war keine gutartige weiße Abgasfahne wie an einem kalten Tag. Es war dicker, schwarzer Qualm, und in Ermangelung eines Auspuffrohres kam er in großen Wolken irgendwo unter mir herausgequollen. Ich hämmerte auf das Armaturenbrett, um zu sehen, ob wenigstens eine der Anzeigen funktionierte, und wie fast nicht anders zu erwarten, ging tatsächlich das rote Öllämpchen an. Ich fuhr sofort die nächste Tankstelle an, kaufte eine Dose Öl, gab sie dem Wagen zu saufen und kontrollierte den Ölstand. Er war immer noch ziemlich niedrig, also kippte ich gleich eine zweite Dose hinterher.

Meine nächste Station war die Telefongesellschaft. Die Rechnung zu bezahlen und dafür zu sorgen, daß mein Telefon wieder angeschlossen wurde, war kaum weniger kompliziert als das Erwerben einer Green Card. Zum Schluß blieb mir nichts anderes übrig, als zu behaupten, meine blinde, senile Großmutter wohne bei mir, wenn sie nicht gerade mit einem Herzinfarkt im Krankenhaus liege; ein funktionstüchtiges Telefon würde unter Umständen über Leben und Tod entscheiden. Ich glaube zwar nicht, daß mir die Frau hinter dem Schalter meine Geschichte abgenommen hat, aber ich glaube, daß sie mir ein paar Pluspunkte für besonderen Unterhaltungswert gutgeschrieben hat. Außerdem versprach sie mir, daß im Laufe des Tages irgendwer irgendwas wieder anklemmen würde. Gut. Wenn Ramirez noch einmal auftauchte, konnte ich wenigstens die Polizei anrufen. Und für den Notfall wollte ich mir noch eine Dose Tränengas besorgen. Mit der Knarre war ich zwar nicht besonders fit, aber im Umgang mit einer Sprühdose konnte mir keiner etwas vormachen.

Als ich vor dem Waffengeschäft ankam, flackerte das Öllämpchen schon wieder. Da ich keinen Qualm sah, erklärte ich mir die Sache so, daß der Öldruckmesser steckengeblieben war. Auf jeden Fall hatte ich keine große Lust, noch mehr Geld für Öl zu verplempern. Der Wagen durfte einfach nicht schlappmachen. Wenn ich meine zehntausend Dollar Kopfgeld kassiert hatte, würde ich ihm so viel Öl kaufen, wie er saufen konnte, und ihn anschließend von einer Brücke stürzen.

Die Besitzer von Waffengeschäften hatte ich mir immer als große, stämmige Männer vorgestellt, die Baseballmützen mit Aufklebern von Motorradmarken trugen und Bubba oder Billy Bob oder so ähnlich hießen. Dieses Waffengeschäft gehörte einer Frau namens Sunny. Sie war Mitte Vierzig. Ihre Haut hatte die Farbe und Struktur einer guten Zigarre, die fransigen Haare waren kanariengelb gefärbt, und ihre Stimme klang so, als ob sie zwei Schachteln Zigaretten pro Tag rauchte. Sie trug Straßohrringe, hautenge Jeans und hatte aufgemalte kleine Palmen auf den Fingernägeln.

»Hübsch«, sagte ich und zeigte auf ihre Nägel.

»Das macht Maura im Hair Palace. Was Fingernägel angeht, ist sie ein Genie. Und wenn sie einem mit Warmwachs die Schamhaare entfernt, ist man hinterher so glatt wie eine Billardkugel.«

»Muß ich mir merken.«

»Fragen Sie nach Maura. Sagen Sie ihr, Sie kommen von Sunny. Was kann ich heute für Sie tun? Haben Sie schon Ihre ganze Munition verschossen?«

»Ich brauche Tränengas.«

»Und an was für eine Sorte haben Sie gedacht?«

»Gibt es denn verschiedene?«

»Aber natürlich. Wir haben eine große Auswahl unterschiedlicher Sprays im Sortiment.« Sie holte mehrere in Plastik verschweißte Päckchen aus dem Regal. »Das ist Mace, das Original. Das ist Peppergard, die umweltfreundliche Alternative, die heutzutage oft von der Polizei benutzt wird. Und last not least Sure Guard, eine echte chemische Waffe. Damit fällen Sie einen Dreizentnermann in sechs Sekunden. Es wirkt direkt auf die Neurotransmitter. Wer dieses Zeug auf die Haut kriegt, kippt aus den Latschen. Auch wenn er betrunken ist oder unter Drogen steht. Einmal sprühen, und schon heißt es: Aus die Maus.«

»Hört sich gefährlich an.«

»Das können Sie laut sagen.«

»Ist es tödlich? Hinterläßt es bleibende Schäden?«

»Der einzige bleibende Schaden, den das Opfer davonträgt, ist die Erinnerung an die größte Blamage seines Lebens. Anfänglich gibt es natürlich Lähmungserscheinungen, und wenn sie sich wieder gelegt haben, kommt es normalerweise zu heftigem Erbrechen und bösen Kopfschmerzen.«

»Ich weiß nicht. Was ist, wenn ich mich aus Versehen selbst damit einsprühe?«

Sie verzog das Gesicht. »Kindchen, das sollten Sie besser bleibenlassen.«

»Hört sich kompliziert an.«

»Ist es aber nicht. Sie müssen bloß aufs Knöpfchen drücken, mehr ist nicht dabei. Sie sind jetzt schließlich ein Profi.« Sie tätschelte meine Hand. »Nehmen Sie das Sure Guard. Es ist genau das Richtige für Sie.«

Ich kam mir nicht wie ein Profi vor. Ich fühlte mich wie ein Idiot. Früher hatte ich gegen den Einsatz von Giftgas protestiert, und nun wollte ich bei einer Frau, die sich die Schamhaare mit Warmwachs entfernen ließ, selbst Nervengas kaufen.

»Sure Guard haben wir in verschiedenen Größen vorrätig«, sagte Sunny. »Ich persönlich bevorzuge das Schlüsselringmodell, das nur siebzehn Gramm wiegt. Es hat einen Karabiner aus Edelstahl, steckt in einem attraktiven Lederetui und ist in drei Modefarben erhältlich.«

»In drei Farben? Wahnsinn.«

»Probieren Sie es ruhig mal aus«, sagte Sunny. »Damit Sie wissen, wie man damit umgeht.«

Ich ging nach draußen, machte den Arm ganz lang und sprühte. Plötzlich drehte der Wind, ich rannte wieder hinein und knallte die Tür zu.

»Der Wind kann tückisch sein«, sagte Sunny. »Vielleicht nehmen Sie lieber den Hinterausgang, wenn Sie gehen. Hinter dem Schießstand.«

Ich folgte ihrem Rat. Als ich wieder auf der Straße war, lief ich so schnell wie möglich zu meinem Wagen für den Fall, daß doch noch ein paar Tröpfchen Sure Guard in der Luft hingen, die nur darauf lauerten, sich auf meine Neurotransmitter zu stürzen. Als ich den Schlüssel ins Zündschloß steckte, gab ich mir Mühe, nicht daran zu denken, daß eine unter Druck stehende Tränengasdose oder, etwas anders ausgedrückt, eine Nervengasbombe vor meinen Knien baumelte. Der Motor sprang an, und das Öllämpchen blinkte auf. Es sah sehr rot und böse aus. Aber darum konnte ich mich jetzt nicht kümmern. Auf meiner Liste der dringendsten Probleme rangierte Öl noch nicht einmal unter den Top Ten.

Ich fuhr los, ohne auch nur ein einziges Mal im Rückspiegel zu überprüfen, ob ich eine verräterische Qualmwolke hinter mir herzog. Carmen Sanchez wohnte nicht weit von der Stark Street entfernt. Kein tolle Gegend, aber auch nicht die allerschlechteste. Das Haus war ein gelber Ziegelbau, der so aussah, als ob er einen ausführlichen Frühjahrsputz vertragen könnte. Drei Stockwerke hoch. Kein Aufzug. Gesprungene Fliesen in der kleinen Eingangshalle. Carmens Wohnung lag im ersten Stock. Bis ich oben war, schwitzte ich. Die Tür war zwar nicht mehr polizeilich versiegelt, aber dafür mit einem Vorhängeschloß versehen. Auf derselben Etage waren noch zwei Wohnungen. In der ersten war niemand zu Hause. Als ich an der zweiten Tür klopfte, machte mir eine Latinofrau auf. Mrs. Santiago, Ende Vierzig, Anfang Fünfzig. Sie hatte einen blauen Baumwollkittel und Flanellpantoffeln an und trug ein Baby auf der Hüfte. In der dunklen Wohnung hinter ihr plärrte ein Fernseher. Vor dem Bildschirm zeichneten sich zwei kleine Köpfe ab. Ich stellte mich vor und gab ihr meine Karte.

»Ich weiß nicht, was ich Ihnen erzählen soll«, sagte sie. »Diese Carmen hat nicht lange hier gewohnt. Keiner kannte sie. Sie war ruhig. Sie hatte nicht viel Kontakt.«

»Haben Sie sie seit der Schießerei gesehen?«

»Nein.«

»Wissen Sie, wo sie sein könnte? Freunde? Verwandte?«

»Ich kannte sie nicht. Keiner kannte sie. Soweit ich weiß, hat sie in einer Bar gearbeitet – im Step in der Stark Street. Vielleicht weiß dort jemand mehr.«

»Waren Sie am Abend der Schießerei zu Hause?«

»Ja. Es war schon spät, und Carmen hatte den Fernseher furchtbar laut aufgedreht. So laut wie noch nie. Dann hat jemand an Carmens Tür gehämmert. Ein Mann. Das war dieser Polizist. Er mußte wohl so hämmern, weil ihn ja bei dem Krach von dem Fernseher keiner hören könnte. Dann fiel ein Schuß. Dann habe ich die Polizei gerufen. Und dann habe ich ein ziemliches Getöse im Hausflur gehört. Also habe ich nachgeschaut.«

»Und?«

»John Kuzack war da und noch ein paar andere Leute aus dem Haus. Bei uns kümmert sich noch der eine um den anderen. Nicht wie in anderen Häusern, wo alle so tun, als ob sie nichts hören würden. Deshalb gibt es bei uns auch keine Drogen. So was kommt hier nicht vor. John hielt den Polizisten am Boden. Er wußte nicht, daß der Mann ein Bulle war. John hatte nur gesehen, daß jemand vor Carmens Haustür erschossen worden war, und dieser andere Mann hatte eine Waffe, also hat John was unternommen.«

»Und dann?«

»Es war ein ziemliches Durcheinander. Die vielen Leute im Treppenhaus.«

»War Carmen auch da?«

»Ich habe sie nicht gesehen. Es waren einfach furchtbar viele Leute. Und alle wollten wissen, was passiert war. Ein paar haben versucht, dem toten Mann zu helfen, aber es war zu spät. Er war tot.«

»Angeblich sollen zwei Männer in Carmens Wohnung gewesen sein. Haben Sie den anderen auch gesehen?«

»Kann schon sein. Da war ein Mann, den ich nicht kannte. Den hatte ich noch nie gesehen. Mager, dunkle Haare, dunkle

Haut, um die Dreißig, komisches Gesicht. Als ob er einen Schlag mit einer Bratpfanne abbekommen hätte. Eine ganz platte Nase. Deshalb ist er mir auch aufgefallen.«

»Was wurde aus ihm?«

Sie zuckte mit den Schultern. »Ich weiß nicht. Er muß wohl irgendwann gegangen sein. Genau wie Carmen.«

»Vieleicht sollte ich mal mit John Kuzack reden.«

»Er wohnt im dritten Stock. Er müßte zu Hause sein. Zur Zeit hat er keine Arbeit.«

Ich bedankte mich. Auf dem Weg nach oben versuchte ich mir vorzustellen, was das wohl für ein Mensch war, der bereit und imstande war, Morelli zu entwaffnen. Ich klopfte an Kuzacks Tür und wartete. Ich klopfte noch einmal, aber diesmal so energisch, daß ich mir die Fingerknöchel aufschrammte. Die Tür ging auf, und meine Überlegungen über Mr. Kuzack hatten sich erübrigt. John Kuzack war über einsneunzig groß und wog ungefähr fünf Zentner. Die fast grauen Haare hatte er zum Pferdeschwanz gebunden, und auf seiner Stirn prangte eine tätowierte Klapperschlange. In der einen Hand hielt er eine Fernsehzeitschrift, in der anderen eine Dose Bier. Süßer Haschischgeruch drang aus der verräucherten Wohnung. Ein Vietnam-Veteran, dachte ich. Von den Luftlandetruppen.

»John Kuzack?«

Er sah zu mir hinunter. »Was kann ich für Sie tun?«

»Ich bin hinter Joe Morelli her. Ich hatte gehofft, Sie könnten mir vielleicht etwas über Carmen Sanchez erzählen.«

»Sind Sie ein Bulle?«

»Ich arbeite für Vincent Plum. Er hat Morelli die Kaution gestellt.«

»Besonders gut habe ich Carmen Sanchez nicht gekannt«, sagte er. »Sie ist mir ein paarmal über den Weg gelaufen. Wir haben uns gegrüßt. Sie machte einen ziemlich netten Eindruck. Ich kam gerade die Treppe rauf, als ich den Schuß hörte.«

»Mrs. Santiago aus dem ersten Stock sagt, Sie hätten den Täter überwältigt.«

»Stimmt. Ich wußte nicht, daß er ein Bulle war. Ich wußte bloß, daß er jemanden erschossen hatte und noch bewaffnet war. Es kamen immer mehr Leute in den Hausflur, und er hat versucht, sie sich vom Leib zu halten. Die Situation sah nicht besonders gut aus, und da habe ich ihm eben mit einem Sechserpack eins übergebraten. Da ist er k. o. gegangen.«

Morelli war also ein Sechserpack Bier zum Verhängnis geworden. Ich hätte beinahe laut gelacht. Im Polizeibericht hatte es geheißen, Morelli sei mit einem stumpfen Gegenstand niedergeschlagen worden. Daß es ein Sechserpack gewesen war, stand nicht darin.

»Das war sehr mutig.«

Er grinste. »Ich war nicht mutig – ich war total blau.«

»Wissen Sie, was aus Carmen geworden ist?«

»Keine Ahnung. Sie wird sich wohl bei den Handgreiflichkeiten verdrückt haben.«

»Und Sie haben sie seitdem nicht mehr gesehen?«

»Nein.«

»Und wie steht es mit dem fehlenden Zeugen? Mrs. Santiago hat etwas von einem Mann mit einer platten Nase gesagt . . .«

»Ich kann mich an ihn erinnern, aber das ist auch schon alles.«

»Würden Sie ihn wiedererkennen?«

»Glaub' schon.«

»Meinen Sie, hier im Haus könnte es noch jemanden geben, der etwas über den verschwundenen Mann weiß?«

»Edleman war der einzige, der ihn auch noch deutlich gesehen hat.«

»Wohnt Edleman hier?«

»Edleman hat hier gewohnt. Er ist letzte Woche überfahren worden. Genau vor dem Haus. Es war Fahrerflucht.«

Ich hatte ein mulmiges Gefühl im Magen. »Halten Sie es für möglich, daß Edlemans Tod etwas mit dem Kulesza-Mord zu tun hat?«

»Kann ich nicht sagen.«

Ich bedankte mich bei Kuzack für seine Hilfe und ging langsam die Treppe wieder hinunter, angenehm benommen von einem passiven Haschischrausch.

Es war kurz vor zwölf und brütend heiß. Leider hatte ich mir am Morgen ein Kostüm und hochhackige Schuhe angezogen, um einen achtbaren, vertraueneinflößenden Eindruck zu machen. Ich hatte die Wagenfenster offengelassen, als ich vor Carmens Haus parkte, in der stillen Hoffnung, daß jemand den Nova stehlen würde. Aber so viel Glück war mir nicht beschieden, also quetschte ich mich hinter das Lenkrad und aß die letzten Fig Newtons, die ich meiner Mutter aus der Speisekammer geklaut hatte. Viel hatte ich von Carmens Nachbarn nicht erfahren, aber wenigstens war ich heute noch nicht angegriffen worden oder eine Treppe hinuntergefallen.

Morellis Wohnung stand als nächstes auf meiner Liste.

5

Ich hatte Ranger angerufen und ihn um Hilfe gebeten, weil ich mich nicht traute, auf eigene Faust einzubrechen. Als ich auf Morellis Parkplatz einbog, wartete Ranger schon. Er war von Kopf bis Fuß in Schwarz gekleidet. Ärmelloses schwarzes T-Shirt, schwarze Armeehosen. Er lehnte an einem schwarz schimmernden Mercedes, der so viele Antennen hatte, daß man damit bis zum Mars gekommen wäre. Ich ließ zwischen uns ein paar Lücken Platz, damit meine Abgase seinen Lack nicht beschmutzten.

»Dein Wagen?« fragte ich. Wem sollte dieser Schlitten wohl sonst gehören?

»Das Leben hat es gut mit mir gemeint.« Sein Blick wanderte zu meinem Nova hinüber. »Schöne Farben«, sagte er. »Warst du in der Stark Street?«

»Ja, und das Radio haben sie mir auch geklaut.«

»Ha, ha, ha. Nett von dir, der notleidenden Bevölkerung auch etwas zukommen zu lassen.«

»Ich würde ihr am liebsten meinen Wagen spenden, aber ihn will keiner haben.«

»Nur weil die Kerle spinnen, müssen sie noch lange nicht wahnsinnig sein.« Er deutete mit dem Kopf auf Morellis Wohnung. »Scheint keiner zu Hause zu sein, also werden wir die Besichtigung wohl ohne Führer machen müssen.«

»Ist das ungesetzlich?«

»Ach was. Wir sind das Gesetz, Baby. Kopfgeldjäger dürfen alles. Wir brauchen noch nicht mal einen Durchsuchungsbefehl.« Er schnallte sich einen schwarzen Waffengurt um die Hüften und schob seine 9-Millimeter-Glock hinein. Nachdem er sich ein Paar Handschellen an den Gurt gehängt hatte, schlüpfte er in dieselbe schwarze Jacke, die er schon im Café getragen hatte. »Ich glaube zwar nicht, daß Morelli da ist«, sagte er, »aber man kann nie wissen. Man muß auf alles gefaßt sein.«

Wahrscheinlich hätte ich ähnliche Vorbereitungen treffen sollen, aber ich konnte mir einfach nicht vorstellen, mit einem Revolver im Rockbund rumzulaufen. Außerdem wäre es nur eine leere Drohung gewesen, weil Morelli wußte, daß ich nicht den Mumm hatte, auf ihn zu schießen.

Wir gingen über den Parkplatz und durch das Außentreppenhaus zu Morellis Wohnung. Ranger klopfte und wartete einen Augenblick. »Jemand zu Hause?« rief er. Niemand antwortete.

»Und was nun?« sagte ich. »Trittst du jetzt die Tür ein?«

»Ich bin doch nicht blöd. Bei der Machonummer kann man sich den Fuß brechen.«

»Du knackst das Schloß, ja? Mit deiner Kreditkarte?«

Ranger schüttelte den Kopf. »Du siehst zuviel fern.« Er holte einen Schlüssel aus der Hosentasche und steckte ihn ins Schloß. »Ich habe mir vom Hausmeister den Ersatzschlüssel geben lassen, während ich auf dich gewartet habe.«

Morellis Apartment bestand aus Wohnzimer, Eßecke, Kochnische, Bad und Schlafzimmer. Es war relativ sauber und spärlich möbliert. Ein kleiner quadratischer Eichentisch mit vier Stühlen, eine bequeme, zu weich gepolsterte Couch, ein Couchtisch und ein Fernsehsessel. Im Wohnzimmer stand eine teure Stereoanlage, im Schlafzimmer ein kleiner Fernsehapparat.

Ranger und ich durchsuchten die Küche. Wir hatten es auf ein Adreßbuch abgesehen und stöberten rücksichtslos in dem Stapel Rechnungen, der sich vor dem Tischgrill auftürmte.

Ich sah Morelli fast vor mir, wie er nach Hause kam, seine Schlüssel auf die Küchentheke warf, aus den Schuhen schlüpfte und die Post durchging. Mich überkam so etwas wie Trauer, als mir klar wurde, daß er diese alltäglichen Dinge wahrscheinlich nie mehr würde machen können. Morelli hatte einen Menschen getötet und damit gewissermaßen auch sein eigenes Leben zerstört. Es war eine Schande. Wie hatte er nur so dumm sein können? Wie war er in diesen furchtbaren Schlamassel hineingeraten? Wie konnte so etwas überhaupt passieren?

»Hier ist nichts«, sagte Ranger. Er drückte die Abspieltaste von Morellis Anrufbeantworter. »Hi, Schnucki«, säuselte eine weibliche Stimme. »Hier ist Charlene. Ruf mich zurück.« Pieps.

»Joseph Anthony Morelli. Hier spricht deine Mutter. Bist du da? Hallo? Hallo?« Pieps.

Ranger drehte das Gerät um und schrieb den Sicherheitscode und die Fernabfragenummer auf. »Damit kannst du seinen Anrufbeantworter von außen abhören. Vielleicht kommt ja doch noch was Interessantes rein.«

Als nächstes nahmen wir uns das Schlafzimmer vor. Wir durchwühlten Morellis Schubladen, blätterten in Büchern und Zeitschriften und sahen uns die wenigen Fotos auf seiner Frisierkommode an. Es waren nur Aufnahmen von seiner Familie. Nichts, was wir gebrauchen konnten. Keine Fotos von Carmen. Die Schubladen waren zum größten Teil leer. Socken und Unterwäsche hatte er mitgenommen. Schade. Ich hätte zu gern einen Blick auf seine Unterwäsche geworfen.

Zum Schluß standen wir wieder in der Küche.

»Die Wohnung ist sauber«, sagte Ranger. »Hier werden wir nichts finden, was dir weiterhilft. Und ich glaube kaum, daß er noch einmal zurückkommt. Sieht ganz so aus, als ob er alles mitgenommen hätte, was er braucht.« Er nahm einen Schlüsselbund von einem Haken an der Küchenwand und drückte ihn mir in die Hand. »Da, nimm. Dann brauchst du nicht erst den Hausmeister zu fragen, wenn du das nächste Mal reinwillst.«

Wir schlossen Morellis Wohnung ab und warfen den Schlüssel beim Hausmeister ein. Ranger stieg in den Mercedes, setzte sich eine verspiegelte Sonnenbrille auf, öffnete das automatiche Schiebedach, legte eine Kassette mit harter Baßmusik ein und rollte wie Batman davon.

Mit einem ergebenen Seufzer sah ich mir meinen Nova an, aus dem das Öl auf den Asphalt tropfte. Zwei Wagen weiter stand Morellis nagelneuer rot-goldener Cherokee Jeep und funkelte in der Sonne. Der Schlüsselbund lag schwer in meiner Hand. Ein Wohnungs- und zwei Wagenschlüssel. Es konnte bestimmt nicht schaden, wenn ich mir den Jeep ein bißchen aus der Nähe betrachtete. Ich schloß ihn auf und sah hinein. Der Wagen roch neu. Auf dem Armaturenbrett lag nicht das kleinste Stäubchen, die Fußmatten waren frisch gesaugt und flekkenfrei, die roten Polster glatt und makellos. Der Jeep hatte Fünfgangschaltung und Vierradantrieb, und seine Pferdestärken wären der Stolz jeden Mannes gewesen. Er hatte Klimaanlage, Radio und Kassettenrecorder von Alpine, Telefon, Polizei- und CB-Funk. Ein Spitzenwagen. Und er gehörte Morelli. Es kam mir ungerecht vor, daß ein Verbrecher so einen tollen Wagen besaß, während ich eine uralte Schrottmühle fahren mußte.

Da ich den Wagen nun schon aufgeschlossen hatte, konnte ich ihn auch genausogut mal kurz anlassen. Es ist nicht gut für ein Auto, wenn es bloß herumsteht und nicht gefahren wird. Das weiß jeder. Ich holte tief Luft und setzte mich vorsichtig hinters Steuer. Ich stellte mir den Sitz und den Rückspiegel ein. Ich legte die Hände aufs Lenkrad. Ein herrliches Gefühl. Wenn ich so einen Wagen hätte, würde ich Morelli garantiert fangen. Ich war clever. Ich war zäh. Ich brauchte bloß einen anständigen Wagen. Ich überlegte, ob ich ein Stück fahren sollte. Sicher genügte es nicht, nur den Motor laufen zu lassen. Der Jeep konnte bestimmt ein bißchen Auslauf vertragen. Oder vielleicht sollte ich ihn gleich ein, zwei Tage richtig einfahren.

Wem wollte ich eigentlich etwas vormachen? Ich geb's ja zu, ich spielte mit dem Gedanken, Morellis Wagen zu stehlen. Nein, nicht stehlen, verbesserte ich mich. Beschlagnahmen. Schließlich war ich Kopfgeldjägerin, und als Kopfgeldjägerin durfte ich im Notfall wahrscheinlich jedes Fahrzeug beschlagnahmen. Ich warf einen Blick auf den Nova. Sah mir ganz nach einem Notfall aus.

Wenn ich mir Morellis Wagen unter den Nagel riß, hatte das noch einen weiteren Vorteil. Ich war mir ziemlich sicher, daß ihm das ganz und gar nicht gefallen würde. Vielleicht würde er eine Dummheit machen und ihn sich zurückholen wollen.

Ich ließ den Motor an und versuchte, nicht weiter darauf zu achten, daß mein Herz doppelt so schnell schlug wie sonst. Das Erfolgsgeheimnis eines guten Kopfgeldjägers liegt darin, daß er eine günstige Gelegenheit erkennt und beim Schopf packt, sagte ich mir. Flexibilität, Anpassungsfähigkeit, Kreativität, das waren die wichtigsten Eigenschaften. Und wenn man außerdem ein bißchen Mut hatte, schadete es auch nicht.

Allmählich beruhigte ich mich wieder. Das war gut so, sonst hätte ich womöglich meinen ersten gestohlenen Wagen zu Schrott gefahren. Ein unerledigter Punkt stand noch auf meiner Liste. Ich wollte dem Step In einen Besuch abstatten, Carmen Sanchez' letztem bekannten Arbeitsplatz. Die Bar lag am unteren Ende der Stark Street, zwei Straßen vom Boxstudio entfernt. Ich überlegte, ob ich erst nach Hause fahren sollte, um mir etwas Unauffälligeres anzuziehen, aber zum Schluß blieb ich doch bei meinem Kostüm. Ich konnte tragen, was ich wollte, ich würde auf alle Fälle auffallen.

Nicht weit von der Bar entfernt fand ich eine Parklücke. Ich schloß den Wagen ab und ging die paar Schritte zu Fuß. Leider mußte ich feststellen, daß die Bar geschlossen war. An der Tür hing ein Vorhängeschloß. Die Fenster waren mit Brettern vernagelt. Kein Schild gab einen Grund für die Schließung an. Ich war nicht allzu enttäuscht. Nach dem Vorfall im Boxstudio war ich nicht gerade versessen darauf gewesen, eine weitere Bastion der Männlichkeit in der Stark Street zu erstürmen. Ich ging zum Cherokee zurück und fuhr ein paarmal die Straße rauf und runter, um eine Spur von Morelli zu entdecken. Nach dem fünften Mal wurde es mir langsam kühl, und weil ich auch nicht mehr viel Benzin hatte, gab ich die Suche für den Tag auf. Ich hoffte, vielleicht im Handschuhfach eine Kreditkarte zu finden, hatte aber kein Glück. Toll. Kein Sprit. Keine Kohle. Kein Plastikgeld.

Wenn ich weiter hinter Morelli herjagen wollte, brauchte ich Geld. Ich konnte nicht von der Hand in den Mund leben. Vinnie war die logische Antwort auf mein Problem, er würde mir einen kleinen Vorschuß geben müssen. An einer Ampel sprang mir Morellis Autotelefon ins Auge. Ich schaltete es ein, und seine Nummer blinkte auf. Wie praktisch. Jetzt war sowieso schon alles egal. Warum sollte ich es bei dem Diebstahl von Morellis Wagen bewenden lassen? Genausogut konnte ich ihm auch noch eine gepfefferte Telefonrechnung servieren.

Ich rief Vinnies Büro an, und Connie meldete sich.

»Ist Vinnie da?« fragte ich.

»Ja«, sagte sie. »Den ganzen Nachmittag.«

»Ich komme in zehn Minuten vorbei. Ich muß mit ihm sprechen.«

»Hast du Morelli geschnappt?«

»Nein, aber ich habe seinen Wagen beschlagnahmt.«

»Hat er ein Schiebedach?«

Ich sah zur Decke. »Kein Schiebedach.«

»Mist«, sagte sie.

Ich legte auf und überlegte mir, wieviel Vorschuß ich verlangen sollte. Ich brauchte genug Geld, um zwei Wochen davon leben zu können, und wenn ich den Wagen als Köder für Morelli benutzen wollte, mußte ich eine Alarmanlage kaufen. Ich wollte den Jeep nicht rund um die Uhr beobachten, aber ich wollte auch nicht, daß Morelli ihn mir unter der Nase wegnahm, während ich schlief, auf dem Klo saß oder einkaufte.

Ich hatte meine Überlegungen noch nicht abgeschlossen, als plötzlich das Telefon klingelte. Das heißt, es surrte nur »brrrp«. Vor Schreck wäre ich fast von der Straße abgekommen. Es war ein sonderbares Gefühl, so als wäre man auf frischer Tat beim Lauschen oder Lügen ertappt worden, oder als säße man auf der Toilette und auf einmal klappten die Wände weg. Um ein Haar hätte ich angehalten und wäre schreiend aus dem Auto gesprungen.

Zaghaft griff ich nach dem Hörer. »Hallo?«

Erst blieb es still, dann sagte eine Frauenstimme: »Ich möchte Joseph Morelli sprechen.«

Ach du dickes Ei. Es war Mama Morelli. Als ob ich nicht schon tief genug in der Scheiße saß. »Joe ist im Moment nicht da.«

»Wer sind Sie?«

»Eine Freundin. Joe hat mich gebeten, ab und zu seinen Wagen auszufahren.«

»Das ist gelogen«, sagte sie. »Ich weiß, mit wem ich spreche. Ich spreche mit Stephanie Plum. Ich erkenne doch deine Stimme. Was machst du in Josephs Wagen?«

Niemand kann seine Verachtung so gut zeigen wie Mama Morelli. Wenn ich eine gewöhnliche Mutter am Telefon gehabt hätte, hätte ich mir vielleicht schnell eine Erklärung oder Entschuldigung einfallen lassen, aber vor Mama Morelli hatte ich eine Heidenangst.

»Wie bitte?« schrie ich. »Ich kann Sie nicht verstehen. Was? Was?«

Ich knallte den Hörer auf und schaltete das Telefon aus. »Gut gemacht«, sagte ich zu mir. »Sehr erwachsen. Sehr professionell. Tolle Reaktion.«

Nachdem ich den Wagen abgestellt hatte, marschierte ich strammen Schrittes den halben Block bis zum Kautionsbüro. Das Adrenalin pumpte nur so durch meine Adern, und ich steigerte mich richtig schön in die bevorstehende Auseinandersetzung hinein. Ich stürmte durch die Tür wie Wonder Woman persönlich, zeigte Connie den zuversichtlich hochgestreckten Daumen und ging sofort in das hintere Büro durch. Vinnie saß an seinem Schreibtisch und studierte die Ergebnislisten vom Pferderennen.

»Tag«, sagte ich. »Wie geht's?«

»Ach du Scheiße«, sagte Vinnie. »Was ist denn nun schon wieder?«

Das ist es, was ich an meiner Familie so liebe. Die Freundlichkeit, die Herzenswärme, die Höflichkeit. »Ich will einen Vorschuß auf meine Prämie. Ich habe ziemliche Unkosten.«

»Einen Vorschuß? Soll das ein Witz sein? Das soll doch wohl ein Witz sein, ja?«

»Das soll kein Witz sein. Ich bekomme zehntausend Dollar, wenn ich Morelli abliefere, und ich will zweitausend Dollar Vorschuß.«

»Wenn die Hölle zufriert. Und bilde dir bloß nicht ein, du kannst mich noch mal erpressen. Wenn du es meiner Frau steckst, bin ich so gut wie tot. Dann kannst du zusehen, ob du von einem Toten einen Job kriegst, du Intelligenzbestie.«

Da war was dran. »Okay, mit Erpressung komme ich also nicht weiter. Wie wäre es dann mit Geldgier? Wenn du mir jetzt zweitausend gibst, verlange ich hinterher nicht die vollen zehn Prozent.«

»Und wenn du Morelli nicht kriegst? Hast du daran schon mal gedacht?«

Nur in jeder wachen Minute. »Ich kriege Morelli.«

»Tja, tja. Entschuldige, aber ich kann deinen Optimismus nicht teilen. Und vergiß nicht, daß ich dir für dein wahnsinniges Vorhaben nur eine Woche Zeit gegeben habe. Du hast noch vier Tage. Wenn du Morelli bis nächsten Montag nicht geschnappt hast, setze ich jemand anderen auf ihn an.«

Connie kam herein. »Wo liegt eigentlich das Problem? Stephanie braucht Geld? Dann geben Sie ihr doch Clarence Sampson.«

»Wer ist Clarence Sampson?« fragte ich.

»Einer von unseren Quartalsäufern. Normalerweise ist er die Friedfertigkeit in Person. Aber ab und zu rastet er ein bißchen aus.«

»Und wie sieht das aus?«

»Das sieht so aus, daß er volltrunken Auto fährt. Diesmal hat er unglückseligerweise einen Polizeiwagen zu Schrott gefahren.«

»Er ist mit einem Polizeiwagen zusammengestoßen?«

»Nicht direkt«, sagte Connie. »Er hat versucht, den Polizeiwagen zu fahren. Dabei ist er leider in der State Street von der Straße abgekommen und in einen Schnapsladen gekracht.«

»Hast du ein Foto von dem Kerl?«

»Ich habe eine fünf Zentimeter dicke Akte mit Fotos aus zwei Jahrzehnten. Wir haben für Sampson schon so oft die Kaution gestellt, daß ich seine Sozialversicherungsnummer auswendig weiß.«

Ich ging mit ihr ins Vorzimmer und wartete, während sie in einem Aktenstapel stöberte.

»Die meisten unserer Kautionsdetektive bearbeiten mehrere Fälle gleichzeitig«, sagte Connie. »Das ist effektiver.« Sie gab mir ein Dutzend Akten. »Das sind die Kautionsflüchtlinge, hinter denen Morty Beyers für uns her war. Er wird noch ein Weilchen außer Gefecht sein, also kannst du ruhig dein Glück damit probieren. Manche sind einfacher als andere. Präg dir die Namen und Adressen ein, und merk dir die dazugehörigen Gesichter. Man kann nie wissen. Manchmal hat man Glück. Letzte Woche stand Andy Zabotsky in einem Schnellrestaurant in der Schlange, da erkannte er plötzlich den Typ, der vor ihm stand. Es war ein sehr guter Fang. Ein Dealer. Der hätte uns dreißigtausend Dollar gekostet.«

»Ich wußte gar nicht, daß ihr auch für Drogenhändler die Kaution stellt«, sagte ich. »Ich dachte, eure Kunden wären hauptsächlich kleine Fische.«

»Es geht nichts über Drogenhändler«, sagte Connie. »Sie verlassen nicht gern die Gegend. Sie haben Kunden. Sie verdienen gutes Geld. Wenn sie sich absetzen, kann man sich normalerweise darauf verlassen, daß sie wiederauftauchen.«

Ich klemmte mir die Akten unter den Arm und versprach, mir Kopien zu machen. Die Geschichte mit dem Schnellrestaurant war ermutigend. Wenn Andy Zabotsky einen Gauner in einer Hamburgerbude fangen konnte, waren meine Aussichten nicht die schlechtesten. Ich ernährte mich fast nur von Fast Food. Ich aß das Zeug sogar gern. Vielleicht würde es mit der Kopfgeldjägerei doch noch klappen. Bis ich irgendwann wieder flüssig war, konnte ich mich damit über Wasser halten, daß ich Leute wie Sampson einsammelte und zwischendurch die Schnellrestaurants abklapperte.

Als ich vor die Tür trat, hielt ich erst einmal den Atem an. Es war wie in einem Backofen. Die Luft war schwer und schwül, der Himmel dunstig. Die Sonne piekste auf der nackten Haut, und als ich mit der Hand vor den Augen zum Himmel sah, erwartete ich fast, daß über mir das Ozonloch klaffte, wie ein großes Zyklopenauge, dessen radioaktive Todesstrahlen mich auf Schritt und Tritt verfolgten. Ich weiß, daß das Loch angeblich über der Antarktis hängen soll, aber es wäre nicht verwunderlich, wenn es früher oder später über New Jersey auftauchen würde. In New Jersey wird Formaldehyd hergestellt, und man kippt den Müll von New York vor der Küste ab. Meiner Meinung nach hätte das Ozonloch gut dazu gepaßt.

Ich setzte mich in den Cherokee. Mit der Prämie für Sampson würde ich zwar nicht bis nach Barbados kommen, aber wenigstens würde ich etwas mehr im Kühlschrank haben als Schimmel. Und was noch wichtiger war, an diesem Fall konnte ich endlich eine Festnahme üben. Als Ranger mit mir aufs Polizeirevier gegangen war, um den Waffenschein zu besorgen, hatte er mir auch gleich das Festnahmeverfahren erklärt. Aber das war kein Ersatz für eine praktische Erfahrung.

Ich schaltete das Autotelefon ein und wähle Clarence Sampsons Nummer. Niemand meldete sich. Eine andere Telefonnummer war in der Akte nicht angegeben. Laut Polizeibericht wohnte er in 5077, Limeing Street. Ich schlug die Adresse im Stadtplan nach und fand die Straße nur zwei Blocks von der Stark Street entfernt. Ich klebte mir Sampsons Foto ans Armaturenbrett und verglich es im Fahren alle paar Sekunden mit den Männern, die ich auf der Straße sah.

Connie hatte gemeint, ich sollte in den Bars am unteren Ende der Stark Street anfangen. Auf der Liste meiner Lieblingsbeschäftigungen rangierte die Happy Hour in einer zwielichtigen Spelunke in der Stark Street noch einen Platz unter dem Absäbeln beider Daumen mit einem stumpfen Messer. Es erschien mir äußerst sinnvoll, aber wesentlich ungefährlicher, einfach im Cherokee sitzen zu bleiben und die Straße im Auge zu behalten. Wenn Clarence Sampson sich in einer der Bars aufhielt, mußte er früher oder später auch wieder herauskommen.

Nach einigem Suchen fand ich eine Parklücke, von wo aus ich die Stark Street gut überblicken und auch die Limeing Street einsehen konnte. Mit meinem Kostüm, meiner weißen Haut und dem großen roten Wagen fiel ich in der Gegend zwar etwas auf, aber wenn ich mich in eine Kneipe gewagt hätte,

hätte ich mindestens doppelt soviel Aufsehen erregt. Ich ließ die Scheiben ein Stück herunter und machte es mir auf dem Sitz, so gut es ging, bequem.

Irgendwann blieb ein Jugendlicher mit einer Menge Haare auf dem Kopf und Goldketten für siebenhundert Dollar um den Hals neben dem Cherokee stehen. Seine beiden Freunde standen daneben. »He, Baby«, sagte der erste. »Was machst du hier?«

»Ich warte auf jemanden«, sagte ich.

»Ach, ja? So ein Prachtbaby wie dich läßt man doch nicht warten.«

Einer der Freunde kam näher. Er schmatzte und züngelte mir etwas vor. Als er merkte, daß ich ihn ansah, leckte er mein Fenster ab.

Ich kramte in meiner Tasche nach dem Revolver und dem Nervengas und legte beides aufs Armaturenbrett. Danach blieben zwar immer noch gelegentlich Leute stehen und glotzten, aber sie wurden nicht mehr aufdringlich.

Um fünf Uhr, als ich mir schon ziemlich böse Falten in meinen Rayonrock gesessen hatte, wurde ich plötzlich unruhig. Ich hielt zwar Ausschau nach Clarence Simpson, aber ich dachte an Joe Morelli. Er war in der Nähe. Das spürte ich in der Magengrube. Es war wie eine summende elektrische Spannung. Im Geist spielte ich seine Festnahme durch. Am einfachsten wäre es, wenn er mich nicht kommen sähe, wenn ich mich von hinten anschleichen und ihn mit dem Gas betäuben könnte. Wenn das nicht ging, mußte ich ihn in ein Gespräch verwickeln und den richtigen Moment für das Spray abwarten. Wenn er erst mal gelähmt am Boden lag, konnte ich ihm Handschellen anlegen. Dann wäre mir wesentlich wohler.

Um sechs Uhr war ich die Festnahme ungefähr zweiundvierzigmal durchgegangen und zu allem bereit. Um halb sieben war der Gipfel der Spannung schon wieder überschritten, und mir war die linke Backe eingeschlafen. Ich reckte und streckte mich und probierte es mit isometrischen Übungen. Ich zählte vorbeifahrende Autos, sagte den Text der Nationalhymne auf und las mir die Liste der Zutaten auf einem Kaugummipäckchen vor, das ich in meiner Tasche gefunden hatte. Um sieben rief ich bei der Zeitansage an, um zu überprüfen, ob Morellis Uhr richtig ging.

Ich war gerade dabei, mir vor Augen zu führen, daß ich für die meisten Operationen im Stadtgebiet von Trenton die falsche Hautfarbe und das falsche Geschlecht hatte, als ein Mann, auf den Sampsons Beschreibung zutraf, aus dem Rainbow Room gewankt kam. Ich sah mir das Foto am Armaturenbrett an. Ich sah mir den Mann noch einmal an. Ich warf einen letzten Blick auf das Foto. Ich war mir zu neunzig Prozent sicher, daß es sich bei dem Mann um Sampson handelte. Großer, schwabbeliger Körper, fieser kleiner Kopf, dunkle Haare und Bart, weiße Hautfarbe. Er sah aus wie Bluto. Es mußte Sampson sein. Außerdem wimmelte es in dieser Gegend bestimmt nicht von bärtigen Weißen.

Ich packte Revolver und Spray in die Tasche, ließ den Wagen an und fuhr zweimal um die Ecke, um ihm den Weg nach Hause abzuschneiden. Ich parkte in der zweiten Reihe und stieg aus. Ein Häufchen Teenager stand quatschend an der Ecke, zwei kleine Mädchen saßen mit ihren Barbiepuppen auf einer Treppe. Auf dem Bürgersteig gegenüber stand eine ausrangierte kaputte Couch, die zwei alten Männern mit zerfurchten, ausdruckslosen Gesichtern als eine Art Hollywoodschaukel diente.

Sampson kam langsam auf mich zugetorkelt, voll wie tausend Mann. Sein Lächeln war ansteckend. Ich lächelte zurück.

»Clarence Sampson?« fragte ich.

»Ja«, sagte er. »Das bin ich.«

Er lallte, und er roch muffig wie Kleider, die wochenlang im Wäschekorb gelegen hatten.

Ich streckte ihm die Hand hin. »Ich heiße Stephanie Plum. Ich repräsentiere Ihr Kautionsbüro. Sie haben eine Gerichtsverhandlung versäumt, und wir möchten Ihnen gern einen neuen Termin vorschlagen.«

Während er die Information verarbeitete, zog er verwirrt die Stirn kraus, dann lächelte er wieder.

»Muß ich wohl vergessen haben.«

Ein Managertyp war Sampson jedenfalls nicht. Es bestand keinerlei Gefahr, daß er streßbedingt einen Herzinfarkt bekommen könnte. Viel eher würde er an Trägheit sterben.

Nun war ich wieder an der Reihe zu lächeln. »Das macht nichts. So etwas kommt öfter vor. Ich bin mit dem Wagen da...« Ich zeigte auf den Cherokee. »Wenn es Ihnen recht ist, fahre ich Sie aufs Revier. Dann können wir den Papierkram gleich erledigen.«

Er sah an mir vorbei, zu dem Haus, wo er wohnte. »Ich weiß nicht...«

Ich hakte mich bei ihm unter und lenkte ihn die gewünschte Richtung, wie ein gutmütiger alter Cowboy einen strohdoofen Bullen. »Es dauert nicht lange.« Drei Wochen vielleicht.

Ich versprühte Freundlichkeit und Charme, und als zusätzlichen Anreiz drückte ich ihm auch noch meine Brust gegen den fleischigen Arm. Nachdem ich ihn auf die Beifahrerseite bugsiert hatte, machte ich ihm die Tür auf. »Ich bin Ihnen wirklich dankbar«, sagte ich.

Plötzlich wurde er bockig. »Und ich muß mir wirklich bloß einen neuen Gerichtstermin geben lassen?«

»Ja, genau.« Und dann so lange in der Zelle hocken, bis der Tag gekommen war. Ich hatte kein Mitleid mit ihm. Er hätte jemanden umbringen können, als er besoffen am Steuer saß.

Ich brachte ihn dazu, einzusteigen, und legte ihm den Sicherheitsgurt an. Dann sprintete ich um den Wagen herum, sprang hinein und gab Gas. Wenn ich Pech hatte, ging dem Erbsengehirn womöglich doch noch ein Licht auf, und es dämmerte ihm, daß ich Kautionsdetektivin war. Was ich mit ihm anfangen sollte, wenn wir aufs Revier kamen, wußte ich im Moment selbst noch nicht. Immer schön der Reihe nach, sagte ich mir. Wenn er gewalttätig wird, kann ich ihn immer noch mit meinem Spray betäuben ... vielleicht.

Meine Ängste erwiesen sich als unbegründet. Ich war noch keine Viertelmeile weit gekommen, als seine Augen glasig wurden und er einnickte, an die Tür gelehnt wie eine dicke, fette Nacktschnecke. Ich konnte nur beten, daß sich der alte Säufer nicht übergab, in die Hose machte oder sonstwie ekelhaft benahm.

Als ich ein paar Straßen weiter an einer Ampel anhalten mußte, warf ich noch einmal einen Blick auf ihn. Er schlief nach wie vor. So weit, so gut.

Plötzlich fiel mir ein mattblauer Econoline Lieferwagen auf der gegenüberliegenden Seite der Kreuzung auf. Er hatte drei Antennen. Eine ziemlich auffällige Ausrüstung für so eine alte Schrottkiste. Das Gesicht des Fahrers lag hinter getönten Scheiben im Schatten. Meine Nackenhaare sträubten sich. Die Ampel sprang um. Autos fuhren in die Kreuzung ein. Der Lieferwagen rollte vorbei, und mir klopfte das Herz im Hals, als ich hinter dem Lenkrad Joe Morelli erkannte, der mich mit offenem Mund anstaunte. Theoretisch hätte ich mich über dieses erneute Zusammentreffen freuen müssen, aber dafür war ich viel zu verwirrt. Ich war gut, wenn es darum ging, mir Morellis Festnahme auszumalen. Aber ob ich tatsächlich imstande war, die Sache durchzuziehen, war eine völlig andere Frage. Hinter mir hörte ich das Quietschen von Bremsen, und im Rückspiegel sah ich, daß der Lieferwagen mitten auf der Straße wendete.

Ich war darauf gefaßt gewesen, daß er mir folgte. Aber daß es so plötzlich passieren würde, hatte ich nicht erwartet. Die

Türen des Jeeps waren verriegelt, aber vorsichtshalber drückte ich trotzdem noch einmal das Knöpfchen runter. Das Sure Guard lag in meinem Schoß. Das Polizeirevier war keine Meile mehr entfernt. Ich überlegte, ob ich Clarence einen Tritt verpassen und mir statt dessen Morelli vorknöpfen sollte. Schließlich war Morelli derjenige, auf den ich es im Grunde abgesehen hatte.

Ich ging rasch ein paar Festnahmemethoden durch, aber keine erschien mir praktikabel. Morelli sollte mich nicht erwischen, solange ich noch mit Clarence beschäftigt war. Und ich wollte Morelli nicht auf der Straße mit meinem K.-o.-Gas außer Gefecht setzen. Jedenfalls nicht hier. Die Gegend war mir einfach nicht geheuer.

Morelli war fünf Wagen hinter mir, als ich schon wieder an einer roten Ampel halten mußte. Die Fahrertür des Lieferwagens flog auf, Morelli sprang heraus und rannte auf mich zu. Ich packte die Spraydose und betete, daß es grün werden würde. Morelli hatte mich fast erreicht, als alle Wagen anfuhren und er gezwungen war, wieder zum Lieferwagen zurückzulaufen.

Der gute alte Clarence schlief immer noch tief und fest. Der Kopf hing ihm auf die Brust, sein Mund stand offen, er sabberte und schnaufte leise. Als ich in die North Clinton Stree einbog, zirpte das Telefon.

Es war Morelli, und er klang nicht gerade glücklich. »Bist du verrückt geworden? Was soll das?« brüllte er.

»Ich bringe Mr. Sampson auf die Polizeiwache. Du bist herzlich eingeladen mitzukommen. Das würde mir die Arbeit sehr erleichtern.«

Eine ziemlich mutige Antwort, wenn man bedachte, daß ich panische Angst hatte.

»DU FÄHRST MEINEN WAGEN!«

»Mmm. Ich habe ihn beschlagnahmt.«

»Du hast WAS?«

Ich schaltete das Telefon aus, bevor die Unterhaltung in Morddrohungen ausarten konnte. Zwei Straßen vor dem Revier verschwand der Lieferwagen aus dem Rückspiegel. Mein Flüchtling schlief noch immer wie ein Baby.

Die städtische Polizei ist in einem zweistöckigen, würfelförmigen Gebäude untergebracht, das Biedermanns Vorstellung von urbaner Architektur entspricht. Da die Polizei offenbar, was die Bezuschussung mit öffentlichen Mittel angeht, einen der letzten Plätze auf der Liste einnimmt, ist bei dem Bau der Wache auf allen unnötigen Schnickschnack verzichtet worden. Das ist auch gut so, denn sie liegt mitten in einem Ghetto und würde wahrscheinlich ohnehin dem Erdboden gleichgemacht werden, wenn es jemals zu größeren Krawallen käme.

Neben dem Gebäude ist ein mit Maschendraht umzäuntes Gelände, auf dem die Streifenwagen abgestellt werden und das auch den belagerten Bürgern eine Parkmöglichkeit bietet.

Auf einer Linie mit dem Haupteingang der Wache behaupten sich ärmliche Reihenhäuser und die für die Gegend typischen kleinen Geschäfte – ein Fischrestaurant, eine namenlose Bar mit ominösen Metallgittern vor den Fenstern, ein Lebensmittelgeschäft an der Ecke mit einer RC-Cola-Reklame, ein Hutgeschäft, ein Gebrauchtmöbellager, vor dem ein buntgemischtes Sortiment von Waschmaschinen auf dem Bürgersteig stand, und die Tabernacle-Kirche.

Ich fuhr auf den Parkplatz, schaltete das Telefon wieder ein, wählte die Nummer der Polizei und erbat Hilfe bei der Einlieferung eines Festgenommenen. Man wies mich an, bis zur hinteren Sicherheitstür weiterzufahren, wo mich ein uniformierter Beamter in Empfang nehmen würde. Ich tat, wie mir geheißen war, fuhr rückwärts auf den Eingang zu und plazierte Clarence so dicht wie möglich an der Hauswand. Als sich kein uniformierter Beamter blicken ließ, rief ich noch einmal auf der Wache an. Prompt erhielt ich den guten Rat, mir nicht in die

Hose zu machen. Sie hatten leicht reden. Sie wußten schließlich, was sie taten.

Ein paar Minuten später streckte Crazy Carl Constanza den Kopf zur Tür heraus. Ich war mit ihm zur Kommunion gegangen und kannte ihn auch sonst von früher.

Er lugte an Clarence vorbei. »Stephanie Plum?«

»Tag, Carl.«

Er grinste. »Man hat mir gesagt, hier draußen wartet eine Nervensäge.«

»Damit bin ich wohl gemeint«, sagte ich.

»Und was ist mit unserem Dornröschen hier?«

»Er ist ein Kautionsflüchtling.«

Carl kam einen Schritt näher, um ihn sich genauer anzusehen. »Ist er tot?«

»Ich glaube nicht.«

»Er riecht tot.«

Ich gab ihm recht. »Es würde ihm sicher nicht schaden, wenn er mal mit einem Schlauch abgespritzt werden würde.« Ich rüttelte Clarence und brüllte ihm ins Ohr: »Gehen wir. Aufwachen.«

Clarence verschluckte sich an seiner eigenen Spucke und machte die Augen auf. »Wo bin ich?«

»Polizeiwache«, sagte ich. »Alles aussteigen.«

Er starrte mich benebelt an und blieb so reglos sitzen wie ein Sandsack.

»Tu was«, sagte ich zu Constanza. »Schaff ihn hier raus.«

Constanza packte Clarence bei den Armen, und ich drückte meinen Fuß in seinen verlängerten Rücken. Mit vereinten Kräften, schiebend und ziehend, schafften wir es, den schwammigen, stinkenden Fettkloß Stück für Stück aus dem Wagen zu befördern.

»Deswegen bin ich Polizist geworden«, sagte Constanza. »Der Beruf hat eben seinen ganz besonderen Reiz.«

Wir bugsierten Clarence durch die Sicherheitstür, schlossen ihn mit Handschellen an eine Holzbank und übergaben ihn dem Schalterbeamten. Ich lief noch einmal nach draußen und stellte den Cherokee in einer gekennzeichneten Parkbucht ab, damit er weniger auffiel und nicht womöglich noch von den Bullen mit einem gestohlenen Wagen verwechselt wurde.

Als ich zurückkam, hatte man Clarence bereits den Gürtel, die Schnürsenkel und seine persönliche Habe abgenommen. Er war ein Bild des Jammers. Er war mein erster Fang, und ich hatte eigentlich erwartet, daß ich den Erfolg richtig genießen würde, aber es fiel mir ziemlich schwer, mich über das Unglück eines anderen zu freuen.

Ich holte mir meine Bestätigung ab, wärmte mit Crazy Carl noch ein paar Minuten lang alte Erinnerungen auf und ging. Ich hatte gehofft, noch bei Tageslicht wieder fahren zu können, aber es war rasch dunkel geworden. Der Himmel war wolkenverhangen, sternen- und mondlos. Es herrschte nicht viel Verkehr. So kann man einen Verfolger leichter bemerken, redete ich mir ein, aber ich glaubte es selbst nicht. Ich hatte nur minimales Zutrauen in meine Fähigkeit, Morelli zu entdecken.

Von dem Lieferwagen war nichts zu sehen. Das hatte nicht viel zu bedeuten. Morelli konnte sich längst einen anderen Wagen besorgt haben. Vorsichtshalber behielt ich den Rückspiegel im Auge. Ich war mir sicher, daß Morelli hier irgendwo auf mich lauerte, aber immerhin erwies er mir die Höflichkeit, sich vor mir in acht zu nehmen. Was bedeutete, daß er mich einigermaßen ernst nahm. Bei diesem aufmunternden Gedanken legte ich mir sogleich einen neuen Schlachtplan zurecht. Er sah ganz einfach aus. Ich brauchte nur nach Hause zu fahren, den Cherokee auf dem Parkplatz abzustellen, mich mit meinem Killergas im Gebüsch auf die Lauer zu legen und Morellli zu betäuben, wenn er versuchte, seinen Wagen zu stehlen.

6

Die Vorderfront des Hauses, in dem ich wohnte, reichte bis an den Bürgersteig. Parken konnte man auf der Rückseite. Der Platz war alles andere als malerisch, ein asphaltiertes Rechteck, das in Parkbuchten aufgeteilt war. So vornehm, daß jeder Mieter einen eigenen markierten Abstellplatz gehabt hätte, waren wir nicht. Beim Parken herrschte das Gesetz des Stärkeren, und die besten Plätze waren für Behinderte reserviert. Am Tor standen drei große Müllcontainer, einer für den Hausmüll, zwei für recyclingfähige Wertstoffe. Gut für die Umwelt, weniger gut für die Ästhetik. Fast über die gesamte Länge des Parkplatzes zog sich dicht an der Hauswand ein Streifen wuchernder Azaleen hin. Im Frühling, wenn die Pflanzen über und über mit rosa Blüten bedeckt waren, sahen sie herrlich aus, und im Winter, wenn der Hausmeister blinkende Lichterketten hineinhängte, war der Anblick geradezu zauberhaft. Den Rest des Jahres waren sie immerhin besser als gar nichts.

Ich suchte mir einen gutbeleuchteten Platz in der Mitte des Platzes aus. So konnte ich Morelli wenigstens kommen sehen, wenn er sich sein Eigentum zurückholen wollte. Außerdem war ohnehin kaum noch etwas frei. Die meisten Hausbewohner waren nicht mehr die Jüngsten, sie fuhren nicht gern im Dunkeln. Spätestens um neun Uhr war der Parkplatz meistens voll, und in den Wohnungen der Senioren dröhnten die Fernsehapparate.

Ich vergewisserte mich gründlich, daß Morelli noch nicht aufgekreuzt war. Dann machte ich die Motorhaube auf und entfernte die Verteilerkappe. Das war einer meiner vielen für New Jersey unerläßlichen Überlebenstricks. Jeder, der seinen Wagen schon einmal für längere Zeit am Flughafen von Newark abstellen mußte, weiß, wie man eine Verteilerkappe herausnimmt. Es ist die einzig wirksame Methode sicherzustellen, daß der Wagen bei der Rückkehr noch da ist.

Mein Plan sah folgendermaßen aus. Wenn der Cherokee nicht ansprang, würde Morelli den Kopf unter die Haube stekken, und ich konnte ihn mit dem Spray attackieren. Ich versteckte mich hinter den Azaleen und war richtig stolz auf mich.

Um meinen Rock zu schonen, hockte ich mich auf eine Zeitung. Am liebsten hätte ich mich umgezogen, aber ich hatte Angst, Morelli zu verpassen, wenn ich schnell nach oben lief. Vor den Azaleen waren Holzspäne verstreut worden. Hinter ihnen, wo ich saß, bestand der Boden nur aus festgestampftem Lehm. Wäre ich ein Kind gewesen, hätte ich mein Versteck bestimmt gemütlich gefunden, aber ich war keines mehr, und mir fielen Dinge auf, die ein Kind nie bemerkt hätte. Vor allem, daß Azaleen von hinten alles andere als gut aussahen.

Ein großer Chrysler fuhr auf den Parkplatz, aus dem ein weißhaariger Mann ausstieg. Ich kannte ihn, auch wenn ich seinen Namen nicht wußte. Er kam langsam auf das Haus zu. Da er sich nicht zu fürchten schien und auch nicht losbrüllte: »Hilfe, da sitzt eine Irre in den Büschen«, war ich mir ziemlich sicher, daß ich gut versteckt war.

Ich warf einen Blick auf meine Uhr. Viertel vor zehn. Warten gehörte nicht zu meinen liebsten Freizeitbeschäftigungen. Ich hatte Hunger, ich langweilte mich, und es war mir unbequem. Wahrscheinlich gibt es Menschen, die eine längere Wartezeit sinnvoll nutzen, indem sie Ordnung in ihre Gedanken bringen, eine Liste mit Hausarbeiten aufstellen oder Nabelschau betreiben. Für mich ist Warten eine Qual. Ein schwarzes Loch. Verlorene Zeit.

Um elf Uhr wartete ich immer noch. Ich war schlecht gelaunt, und ich mußte aufs Klo. Irgendwie schaffte ich es, noch anderthalb Stunden länger auszuhalten. Ich überlegte mir gerade, ob ich meinen Plan vielleicht ändern sollte, als es anfing zu regnen. Dicke, schwere Tropfen fielen wie in Zeitlupe vom Himmel, zersprangen auf den Azaleen und spritzten von dem festgestampften Lehm hoch, auf dem ich hockte. Ein muffiger Geruch nach Spinnenweben und Kellerlöchern stieg mir in die Nase. Ich lehnte mit dem Rücken an der Hauswand und hatte die Knie bis an Kinn angezogen. Bis auf den einen oder anderen verirrten Tropfen blieb ich vom Regen verschont.

Nach ein paar Minuten hatte es sich eingeregnet, die Tropfen wurden kleiner und fielen gleichmäßiger, der Wind frischte auf. Auf dem schwarzen Asphalt bildeten sich Pfützen, in denen sich das Licht spiegelte, und der Regen rann in Perlen am glänzend roten Lack des Cherokee hinunter.

Es war die ideale Nacht, um im Bett zu liegen und auf das Tick, Tick, Tick der Tropfen am Fenster und auf der Feuerleiter zu lauschen. Es war ein schlechter Abend, um hinter einer Azalee zu hocken. Der Regen kam nun in Böen, die mich immer wieder erwischten, bis mein Rock naß war und mir die Haare im Gesicht klebten.

Um ein Uhr zitterte ich vor Kälte. Ich hatte keine Lust mehr. Ich war völlig durchgeweicht und kurz davor, mir in die Hose zu machen. Was aber auch schon egal gewesen wäre. Um fünf nach eins gab ich auf. Selbst wenn Morelli sich noch blicken ließe, woran ich allmählich zweifelte, war ich mir nicht sicher, ob ich überhaupt noch in der Verfassung war, ihn zu fangen. Außerdem sollte er mich auf gar keinen Fall mit den angeklatschten Haaren sehen.

Ich wollte gerade gehen, als ein Wagen auf den Parkplatz fuhr und am äußersten Rand parkte. Die Scheinwerfer erloschen. Ein Mann stieg aus und ging, den Kopf zwischen den

Schultern, mit schnellen Schritten auf den Cherokee zu. Es war nicht Joe Morelli. Es war schon wieder Mooch. Ich legte die Stirn auf die Knie und schloß die Augen. Es war naiv von mir gewesen anzunehmen, daß Joe mir in die Falle gehen würde. Die gesamte Polizei war hinter ihm her. Er würde auf meinen Trick nicht reinfallen. Ich schmollte noch ein paar Minuten, aber dann beruhigte ich mich wieder und schwor mir, beim nächsten Mal noch cleverer zu sein. Ich hätte mich an Joes Stelle versetzen müssen. Hätte ich etwa alles aufs Spiel gesetzt, nur um mir meinen Wagen persönlich zurückzuholen? Nein. Okay, ich hatte also wieder etwas dazugelernt. Regel Nummer eins: Unterschätze nie den Gegner. Regel Nummer zwei: Denke wie ein Verbrecher.

Mooch schloß die Fahrertür auf und setzte sich hinters Lenkrad. Der Motor drehte, sprang aber nicht an. Mooch wartete einen Augenblick, dann probierte er es noch einmal. Er stieg aus und sah unter die Haube. Jetzt konnte es nicht mehr lange dauern. Man mußte kein Genie sein, um festzustellen, daß die Verteilerkappe fehlte. Mooch kam wieder unter der Haube hervor, knallte sie zu, trat gegen einen Reifen und gab ein paar deftige Flüche von sich. Er lief zu seinem Wagen zurück und fuhr vom Parkplatz.

Ich verließ mein Versteck und schleppte mich die paar Meter bis zum Hintereingang. Der Rock klebte mir an den Beinen, und in meinen Schuhen schwappte Wasser. Der Abend war ein Fehlschlag gewesen, aber es hätte noch schlimmer kommen können. Joe hätte schließlich auch seine Mutter schicken können, um den Wagen abzuholen.

Das leere Treppenhaus wirkte trübselig wie immer. Während ich auf den Fahrstuhl wartete, tropfte mir das Wasser von der Nasenspitze und aus dem Rock und bildete einen kleinen See auf dem gekachelten Fußboden. Das Haus hatte zwei Fahrstühle. Soweit ich wußte, war zwar noch nie jemand damit abgestürzt oder oben aus dem Schacht katapultiert worden, doch dafür hatte man ausgezeichnete Chancen, zwischen zwei Stockwerken steckenzubleiben. Normalerweise benutzte ich die Treppe. Aber an diesem Abend beschloß ich, meine masochistische Blödheit auf die Spitze zu treiben und den Fahrstuhl zu nehmen. Er kam, die Türen gingen auf, und ich stieg ein. Nachdem ich ohne Zwischenfall im ersten Stock gelandet war, platschte ich durch den Hausflur zu meiner Wohnung. Ich hatte die Tür schon aufgeschlossen, als mir plötzlich die Verteilerkappe wieder einfiel. Sie lag noch hinter den Azaleen. Ich überlegte, ob ich sie holen sollte, aber ich hielt mich nicht lange mit dieser Überlegung auf. Auf gar keinen Fall würde ich heute noch einmal nach unten gehen.

Ich verriegelte hinter mir die Tür und schälte mir gleich in der kleinen Diele die nassen Sachen vom Leib. Meine Schuhe waren hinüber, und auf der Rückseite meines Rocks zeichneten sich die Schlagzeilen vom Vortag ab. Ich zog mich aus und lief schnurstracks ins Badezimmer.

Ich stieg in die Dusche, zog den Vorhang zu und ließ das Wasser auf mich herunterprasseln. Der Tag war keine vollkommene Pleite gewesen. Ich hatte meinen ersten Kautionsflüchtling zur Strecke gebracht. Jetzt war ich ein echter Profi. Am nächsten Morgen wollte ich als erstes zu Vinnie fahren, um meine Prämie zu kassieren. Ich seifte mich ein und brauste mich ab. Ich wusch mir die Haare. Ich stellte auf Duschmassage um und blieb so lange unter dem Strahl stehen, bis die Spannung aus meinem Körper gewichen war. Joe hatte Mooch nun schon zum zweitenmal als Botenjungen benutzt. Vielleicht sollte ich Mooch überwachen. Das Problem war nur, daß ich nicht alle gleichzeitig beobachten konnte.

Plötzlich bemerkte ich einen Schatten auf der anderen Seite des durchscheinenden, seifenverschmierten Duschvorhangs. Der Schatten bewegte sich. Mir blieb fast das Herz stehen.

Jemand war in meinem Badezimmer. Sekundenlang stand ich stocksteif da, ohne einen klaren Gedanken fassen zu können. Dann fiel mir Ramirez ein, und mein Magen drehte sich um. Bestimmt war es Ramirez, der zurückgekommen war. Er hatte sich vom Hausmeister einen Schlüssel geben lassen oder war durch ein Fenster eingestiegen. Nicht auszudenken, wozu Ramirez imstande war.

Ich hatte zwar meine Tasche mit ins Badezimmer genommen, aber nicht mit unter die Dusche.

Schon hatte der Eindringling das Badezimmer mit zwei Schritten durchquert. Er riß den Duschvorhang so heftig auseinander, daß die Plastikringe absprangen und klappernd auf den Boden fielen. Ich schrie und warf, ohne zu zielen, mit der Shampooflasche, dann wich ich zurück und drückte mich mit dem Rücken an die Kacheln.

Es war nicht Ramirenz. Es war Joe Morelli. Mit der einen Hand krallte er sich in den Duschvorhang, die andere hatte er zur Faust geballt. Auf seiner Stirn, wo ich ihn mit der Flasche getroffen hatte, bildete sich eine Beule. Er war außer sich vor Wut, und ich war mir nicht sicher, ob mich die Tatsache, daß ich eine Frau war, vor einer gebrochenen Nase bewahren würde. Aber mir sollte es recht sein. Ich brannte auf einen Kampf. Was bildete dieser Dackel sich eigentlich ein, mich halb zu Tode zu erschrecken und auch noch meinen Duschvorhang kaputtzumachen?

»Was bildest du dir eigentlich ein?« schrie ich. »Hast du noch nie was von einer Klingel gehört? Wie bist du hier reingekommen?«

»Dein Schlafzimmerfenster war offen.«

»Das Fliegenfenster war zu.«

»Fliegenfenster zählen nicht.«

»Wenn du das auch noch kaputtgemacht hast, mußt du es bezahlen. Und was ist mit dem Duschvorhang? Duschvorhänge wachsen auch nicht auf Bäumen.« Ich schrie nicht mehr ganz so laut, aber dafür immer noch eine Oktave höher als normal. Ehrlich gesagt, hatte ich keine Ahnung, was ich überhaupt schrie. Ich war völlig durcheinander vor Wut und Angst. Ich war wütend, weil er meine Privatsphäre verletzt hatte, und ich hatte Angst, weil ich nackt war.

Bei den passenden Gelegenheiten ist Nacktheit etwas Feines – beim Duschen, beim Sex, bei der Geburt. Aber nackt und tropfnaß vor Joe Morelli zu stehen, der vollkommen angezogen war, das war der Stoff, aus dem die Alpträume sind.

Ich drehte das Wasser ab und wollte mir ein Handtuch schnappen, aber Morelli gab mir einen Klaps auf die Finger und warf das Tuch hinter sich auf den Boden.

»Gib mir das Handtuch«, befahl ich.

»Erst, wenn wir ein paar Dinge geregelt haben.«

Als Junge war Morelli unberechenbar gewesen. Als Erwachsener schien seine Unberechenbarkeit in Schüben zu kommen. Sein italienisches Temperament glühte in seinen Augen, aber es war wohldosiert. Er trug ein regennasses schwarzes T-Shirt und Jeans. Als er sich zum Handtuchhalter drehte, sah ich, daß er hinten eine Waffe im Hosenbund stecken hatte.

Es war nicht schwer zu glauben, daß Morelli einen Menschen töten könnte, aber ich mußte Ranger und Eddie Gazarra recht geben. Es erschien mir nahezu ausgeschlossen, daß dieser erwachsene Morelli dumm und impulsiv handeln würde.

Er hatte die Hände in die Hüften gestemmt. Seine nassen Haare lockten sich in seiner Stirn und über seinen Augen. Er hatte einen harten, ernsten Zug um den Mund. »Wo ist die Verteilerkappe?«

Angriff ist die beste Verteidigung. »Wenn du nicht in einer Sekunde aus meinem Badezimmer verschwunden bist, fange ich an zu schreien.«

»Es ist zwei Uhr morgens, Stephanie. Deine Nachbarn schlafen tief und fest, und ihre Hörgeräte liegen auf dem Nachttischchen. Schrei ruhig. Es hört dich sowieso keiner.«

Ich funkelte ihn böse an. Mehr konnte ich nicht tun, um mich gegen ihn zu behaupten. Auf keinen Fall würde ich ihm die Befriedigung gönnen, mich verletzlich und verlegen zu sehen.

»Ich frage dich jetzt zum letzten Mal«, sagte er. »Wo ist die Verteilerkappe?«

»Ich weiß nicht, wovon du redest.«

»Hör zu, du Törtchen, ich stell' die ganze Bude auf den Kopf, wenn es sein muß.«

»Ich habe die Kappe nicht. Sie ist nicht hier. Und ich bin noch lange nicht deine Torte.«

»Warum ausgerechnet ich?« fragte er. »Womit habe ich das verdient?«

Ich zog eine Augenbraue hoch.

Morelli seufzte. »Ja«, sagte er. »Ich weiß schon.« Er nahm meine Handtasche und kippte sie aus. Er griff nach den Handschellen und kam einen Schritt auf mich zu. »Gib mir deine Hand.«

»Du Perverser.«

»Wie du meinst.« Er öffnete die Handschelle und ließ sie um mein rechtes Handgelenk zuschnappen.

Ich riß den Arm zurück und trat nach ihm, aber es war schwierig, auf dem rutschigen Boden die Balance zu halten. Er wich meinem Fuß aus und schloß das andere stählerne Armband um die Vorhangstange. Ich erstarrte. Ich konnte nicht fassen, was gerade passiert war.

Morelli trat einen Schritt zurück und musterte mich langsam und genüßlich von oben bis unten. »Verrätst du mir jetzt, wo die Verteilerkappe ist?«

Ich war sprachlos. Ich wurde rot vor Verlegenheit und Angst, und meine Kehle war wie zugeschnürt.

»Wunderbar«, sagte Morelli. »Spiel ruhig die große Schweigsame. Von mir aus kannst du ewig da stehen bleiben.«

Er durchwühlte den Badezimmerschrank, leerte den Abfalleimer. Dann stürmte er aus dem Badezimmer, ohne mich eines Blickes zu würdigen. Ich hörte, wie er meine Wohnung methodisch und professionell durchsuchte, Zentimeter um Zentimeter. Besteck klapperte, Schubladen knallten, Schranktüren wurden aufgerissen. Zwischendurch wurde es still, dann folgte wütendes Gemurmel.

Ich hängte mich mit dem ganzen Gewicht an die Vorhangstange, um sie vielleicht zu verbiegen, aber sie war aus Industriestahl, stabil und belastbar.

Endlich kam Morelli zurück.

»Na?« kläffte ich. »Und was nun?«

Er lehnte sich lässig gegen den Türpfosten. »Ich wollte dich nur noch ein letztes Mal ansehen.« Seine Mundwinkel kräuselten sich zu einem Lächeln, und sein Blick glitt an mir hinunter. »Kalt?«

Wenn ich wieder frei war, würde ich mich wie ein Bluthund auf seine Fährte setzen. Es war mir egal, ob er schuldig oder unschuldig war. Und es war mir auch egal, ob ich bis an mein Lebensende damit beschäftigt wäre. Ich würde Morelli kriegen. »Scher dich zum Teufel.«

Sein Grinsen wurde breiter. »Du hast Glück, daß ich ein Gentleman bin. Andere Individuen hätten die Situation schamlos ausgenutzt.«

»Verschon mich.«

Er drückte sich vom Türpfosten ab. »Es war mir ein Vergnügen.«

»Warte mal! Du willst doch wohl nicht etwa gehen?«

»Ich muß leider los.«

»Und was wird aus mir? Wie werde ich die Handschelle wieder los?«

Er überlegte einen Augenblick. Dann ging er in die Küche und kam mit dem tragbaren Telefon wieder zurück. »Wenn ich gehe, schließe ich die Wohnungstür ab. Du rufst also am besten jemanden an, der einen Schlüssel hat.«

»Es hat aber keiner einen Schlüssel!«

»Dir fällt bestimmt was ein«, sagte Morelli. »Ruf die Polizei an. Oder die Feuerwehr. Von mir aus auch die Kavallerie.«

»Aber ich bin nackt!«

Er lächelte, zwinkerte mir zu und ging.

Kurz darauf fiel die Wohnungstür zu, und der Schlüssel drehte sich im Schloß. Ich erwartete keine Antwort, aber ich probierte es trotzdem und rief Morellis Namen. Ich hielt einige Augenblicke die Luft an und lauschte in die Stille. Der Kerl schien tatsächlich gegangen zu sein. Meine Finger legten sich fester um das Telefon. Gott helfe der Telefongesellschaft, wenn die Handwerker nicht, wie versprochen, mein Telefon wieder angeklemmt hatten. Ich kletterte auf den Rand der Duschwanne, um mit meiner gefesselten Hand auf einer Höhe zu sein. Vorsichtig zog ich die Antenne heraus, schaltete den Apparat ein und hielt ihn mir ans Ohr. Der Wählton war klar und deutlich zu hören. Ich war so erleichtert, daß ich fast in Tränen ausgebrochen wäre.

Nun stand ich vor dem nächsten Problem. Wen sollte ich anrufen? Polizei und Feuerwehr kamen nicht in Frage. Sie würden mit Blaulicht auf den Parkplatz rasen, und bis sie endlich vor meiner Wohnungstür standen, würde es im Hausflur von spärlich bekleideten Senioren nur so wimmeln, die sehen wollten, was los war, und nach einer Erklärung verlangten.

Im Laufe der Zeit waren mir ein paar Besonderheiten an meinen Mitbewohnern aufgefallen. Wenn es ums Parken ging, konnten sie gemeingefährlich werden, und sie hatten eine Vorliebe für Notfälle, die ans Krankhafte grenzte. Beim ersten

Anzeichen eines blinkenden Blaulichts standen sämtliche alten Herrschaften aus meinem Haus am Fenster und drückten sich die Nasen platt.

Außerdem konnte ich durchaus darauf verzichten, von fünf oder sechs der tüchtigsten Söhne der Stadt lüstern angeglotzt zu werden, während ich an meine Duschvorhangstange gefesselt war.

Wenn ich meine Mutter anrief, konnte ich auch gleich diesen Staat verlassen. Sie würde es mir immer wieder aufs Butterbrot schmieren. Außerdem würde sie mir meinen Vater schicken, und dann würde er mich nackt sehen. Ich konnte mir nicht vorstellen, daß ich nackt und in Handschellen vor meinem Vater stand.

Wenn ich meine Schwester anrief, würde sie meine Mutter anrufen.

Ich wäre lieber an der Vorhangstange hängen geblieben und vermodert, bevor ich meinen Exmann anrief.

Um die Sache noch komplizierter zu machen, würde mein Retter, um wen es sich dabei auch immer handeln würde, entweder die Feuerleiter hochklettern oder meine Wohnungstür aufbrechen müssen. Dazu fiel mir nur ein einziger Name ein. Ich kniff die Augen zusammen. »Scheiße.« Ich würde Ranger anrufen müssen. Nachdem ich ein paarmal tief durchgeatmet hatte, wählte ich seine Nummer. Ich konnte nur hoffen, daß ich sie mir richtig gemerkt hatte.

Nach dem ersten Läuten nahm er ab. »Yo.«

»Ranger?«

»Wer will das wissen?«

»Stephanie Plum. Ich habe ein Problem.«

Zwei Herzschläge lang blieb alles still. Ich sah direkt vor mir, wie er mit einem Schlag hellwach war und sich im Bett aufsetzte. »Was für ein Problem?«

Ich verdrehte die Augen. Ich konnte selbst kaum glauben,

daß ich dieses Gespräch führte. »Ich bin mit Handschellen an meine Duschvorhangstange gefesselt, und ich brauche jemanden, der mich befreit.«

Wieder eine kurze Pause, dann hatte er aufgelegt.

Ich drückte die Wahlwiederholungstaste.

»Yo!« sagte Ranger, und er klang ziemlich sauer.

»Nicht auflegen! Die Sache ist ernst, verdammt noch mal. Ich bin in meinem Badezimmer gefangen. Meine Wohnungstür ist abgeschlossen, und niemand sonst hat einen Schlüssel.«

»Warum rufst du nicht die Bullen an? Die spielen doch so gern den Retter in der Not.«

»Weil ich den Bullen keine Erklärung geben möchte. Außerdem bin ich nackt.«

»Ha, ha, ha.«

»Es ist nicht witzig. Morelli ist bei mir eingebrochen, als ich in der Dusche war, und der Mistkerl hat mich an die Vorhangstange gefesselt.«

»Der Mann hat Einfälle.«

»Hilfst du mir jetzt oder nicht?«

»Wo wohnst du?«

»St. James Ecke Dunworth. Apartment zweihundertfünfzehn. Es liegt nach hinten raus. Morelli ist über die Feuerleiter eingestiegen. So kannst du auch reinkommen.«

Ich konnte es Morelli nicht einmal verdenken, daß er mich an die Vorhangstange gekettet hatte. Schließlich hatte ich gewissermaßen seinen Wagen gestohlen. Und ich konnte auch verstehen, daß er mich nicht im Weg haben wollte, während er meine Wohnung durchsuchte. Ich hätte ihm sogar verzeihen können, daß er in einem Wutanfall meinen Duschvorhang heruntergerissen hatte, aber als er mich nackt und gefesselt zurückließ, war er zu weit gegangen, hatte er sich getäuscht. Im Gegenteil, ich betrachtete dieses kindische Spiel inzwischen als Herausforderung, vor der ich nicht kneifen würde.

Ich würde Morelli zur Strecke bringen, und wenn es das letzte war, was ich tat.

Es kam mir so vor, als stünde ich schon Stunden in der Dusche, als ich endlich hörte, wie die Wohnungstür auf- und wieder zuging. Der Wasserdampf hatte sich längst aufgelöst, und es war kalt geworden. Meine Hand war vom Hochhalten eingeschlafen. Ich war müde und hungrig. Außerdem kündigten sich Kopfschmerzen an.

Als Ranger in der Badezimmertür erschien, war ich viel zu erleichtert, um verlegen zu sein. »Ich bin dir sehr dankbar, daß du mitten in der Nacht gekommen bist«, sagte ich.

Ranger lächelte. »Dich nackt und gefesselt zu sehen, konnte ich mir doch nicht entgehen lassen.«

»Die Schlüssel liegen bei den anderen Sachen auf dem Fußboden.«

Er fand sie, nahm mir das Telefon aus den tauben Fingern und schloß die Handschelle auf. »Spielt sich zwischen dir und Morelli vielleicht irgendwas Abartiges ab?«

»Weißt du noch, daß du mir heute nachmittag seine Schlüssel gegeben hast?«

»Hm.«

»Ich habe mir gewissermaßen seinen Wagen geborgt.«

»Geborgt?«

»Eigentlich eher beschlagnahmt. Schließlich vertreten wir doch das Gesetz, oder nicht?«

»Hm.«

»Also, ich habe seinen Wagen beschlagnahmt, und er hat es rausgekriegt.«

Ranger lächelte und gab mir ein Handtuch. »War er mit der Beschlagnahmung einverstanden?«

»Sagen wir mal, er war nicht erfreut. Jedenfalls habe ich den Wagen unten auf dem Parkplatz abgestellt und vorsichtshalber die Verteilerkappe entfernt.«

»Ich möchte wetten, er war begeistert.«

Ich stieg aus der Dusche und hätte beinahe laut aufgeschrien, als ich mich im Spiegel sah. Meine Haare sahen aus, als ob sie unter zweitausend Volt gestanden hätten und mit Wäschestärke eingesprüht worden wären. »Ich muß in den Wagen unbedingt eine Alarmanlage einbauen lassen, aber ich habe kein Geld.«

Ranger lachte leise und tief. »Eine Alarmanlage. Da wird Morelli sich aber freuen.« Er hob einen Stift vom Fußboden auf und schrieb mir eine Adresse auf ein Stück Klopapier. »Ich kenne eine Werkstatt, die dir einen anständigen Preis macht.«

Ich tapste an ihm vorbei ins Schlafzimmer und vertauschte das Handtuch mit einem langen Froteemorgenrock. »Du bist durch die Tür gekommen?«

»Ich hab' das Schloß geknackt. Ich wollte den Hausmeister nicht wecken.« Er warf einen Blick auf das Fenster. Der Regen schlug gegen die dunkle Scheibe und trommelte auf einen Fetzen Fliegendraht, der auf der Fensterbank lag. »Die Spiderman-Nummer ziehe ich nur bei gutem Wetter ab.«

»Morelli hat das Fliegengitter kaputtgemacht.«

»Er war wohl in Eile.«

Ich bedankte mich noch einmal und brachte ihn zur Tür.

Ich schlief fest und traumlos, und womöglich wäre ich erst im November wieder aufgewacht, wenn nicht jemand gnadenlos an meine Tür gehämmert hätte. Ich kniff die Augen auf und sah auf den Wecker. 8.35 Uhr. Früher hatte ich immer gern Gesellschaft gehabt. Jetzt schreckte ich schon zusammen, wenn nur jemand an meine Tür klopfte. Meine erste Angst galt Ramirez, die zweite der Polizei. Womöglich waren sie gekommen, um mich wegen Autodiebstahls zu verhaften.

Ich nahm das Safe Guard vom Nachttisch, zog mir den

»Nicht so gut wie mit richtigem Kaffee und ein paar Donuts.«

»Du sagst es.«

»Dann ist dein Rettungsring wohl auch dazu da, Kugeln abzuhalten.«

Eddie trank aus, drückte den Deckel wieder auf den Becher und warf ihn in die leere Tüte. »Das hättest du dir bestimmt verkniffen, wenn du nicht sauer wärst, weil ich das mit der Nagelei gesagt habe.«

Ich gab ihm recht. »Das war grausam.«

Er nahm eine Serviette und fächelte sich gekonnt den Puderzucker von seinem blauen Uniformhemd. Eine der vielen Fertigkeiten, die er auf der Polizeischule gelernt hatte. Dann lehnte er sich zurück und verschränkte die Arme vor der Brust. Er war knapp einsachtzig groß und stämmig gebaut. Er hatte ostslawische Gesichtszüge, tiefliegende blaßblaue Augen, weißblonde Haare und eine Stupsnase. Als wir noch Kinder waren, hatte er nur zwei Häuser weiter gewohnt. Seine Eltern leben heute noch da. Sein Leben lang hatte er Polizist werden wollen. Und als er endlich die Uniform trug, waren alle seine Wünsche erfüllt. Er fuhr gern mit dem Streifenwagen Einsätze, er war gern als erster am Tatort. Er verstand es, andere zu trösten. Jeder Mensch mochte ihn, mit einer möglichen Ausnahme: seiner Frau.

»Ich habe eine Information für dich«, sagte Eddie. »Gestern abend war ich auf ein Bierchen bei Pino. Gus Dembrowski war auch da. Gus ist der Zivile, der den Kulesza-Fall bearbeitet.«

»Der Zivile?«

»Der Kriminalbeamte.«

Ich setzte mich aufrecht hin. »Wußte er was Neues über Morelli?«

»Er hat bestätigt, daß Carmen Sanchez eine Informantin war. Dembrowski hat durchblicken lassen, daß Morelli sie in seiner

Kartei hatte. Informanten werden immer geheimgehalten. Aber Carmens Name wurde zwischenzeitlich freigegeben, weil es für die Ermittlungen nötig war.«

»Dann ist es möglicherweise doch komplizierter, als es zuerst aussah. Vielleicht hatte der Mord mit einem Fall zu tun, an dem Morelli gearbeitet hat.«

»Könnte sein. Könnte aber genausogut sein, daß Morelli etwas mit dieser Sanchez hatte. Sie soll jung und hübsch gewesen sein. Sehr südländisch.«

»Und sie ist immer noch verschwunden.«

»Ja. Sie ist immer noch verschwunden. Die Abteilung hat Angehörige von ihr auf Staten Island ausfindig gemacht, aber von denen hat sie keiner gesehen.«

»Ich habe gestern ihre Nachbarn befragt und dabei erfahren, daß ein Hausbewohner, der Morellis angeblichen Zeugen gesehen hat, plötzlich verstorben ist.«

»Wie plötzlich?«

»Ein tödlicher Autounfall, Fahrerflucht, genau vor dem Haus.«

»Könnte ein Zufall sein.«

»Das würde ich auch gern glauben.«

Er warf einen Blick auf seine Uhr und stand auf. »Ich muß los.«

»Eine Frage noch. Kennst du Mooch Morelli?«

»Vom Sehen.«

»Weißt du, was er macht oder wo er wohnt?«

»Er arbeitet beim Gesundheitsamt. Er ist so was wie ein Inspektor. Wohnt irgendwo in Hamilton Township. Connie hat sicher ein Verzeichnis im Büro. Wenn er Telefon hat, kannst du seine Adresse rauskriegen.«

»Danke. Und danke auch für die Donuts und den Kaffee.«

In der Diele blieb er noch einmal stehen. »Brauchst du Geld?«

Ich schüttelte den Kopf. »Es geht schon.«

Er drückte mich, gab mir einen Kuß auf die Backe und ging.

Ich schloß die Tür und merkte plötzlich, daß sich hinter meinen Augen Tränen sammelten. Manchmal macht Freundschaft mich ganz rührselig. Ich hob die Servietten und leeren Tüten auf, brachte sie in die Küche und warf sie in den Mülleimer. Es war meine erste Gelegenheit, mir ein Bild vom Zustand der Wohnung zu machen. Morelli hatte seinen Frust offenbar dadurch abreagiert, daß er soviel Schaden wie möglich anrichtete.

Die Küchenschränke standen offen, der Inhalt war auf der Arbeitsplatte und dem Fußboden verteilt, die Bücher waren aus dem Regal gerissen, die Kissen aus meinem einzigen noch verbliebenen Sessel gezerrt. Das Schlafzimmer war mit Kleidungsstücken übersät. Ich legte die Kissen wieder in den Sessel und räumte die Küche auf. Der Rest der Wohnung konnte bis morgen warten.

Nachdem ich geduscht hatte, zog ich mir schwarze Radlerhosen und ein schlabberiges khakifarbenes T-Shirt an. Meine Kopfgeldjägerausrüstung lag immer noch im Badezimmer auf dem Boden. Ich packte alles in die schwarze Ledertasche und schwang sie mir über die Schulter. Dann sah ich nach, ob alle Fenster verschlossen waren.

An dieses Ritual würde ich mich morgens und abends gewöhnen müssen. Ich haßte es, wie ein Tier im Käfig zu leben, aber ich hatte keine Lust mehr auf ungebetene Besucher. Die Wohnungstür abzuschließen, erschien mir weniger wie eine Sicherheitsvorkehrung als vielmehr wie eine Formalität. Ranger hatte das Schloß ohne große Mühe geknackt. Natürlich war nicht jeder Einbrecher so geschickt wie er. Trotzdem würde es nicht schaden, wenn ich mir noch einen Riegel anschaffte. Bei nächster Gelegenheit wollte ich mit dem Hausmeister darüber sprechen.

Ich verabschiedete mich von Rex, nahm meinen ganzen Mut zusammen und wagte mich erst in den Hausflur, als ich mich vergewissert hatte, daß nicht plötzlich Ramirez wieder aufgekreuzt war.

7

Die Verteilerkappe lag noch genau da, wo ich sie deponiert hatte, hinter einem Strauch, dicht an der Hauswand. Ich baute sie wieder ein und fuhr los. Direkt vor Vinnies Büro fand ich eine Parklücke, und es gelang mir schon beim dritten Versuch, den großen Cherokee hineinzumanövrieren.

Connie saß an ihrem Schreibtisch, betrachtete sich im Handspiegel und zupfte sich schwarze Klumpen von den dick getuschten Wimpern.

Sie sah hoch, als ich hereinkam. »Hast du schon mal einen Wimpernverlängerer benutzt?« fragte sie. »Anscheinend tun sie da Rattenhaare rein.«

Ich winkte ihr mit der Polizeiquittung. »Ich habe Clarence erwischt.«

Sie machte eine Faust und riß den Ellenbogen zurück. »Super!«

»Ist Vinnie da?«

»Der mußte zum Zahnarzt. Ich glaube, er läßt sich die Schneidezähne schärfen.« Sie suchte Sampsons Akte heraus und ließ sich die Quittung geben. »Dazu brauchen wir Vinnie nicht. Ich kann dir den Scheck auch ausstellen.« Sie schrieb eine Notiz auf die Akte und legte sie in den Ablagekorb. Dann holte sie ein Scheckbuch aus der mittleren Schublade und schrieb mir einen Scheck aus. »Wie läuft es mit Morelli? Hast du schon eine Spur von ihm?«

»Nicht direkt eine Spur, aber ich weiß, daß er noch in der Stadt ist.«

»Morelli ist ein heißer Typ«, sagte Connie. »Ich hab' ihn vor sechs Monaten gesehen, bevor diese Geschichte passiert ist. Er hat im Fleischmarkt ein Viertelpfund Provolone bestellt. Ich konnte mich fast nicht beherrschen; am liebsten hätte ich ihm die Zähne in den Po geschlagen.«

»Du Menschenfresserin.«

»Der Mann ist einfach zu appetitlich.«

»Er wird außerdem wegen Mordes gesucht.«

Connie seufzte. »Die holde Weiblichkeit in Trenton wird totunglücklich sein, wenn sie Morelli auf Eis legen.«

Wahrscheinlich hatte sie recht, aber ich gehörte nicht zu diesen Frauen. Nach dem gestrigen Abend wurde mir bei dem Gedanken, Morelli hinter Gittern zu sehen, richtig warm ums Herz. »Hast du ein Straßenverzeichnis hier?«

Connie drehte sich mit ihrem Stuhl zu den Aktenschränken um. »Es ist das dicke Buch über der Schublade G.«

»Weißt du irgendwas über Mooch Morelli?« fragte ich, während ich unter seinem Namen nachschlug.

»Nur, daß er Shirley Gallo geheiratet hat.«

Der einzige Morelli in Hamilton Township wohnte in 617, Bergen Court. Ich suchte die Straße auf dem Stadtplan, der hinter Connies Schreibtisch hing. Wenn ich mich recht erinnerte, handelte es sich um eine Gegend, in der die Häuser so aussahen, als ob sie mein Badezimmer verdient hätten.

»Hast du Shirley in letzter Zeit mal gesehen?« fragte Connie. »Sie hat eine Figur wie ein Pferd. Seit der High-School muß sie einen Zentner zugenommen haben. Ich habe sie auf Margie Manuscos Polterabend getroffen. Sie brauchte drei Stühle für sich allein, und ihre Handtasche war randvoll mit Bonbons. Die waren wahrscheinlich für Notfälle gedacht, falls ihr jemand beim Kartoffelsalat zuvorgekommen wäre oder so.«

»Shirley Gallo? Fett? Die war doch in der High-School eine Bohnenstange.«

»Die Wege des Herrn sind unerforschlich«, sagte Connie.

»Amen.«

Wo wir herkamen, war der katholische Glaube eine Zweckreligion. Wenn einem etwas nicht in den Kopf wollte, konnte man es immer noch Gott in die Schuhe schieben.

Connie gab mir den Scheck und zupfte an einem Kaskaraklumpen, der ihr am linken Auge in den Wimpern hing. »Du kannst es mir glauben. Es ist schon ein verdammtes Kreuz mit der Schönheit.«

Die Werkstatt, die Ranger mir empfohlen hatte, lag in einem kleinen Gewerbehof, der mit der Rückseite an die Route 1 angrenzte. Der Komplex bestand aus sechs bunkerähnlichen, gelbgestrichenen Betonbauten, deren Farbe mit der Zeit und dank der Abgase verblichen war. Vermutlich hatten dem Architekten Rasenflächen und Sträucher vorgeschwebt, doch die Realität sah anders aus: festgetretener Lehm, Zigarettenkippen, Styroporbecher und stacheliges Unkraut. Jedes der sechs Gebäude verfügte über eine eigene Auffahrt und einen Parkplatz.

Nachdem ich langsam an einer Druckerei und einer Spritzgießerei vorbeigefahren war, hielt ich vor Als Karosseriewerkstatt. Sie hatte drei große Türen, von denen aber nur eine offenstand. Verbeulte, rostige Wagen in den unterschiedlichsten Ausschlachtungsstadien standen hinter der Werkstatt, und neuere Modelle mit eingedrückten Stoßstangen waren neben der dritten Tür auf einem Platz abgestellt, der mit einem Zaun samt Natodrahtverzierung umgeben war.

Ich parkte neben einem schwarzen Toyota-Geländewagen, dessen Räder so groß waren, daß sie gut zu einem Bagger gepaßt hätten. Unterwegs hatte ich bei der Bank meinen Prämienscheck eingereicht. Ich wußte genau, wieviel ich für eine Alarmanlage ausgeben wollte. Mehr war einfach nicht drin.

Wahrscheinlich ließ sich der Job dafür nicht machen, aber fragen kostete schließlich nichts.

Ich öffnete die Wagentür und stieg aus. In der Bruthitze, die mich empfing, atmete ich nicht allzutief ein, um sowenig Schwermetalle wie möglich zu inhalieren. So dicht neben der Autobahn sah die Sonne schmutzig aus, die verpestete Luft schluckte ihr Licht und drückte sie zu einem Ei zusammen. Das Zischen und Kreischen eines Druckluftwerkzeugs drang aus der offenen Tür.

Ich ging hinüber und spähte mit zusammengekniffenen Augen in das finstere Höllenloch, voll von Ölkannen, Ölfiltern und potentiell unhöflichen Gestalten in orangeleuchtenden Overalls. Einer der Männer kam auf mich zugeschlendert. Er hatte das abgeschnittene und an den Beinöffnungen verknotete Oberteil einer übergroßen Nylonstrumpfhose auf dem Kopf. Sicher, um Zeit zu sparen, falls er plötzlich Lust bekam, auf dem Heimweg einen Supermarkt zu überfallen. Ich sagte, ich sei auf der Suche nach Al, und er sagte, ich hätte ihn gefunden.

»Ich möchte mir eine Alarmanlage in meinen Wagen einbauen lassen. Ranger hat gemeint, Sie machen mir einen anständigen Preis.«

»Woher kennen Sie Ranger?«

»Wir arbeiten zusammen.«

»Das kann alles mögliche bedeuten.«

Ich war mir nicht sicher, was er damit meinte, aber wahrscheinlich war es sowieso besser, wenn ich es nicht verstand. »Ich bin Kopfgeldjägerin.«

»Und Sie brauchen eine Alarmanlage, weil Sie in gefährlichen Stadtvierteln arbeiten müssen?«

»Genaugenommen ist es so – ich habe gewissermaßen einen Wagen gestohlen, und jetzt habe ich Angst, daß der Besitzer ihn sich zurückholen will.«

In seinen Augen blitzte es amüsiert auf. »Noch besser.«

Er ging zu einer Werkbank im hinteren Teil der Werkstatt und kam mit einem etwa zehn Quadratzentimeter großen Plastikkästchen wieder zurück. »Das ist das beste Gerät, das zur Zeit auf dem Markt zu haben ist«, sagte er. »Es reagiert auf Luftdruck. Wenn zum Beispiel eine Scheibe eingeschlagen oder eine Tür geöffnet wird, macht dieses Schätzchen einen Radau, daß einem das Trommelfell platzt.« Er drehte es um. »Mit diesem Knopf hier schaltet man die Alarmanlage ein. Dann dauert es zwanzig Sekunden, bevor sie losgeht. Man hat also genug Zeit, auszusteigen und die Tür zu schließen. Wenn die Tür geöffnet wird, dauert es ebenfalls zwanzig Sekunden, bevor die Alarmanlage losheult, damit man genug Zeit hat, den Code einzutippen und sie zu deaktivieren.«

»Und wie kriege ich sie wieder aus, wenn der Alarm mal ausgelöst wurde?«

»Mit einem Schlüssel.« Er drückte mir einen kleinen silbernen Schlüssel in die Hand. »Ich rate Ihnen, ihn nicht im Wagen aufzubewahren. Das wäre nicht im Sinne des Erfinders.«

»Die Anlage ist kleiner, als ich dachte.«

»Klein, aber kräftig. Und das Schönste daran ist, daß sie nicht viel kostet, weil sie leicht zu installieren ist. Man braucht sie bloß ans Armaturenbrett zu schrauben.«

»Wieviel kostet sie denn?«

»Sechzig Dollar.«

»Gekauft.«

Er zog einen Schraubenzieher aus der Gesäßtasche. »Wo wollen Sie sie hinhaben?«

»In den roten Cherokee da drüben, neben dem Monstertruck. Es wäre schön, wenn Sie sie möglichst unauffällig anbringen könnten. Ich möchte das Armaturenbrett nicht verschandeln.«

Nur wenige Minuten später war ich, höchst zufrieden mit mir selbst, auf dem Weg in die Stark Street. Ich hatte eine

Alarmanlage, die nicht nur preiswert war, sondern sich auch leicht ausbauen ließ. Ich konnte sie mir also später in dem Wagen installieren lassen, den ich mir von dem Kopfgeld für Morelli kaufen wollte. Auf der Fahrt zur Werkstatt hatte ich an einem Supermarkt angehalten, um mir einen Vanillejoghurt und einen Liter Orangensaft für die Mittagspause zu kaufen. Nun trank und fuhr und schlürfte ich gleichzeitig, und es ging mir prima in meinem klimatisierten Prachtstück. Ich hatte eine Alarmanlage, ich hatte Nervengas, ich hatte einen Joghurt. Was braucht der Mensch mehr?

Ich parkte genau gegenüber dem Boxstudio, schluckte den restlichen Orangensaft, stellte die Alarmanlage an, nahm meine Tasche und Morellis Fotos und schloß den Wagen ab. Genausogut hätte ich dem Stier mit dem roten Tuch winken können. Wenn ich ihn noch mehr hätte reizen wollen, hätte ich höchstens ein Plakat auf die Windschutzscheibe kleben können, worauf stand: »Hier ist es! Hol es dir doch!«

Es war so heiß, daß sich auf der Straße kaum etwas regte. Zwei schwarze Nutten, die an der nächsten Ecke standen, sahen aus, als ob sie auf den Bus warteten, aber in der Stark Street fahren leider keine Busse. Die beiden Frauen wirkten angeödet, was wahrscheinlich daran lag, daß um diese Tageszeit die Geschäfte flau waren. Sie trugen Badelatschen aus Plastik, enge, ärmellose Oberteile und knackige Strickshorts. Ihre kurzgeschnittenen Haare, die sie auf irgendeine Weise entkräuselt hatten, erinnerten an Wildschweinborsten. Ich wußte nicht genau, wie Nutten ihre Preise festsetzten, aber falls sie nach Gewicht bezahlt wurden, hätten diese beiden alles andere als schlecht verdient.

Sie gingen sofort in Kampfstellung, als ich mich ihnen näherte: Hände in die Hüften, Unterlippe vorgeschoben, Augen so weit aufgerissen, daß sie wie Enteneier aus den Höhlen traten.

»He, du da!« rief eines der beiden Prachtstücke. »Spinnst du, oder was? Das ist unsere Ecke, kapiert?«

Offenbar sahen sie eine Konkurrentin in mir, was mich denn doch ein wenig überraschte.

»Ich suche jemanden, einen Freund. Joe Morelli.« Ich zeigte ihnen sein Bild. »Hat ihn vielleicht eine von euch gesehen?«

»Was willst du denn von diesem Morelli?«

»Das ist persönlich.«

»Kann ich mir denken.«

»Kennst du ihn?«

Sie verlagerte ihr Gewicht. Keine leichte Aufgabe. »Kann schon sein.«

»Eigentlich ist er mehr als bloß ein Freund.«

»Ach ja?«

»Der Schweinehund hat mich geschwängert.«

»Du siehst aber nicht schwanger aus.«

»Warten wir noch einen Monat ab.«

»Da kann man doch was gegen machen.«

»Klar«, sagte ich. »Aber erst muß ich Morelli finden. Wißt ihr, wo er ist?«

»Nö.«

»Kennt ihr dann vielleicht Carmen Sanchez? Sie hat früher im Step In gearbeitet.«

»Hat die dich etwa auch geschwängert?«

»Es könnte sein, daß Morelli bei ihr ist.«

»Carmen ist verschwunden«, sagte die andere der beiden Nutten. »Das kann einer Frau in der Stark Street schon mal passieren. Berufsrisikio.«

»Kannst du etwas ausführlicher werden?«

»Sie soll lieber die Klappe halten, das wäre besser für sie«, sagte ihre Kollegin. »Wir wissen nichts. Und wir haben keine Zeit, hier rumzustehen und zu quatschen. Wir haben zu arbeiten.«

Ich blickte die Straße rauf und runter, aber von Arbeit war nicht viel zu sehen. Vermutlich wollte sie mich nur abwimmeln. Nachdem ich mich noch nach ihren Namen erkundigt hatte – sie hießen Lula und Jackie –, gab ich ihnen meine Karte und sagte ihnen, daß ich sehr dankbar wäre, wenn sie mich anrufen könnten, falls sie Morelli oder Carmen Sanchez entdeckten. Ich hätte sie gern noch nach dem verschwundenen Zeugen gefragt, aber ich wußte nicht recht, wie ich es anstellen sollte. Schließlich konnte ich schlecht sagen: »Habt ihr vielleicht einen Mann mit einem Bratpfannengesicht gesehen?«

Danach ging ich von Haus zu Haus, um die Leute, die auf den Treppenstufen hockten, und die Ladenbesitzer zu befragen. Bis um vier Uhr hatte ich mir für meine Mühen lediglich eine verbrannte Nase eingehandelt. Zuerst hatte ich mich langsam auf der Nordseite der Stark Street nach Westen vorgearbeitet und dann in entgegengesetzter Richtung die gegenüberliegende Straßenseite abgeklappert. Um die Werkstatt und das Boxstudio hatte ich einen weiten Bogen gemacht und auch die Bars links liegen lassen. Wahrscheinlich hätte ich dort ausgezeichnete Informationen erhalten, aber sie waren mir nicht geheuer. Außerdem hatte ich das Gefühl, daß ich mich damit überforderte. Vielleicht war ich übertrieben vorsichtig, vielleicht saßen in den Kneipen nur nette Menschen, denen meine Existenz herzlich gleichgültig war. Um die Wahrheit zu sagen, ich war einfach nicht daran gewöhnt, eine Minderheit zu sein. Ich kam mir vor wie ein Schwarzer, der im tiefsten Süden der Vereinigten Staaten einer weißen Frau unter den Rock guckt.

Ich graste noch die nächsten zweieinhalb Blocks ab und wechselte dann wieder auf die Nordseite. Je später es wurde, desto mehr Leute quollen aus den Mietshäusern auf den Bürgersteig, und auf dem Rückweg zum Wagen kam ich nur noch langsam voran.

Gut war, daß der Cherokee immer noch am Bordstein stand,

daß Morelli nirgends zu sehen war. Ich vermied es absichtlich, zu den Fenstern des Boxstudios hochzusehen. Falls Ramirez mich beobachtete, wollte ich ihn auf keinen Fall zur Kenntnis nehmen. Ich hatte mir die Haare zu einem windschiefen Pferdeschwanz gebunden, und mein Nacken fühlte sich kratzig an. Wahrscheinlich war er ebenfalls verbrannt. Wenn es um Sonnenöl ging, war ich etwas schlampig. Meistens verließ ich mich darauf, daß die Luftverschmutzung die krebserregenden Strahlen schon herausfiltern würde.

Eine Frau kam über die Straße. Sie war stabil gebaut, konservativ gekleidet und hatte die schwarzen Haare zu einem straffen Knoten geschlungen.

»Entschuldigen Sie«, sagte sie. »Sind Sie Stephanie Plum?«

»Ja.«

»Mr. Alpha hätte Sie gern gesprochen«, sagte sie. »Sein Büro ist gleich gegenüber.«

Ich kannte niemanden, der Alpha hieß, und ich hatte auch keine besondere Lust, mich in Ramirez' Nähe zu begeben, aber weil der Frau die Rechtschaffenheit aus allen Poren quoll, ließ ich es darauf ankommen und begleitete sie. Wir gingen in das schmale, zweistöckige Gebäude neben dem Boxstudio. Es hatte eine verrußte Fassade und schmutzige Fenster. Wir stiegen in den ersten Stock hinauf. Oben gingen vom Hausflur drei Türen ab, wovon eine einen Spalt offenstand. Klimatisierte Luft wehte heraus.

»Hier entlang«, sagte die Frau und führte mich in ein kleines Vorzimmer, das durch eine schwere grüne Ledercouch und einen großen zerschrammten Schreibtisch noch winziger wirkte. Auf einem ramponierten Beistelltischchen lagen abgegriffene Boxzeitschriften, und an den Wänden, die dringend einen neuen Anstrich gebraucht hätten, hingen Bilder von Boxern.

Sie brachte mich in das hintere Büro und schloß die Tür. Bis auf die beiden Fenster, die auf die Straße hinaus gingen, hatte der Raum sehr viel Ähnlichkeit mit dem Vorzimmer. Als ich eintrat, stand der Mann, der am Schreibtisch saß, auf. Er trug eine Bundfaltenhose und ein kurzärmliges, am Hals offenes Hemd. Sein Gesicht war zerfurcht, und er hatte deutliche Hängebacken. Sein stämmiger Körper wirkte noch immer muskulös, obwohl die Jahre ihm einen Rettungsring verpaßt und in seinen schwarzen, zurückgekämmten Haaren bleigraue Strähnen hinterlassen hatten. Ich schätzte ihn auf Mitte Fünfzig. Er sah so aus, als wäre er im Leben nicht immer auf Rosen gebettet gewesen.

Er beugte sich vor und streckte mir die Hand hin. »Jimmy Alpha. Ich bin Benito Ramirez' Manager.«

Ich nickte, wußte aber nicht, wie ich reagieren sollte. Am liebsten hätte ich geschrien, aber das wäre wahrscheinlich unprofessionell gewesen.

Er deutete auf einen Klappstuhl, der etwas seitlich neben dem Schreibtisch stand. »Ich habe gehört, daß Sie wieder in der Gegend sind, und da wollte ich die Gelegenheit nutzen, mich bei Ihnen zu entschuldigen. Ich weiß, was im Studio zwischen Benito und Ihnen vorgefallen ist. Ich habe schon versucht, Sie anzurufen, aber Ihr Telefon war tot.«

Seine Entschuldigung ließ meine Wut neu aufflammen. »Wie Ramirez sich aufgeführt hat, war ungehörig und unverzeihlich.«

Alpha machte ein verlegenes Gesicht. »Mit solchen Problemen hatte ich nie gerechnet«, sagte er. »Ich habe mir immer nur einen Spitzenboxer gewünscht. Jetzt habe ich endlich einen, und was ist? Ich bekomme Magengeschwüre.« Er holte eine große Flasche Mylanta aus der obersten Schreibtischschublade. »Sehen Sie? Ich kaufe dieses Magenzeug gleich kistenweise.« Er schraubte die Flasche auf und trank einen Schluck. Dann klopfte er sich mit der Faust aufs Brustbein und seufzte. »Es tut mir leid. Es tut mir wirklich sehr leid, was Ihnen im Studio passiert ist.«

»Sie brauchen sich nicht zu entschuldigen. Es war doch nicht Ihre Schuld.«

»Ich wünschte, Sie hätten recht. Aber leider bin ich gewissermaßen dafür verantwortlich.« Er schraubte die Flasche wieder zu, stellte sie in die Schublade zurück und beugte sich, die Arme auf dem Schreibtisch, ein Stück vor. »Sie arbeiten für Vinnie?«

»Ja.«

»Ich kenne Vinnie von früher. Er ist schon eine ganz besondere Type.«

Er lächelte, und ich hatte den Eindruck, daß er irgendwo auf seinen Reisen von Vinnie und der Ente erfahren haben mußte.

Er nahm sich zusammen, starrte auf seine Daumen und sank ein wenig in sich zusammen. »Manchmal weiß ich einfach nicht mehr, was ich mit Benito machen soll. Er ist kein schlechter Kerl. Er ist nur leider ein bißchen zurückgeblieben. Das einzige, was er kann, ist boxen. Für einen Menschen wie Benito, der aus dem Nichts kommt, ist der ganze Erfolg schwer zu verkraften.«

Alpha hob den Kopf, um zu sehen, ob ich ihm seine Jammergeschichte abkaufte. Ich schnaubte nur verächtlich.

»Ich will ihn nicht entschuldigen«, sagte er verbittert. »Benito macht Sachen, die falsch sind. Ich habe keinen Einfluß mehr auf ihn. Er hält sich für den Größten. Und er hat sich mit Typen umgeben, die nur mit den Boxhandschuhen denken können.«

»Das Studio war voll von kräftigen Männern, die keinen Finger gerührt haben, um mir zu helfen.«

»Ich habe mit ihnen darüber geredet. Früher hatte man noch Achtung vor den Frauen, aber heute wird nichts und niemand mehr respektiert. Sinnlose Morde, Drogen . . .« Er brach ab und versank in Gedanken.

Mir fiel wieder ein, was Morelli mir über Ramirez erzählt hatte, daß er nämlich schon öfter wegen Vergewaltigung angezeigt worden war. Alpha steckte also entweder den Kopf in den Sand, oder er war ahnungslos und gab sich nur große Mühe, den Schaden wiedergutzumachen, den seine Goldene Gans angerichtet hatte. Ich hielt die Vogel-Strauß-Theorie für wahrscheinlicher.

Eisern schweigend starrte ich ihn an. In diesem Ghettobüro fühlte ich mich zu isoliert, um ihm die Meinung zu sagen. Und für irgendwelche Höflichkeiten war ich zu wütend.

»Wenn Benito Ihnen noch einmal zu nahe tritt, lassen Sie es mich sofort wissen«, sagte Alpha. »Ich will nicht, daß so etwas noch mal passiert.«

»Vorgestern abend stand er vor meiner Wohnung und wollte rein. Er hat im Flur rumgegrölt und meine Tür angewichst. Beim nächstenmal zeige ich ihn an.«

Alpha war sichtlich erschüttert. »Davon wußte ich nichts. Er hat doch hoffentlich keinem was getan?«

»Es wurde niemand verletzt.«

Alpha kritzelte etwas auf eine Visitenkarte. »Das ist meine Telefonnummer«, sagte er und reichte sie mir. »Wenn Sie noch mal Ärger mit ihm haben, rufen Sie mich an. Wenn er Ihre Tür beschädigt hat, komme ich dafür auf.«

»Die Tür ist heil geblieben. Sorgen Sie nur dafür, daß er mich in Ruhe läßt.«

Alpha preßte die Lippen zusammen und nickte.

»Sie können mir wahrscheinlich auch nichts über Carmen Sanchez sagen, oder?«

»Ich weiß nur, was in der Zeitung stand.«

An der Kreuzung zur State Street bog ich links ab und fädelte mich in den Rush-hour-Verkehr ein. Die Ampel sprang auf Grün um, und wir alle krochen ein Stückchen vorwärts. Weil ich noch genug Geld hatte, um mir etwas zu essen zu kaufen, fuhr ich nicht gleich nach Hause, sondern noch eine Viertelmeile weiter zu Super-Fresh.

Während ich an der Kasse stand, kam mir der Gedanke, daß auch Morelli irgendwie oder von irgendwem mit Lebensmitteln versorgt werden mußte. Ob er sich mit einem angeklebten Groucho-Marx-Schnurrbart und einer Brille mit angesetzter Plastiknase im Supermarkt herumdrückte? Wo wohnte er überhaupt? Vielleicht hauste er in dem blauen Lieferwagen. Ich war eigentlich davon ausgegangen, daß er den bereits abgestoßen hatte, nachdem ich ihn nun kannte, aber möglicherweise hatte ich mich auch getäuscht. Vielleicht war der Wagen einfach zu praktisch für ihn. Vielleicht war er seine Kommandozentrale und sein geheimes Konservendosenlager. Außerdem war es möglich, daß er mit einer Abhöreinrichtung ausgestattet war. Schließlich hatte Morelli Ramirez von der anderen Straßenseite aus beobachtet. Wieso sollte er ihn nicht auch belauscht haben?

In der Stark Street hatte ich den Lieferwagen nicht bemerkt. Zwar hatte ich nicht direkt nach ihm Ausschau gehalten, aber übersehen hätte ich ihn trotzdem nicht. Ich wußte nicht viel über elektronische Überwachung, aber immerhin war sogar mir klar, daß sich der Überwacher ziemlich nah beim Überwachten aufhalten mußte. Das war ein paar Überlegungen wert. Vielleicht würde ich Morelli finden, wenn ich nach dem Lieferwagen suchte.

Während ich den Jeep in der hintersten Ecke des Parkplatzes abstellte, ärgerte ich mich insgeheim ein wenig über behinderte Senioren, die immer die besten Parkplätze mit Beschlag belegten. Ich nahm drei Plastiktüten in jede Hand und klemmte mir einen Sechserpack Bier unter den linken Arm. Die Tür des Cherokee drückte ich mit dem Knie zu. Meine Arme wurden lang und länger. Die schweren Tüten schlugen mir beim Gehen gegen die Beine, und ich mußte an einen alten Witz denken, bei dem es um Elefantenhoden ging.

Als ich mit dem Aufzug nach oben gefahren war, stolperte ich die paar Schritte bis zu meiner Wohnungst ̈ır und stellte die Taschen ab, während ich den Schlüssel aus der Tasche kramte. Ich machte auf, knipste das Licht an, schleppte die Einkäufe in die Küche und ging wieder zurück in die Diele, um die Tür abzuschließen. Dann packte ich die Tüten aus und trennte Schrankzeug von Kühlschrankzeug. Es war ein schönes Gefühl, wieder einen kleinen Lebensmittelvorrat zu haben. Das Horten lag mir im Blut. Die Hausfrauen in meinem Heimatviertel sind stets auf Katastrophen vorbereitet, sie horten Klopapier und Maispüree in Dosen, für den Fall, daß irgendwann einmal wieder ein Blizzard wie der von Anno dunnemals über sie hereinbrechen sollte.

Sogar Rex ließ sich von meiner Betriebsamkeit anstecken. Die kleinen rosa Hamsterfüßchen gegen die Glasscheibe seines Käfigs gestemmt, sah er mir zu.

»Jetzt kommen wieder bessere Zeiten, Rex«, sagte ich und gab ihm ein Apfelstückchen. »Von nun an gibt es nur noch Äpfel und Brokkoli.«

Ich hatte mir im Supermarkt einen Stadtplan besorgt, den ich vor mir auf dem Tisch ausbreitete, während ich in meinem Essen stocherte. Morgen würde ich systematisch nach dem blauen Lieferwagen suchen. Ich würde die Gegend um das Boxstudio durchkämmen und anschließend Ramirez' Wohngegend abklappern. Ich holte mir das Telefonbuch und schlug unter Ramirez nach. Es gab dreiundzwanzig Einträge, davon waren drei Teilnehmer nur mit der Initiale B gekennzeichnet. Außerdem gab es zwei Benitos. Ich wählte die Nummer des ersten Benito, und nach dem vierten Läuten meldete sich eine Frau. Im Hintergrund hörte ich ein Baby schreien.

»Wohnt dort Benito Ramirez, der Boxer?« fragte ich.

Die Antwort kam auf spanisch, und sie klang nicht gerade freundlich. Ich entschuldigte mich für die Störung und legte auf. Der zweite Benito kam selbst ans Telefon, aber er war eindeutig nicht der Ramirez, nach dem ich suchte. Bei den drei Bs kam ich auch nicht weiter. Ich beschloß, mir die restlichen achtzehn Nummern zu schenken. Irgendwie war ich sogar erleichtert, daß ich ihn nicht gefunden hatte. Ich wußte nicht, was ich zu ihm gesagt hätte. Ich wollte eine Adresse, kein Gespräch. Außerdem muß ich zugeben, daß ich allein bei dem Gedanken an Ramirez eine Gänsehaut bekam. Ich konnte das Boxstudio beobachten und Ramirez folgen, wenn er ging. Leider war der große rote Cherokee nicht unbedingt ein unauffälliges Gefährt. Vielleicht konnte Eddie mir helfen. Die Cops hatten ihre eigenen Methoden, Adressen rauszukriegen. Wen kannte ich sonst noch, der Zugang zu Adressen hatte? Marilyn Truro arbeitete bei der Zulassungsstelle. Wenn ich Ramirez' Autokennzeichen wüßte, könnte sie mir vielleicht seine Anschrift besorgen. Ich konnte mich natürlich auch im Boxstudio danach erkundigen. Nein, das wäre viel zu einfach.

Was soll's? dachte ich. Warum nicht? Ein Versuch konnte jedenfalls nicht schaden. Weil ich die Seite mit der Adresse des Studios vor ein paar Tagen aus dem Telefonbuch gerissen hatte, mußte ich zuerst die Auskunft anrufen. Ich bedankte mich für die Nummer und rief im Studio an. Dem Mann, der sich meldete, sagte ich, daß ich mit Benito verabredet sei, aber leider seine Adresse verloren hätte.

»Die kann ich Ihnen geben«, sagte er. »320, Polk Street. Die Nummer des Apartments weiß ich nicht, aber es liegt im ersten Stock. Am Ende vom Flur. Sein Name steht an der Tür. Nicht zu übersehen.«

»Danke«, sagte ich. »Sehr verbunden.«

Ich schob das Telefon weg und beugte mich wieder über den Stadtplan, um die Polk Street zu suchen. Sie war nur drei Straßen vom Boxstudio entfernt und verlief parallel zur Stark Street. Ich kringelte sie mit gelbem Leuchtstift ein. Nun hatte ich zwei Stellen, wo ich nach dem Lieferwagen suchen konnte. Wenn es sein mußte, würde ich zu Fuß umherstreifen und mich in dunkle Gassen und Garagen wagen. Das war mein Plan für den nächsten Vormittag. Wenn nichts dabei herauskam, wollte ich mir den nächsten Kautionsflüchtling aus Connies Stapel vornehmen. Mit so einem Kleinkleckerfall konnte ich wenigsten ein bißchen Geld für die Miete verdienen.

Nachdem ich mich zweimal vergewissert hatte, daß alle Fenster verriegelt waren, zog ich die Vorhänge zu. Ich wollte noch duschen und dann ins Bett gehen. Auf einen Überraschungsbesuch hatte ich keine Lust mehr.

Ich räumte mein Apartment auf und versuchte dabei, nicht auf die leeren Stellen zu achten, wo früher die Elektrogeräte gestanden hatten. Auch die Abdrücke der Phantommöbel auf dem Wohnzimmerteppich ignorierte ich eisern. Die zehntausend Dollar für Morelli konnte ich gut gebrauchen, um mein Leben wieder einigermaßen in den Griff zu kriegen, aber an sich war die Kopfgeldjägerei nur eine Überbrückungsmaßnahme. Eigentlich sollte ich gleichzeitig nach einem anständigen Job suchen.

Warum redete ich mir das noch ein? Ich hatte doch längst alle Brücken hinter mir abgebrochen.

Ich konnte bei der Kopfgeldjägerei bleiben, aber selbst wenn alles gut lief, war die Arbeit ein riskantes Spiel. Wenn aber etwas schiefging ... Daran wollte ich gar nicht erst denken. Ich würde mich nicht nur damit abfinden müssen, bedroht, gehaßt, belästigt, verletzt oder gar getötet zu werden, sondern ich würde mich auch daran gewöhnen müssen, freiberuflich tätig zu sein. Außerdem blieb mir gar nichts anderes übrig, als Kampfsportarten zu lernen und mir polizeiliche Techniken für die Festnahme von Straftätern anzueignen. Ich mußte ja nicht gleich zum Terminator werden, aber weiter so aufs Geratewohl vor mich hin wursteln wollte ich auch nicht. Wenn ich noch einen Fernsehapparat besessen hätte, hätte ich mir Wiederholungen von *Cagney und Lacey* ansehen können.

Mir fiel ein, daß ich noch einen zweiten Riegel an der Wohnungstür anbringen lassen wollte, und ich beschloß, Dillon Ruddick, dem Hausmeister, einen Besuch abzustatten. Dillon und ich waren Freunde, was daran lag, daß wir so ziemlich die einzigen Menschen im ganzen Haus waren, die Metamusil nicht für einen der größten Lebensmittelmultis des Landes hielten. Dillon bewegte die Lippen, wenn er die Comicseite in der Zeitung las, aber man brauchte ihm bloß ein Werkzeug in die Hand zu drücken, und schon verwandelte er sich in ein echtes Genie. Er wohnte im Souterrain in einer Einzimmerwohnung, in die nie ein Sonnenstrahl fiel. Die ständige Geräuschkulisse wurde von rumorenden Heizkesseln und gurgelnden Wasserleitungen gebildet. Dillon behauptete, der Lärm störe ihn nicht. Er redete sich einfach ein, es wäre das Meer.

»'n Abend, Dillon«, sagte ich, als er mir aufmachte. »Wie geht's?«

»Gut geht's. Kann nicht klagen. Na, wo brennt's?«

»Ich habe Angst vor Einbrechern, Dillon. Ich hätte gern noch einen zweiten Riegel an der Wohnungstür.«

»Gute Idee«, sagte er. »Man kann nie vorsichtig genug sein. An Mrs. Lugers Tür habe ich auch gerade einen neuen Riegel angebracht. Sie hat gesagt, vor ein paar Nächten hätte ein Kerl wie ein Schrank im Hausflur rumkrakeelt. Angeblich wäre sie vor Schreck fast gestorben. Vielleicht hast du ihn auch gehört. Mrs. Luger wohnt ja fast neben dir.«

Um ein Haar hätte ich mich verraten. Ich wußte, wie der Schrank hieß.

»Wenn ich es schaffe, kriegst du morgen deinen Riegel«, sagte Dillon. »Wie wär's inzwischen mit einem Bier?«

»Ein Bier wäre prima.«

Dillon gab mir eine Flasche und eine Dose mit gemischten Nüssen. Er drehte den Fernseher wieder laut, und wir ließen uns aufs Sofa fallen.

Ich hatte den Wecker auf acht Uhr gestellt, aber ich war schon um sieben aus den Federn, so erpicht war ich darauf, den Lieferwagen zu finden. Ich duschte und gab mir ziemliche Mühe mit meinen Haaren, indem ich sie in Form fönte, Gel hineinknetete und zum Schluß noch Haarspray auf das Kunstwerk sprühte. Als ich fertig war, sah ich aus wie Cher an einem schlechten Tag. Aber Cher ist auch an einem schlechten Tag nicht zu verachten. Ich zog mir meine letzte saubere Radlerhose und einen dazu passenden Sport-BH an, der auch als Bikinioberteil durchgehen konnte, und schlüpfte in ein weites lila T-Shirt mit einem großen, tiefen Halsausschnitt. Nachdem ich meine hohen Reeboks geschnürt und die weißen Söckchen eingerollt hatte, kam ich mir ziemlich cool vor.

Zum Frühstück aß ich eine Schüssel Frosties. Wenn sie gut genug für Tony den Tiger waren, waren sie auch gut genug für mich. Ich warf eine Multivitamintablette ein, putzte mir die Zähne, hängte mir zwei große Goldringe an die Ohrläppchen, malte mir die Lippen knallrot an und war abmarschbereit.

Die Zikaden sagten zirpend einen neuen Hitzetag voraus. Ich fuhr vom Parkplatz und reihte mich in den dichten Verkehr auf der St. James Street ein. Den Stadtplan hatte ich auseinandergefaltet neben mir auf dem Beifahrersitz liegen, dazu noch einen Stenoblock mit Telefonnummern, Adressen und anderen wichtigen Informationen.

Der Häuserblock, in dem Ramirez wohnte, hatte seinen ursprünglichen Charakter längst verloren. Wahrschienlich hatten dort früher Einwanderer gewohnt, hoffnungsvolle Iren, Italiener und Polen, die den Delaware hinaufgeschippert waren, um in den Trentoner Fabriken zu arbeiten. Wer inzwischen in den dicht an dicht hochgezogenen Mietskasernen lebte, war schwer zu sagen. Es hockten keine alten Männer auf den Treppenstufen, und es spielten auch keine Kinder auf dem Bürgersteig. Zwei Asiatinnen mittleren Alters standen an der Bushaltestelle, die Taschen fest an die Brust gepreßt, die Gesichter ausdruckslos. Von Morellis Lieferwagen war nichts zu sehen, und ein mögliches Versteck dafür konnte ich auch nicht entdecken. Es gab weder Garagen noch kleine Seitengassen. Wenn Morelli Ramirez beschattete, dann entweder von der Rückseite des Gebäudes oder einer Nachbarwohnung aus.

Ich fuhr um die Ecke und entdeckte eine einspurige Zufahrtstraße, die den Block in zwei Hälften teilte. Hier gab es ebenfalls keine Garagen. Ein asphaltierter Platz erstreckte sich bis an Ramirez' Haus. Sechs Parkbuchten waren auf dem Boden markiert. Nur vier Wagen standen dort, drei alte Schrottkisten und ein silberner Porsche mit einem Kennzeichenhalter, auf den in Gold »The Champ« aufgedruckt war. Alle vier Fahrzeuge waren leer.

Auf der anderen Seite der Zufahrt standen noch mehr Mietskasernen. Es war durchaus denkbar, daß Morelli seinen Überwachungsstandort dort drüben eingerichtet hatte, aber es war nichts von ihm zu sehen.

Ich fuhr bis ans Ende der Zufahrt und kurvte dann in immer größer werdenden Kreisen um Ramirez' Haus, bis ich alle befahrbaren Straßen in einem Radius von neun Blocks abgesucht hatte. Kein Lieferwagen weit und breit.

Als nächstes durchkämmte ich systematisch die Nachbarschaft der Stark Street. Weil es dort von Garagen und kleinen

Gassen nur so wimmelte, stellte ich den Cherokee ab und machte mich zu Fuß auf die Suche. Um halb eins hatte ich so viele baufällige, muffige Schuppen durchstöbert, daß es mir bis an mein Lebensende reichen würde. Wenn ich schielte, konnte ich erkennen, daß sich meine Nase schälte. Die schweißnassen Haare klebten mir im Nacken, und vom Schleppen der Schultertasche bekam ich langsam, aber sicher, eine Schleimbeutelentzündung.

Als ich wieder zum Cherokee kam, hatte ich das Gefühl, meine Füße stünden in Flammen. Ich lehnte mich an den Wagen und sah nach, ob meine Schuhsohlen schon geschmolzen waren. An der nächsten Straßenecke standen Lula und Jackie. Ich fand es sinnvoll, noch mal mit ihnen zu sprechen.

»Immer noch hinter Morelli her?« fragte Lula.

Ich schob mir die Sonnenbrille in die Stirn. »Hast du ihn gesehen?«

»Nee, und gehört hab' ich auch nichts von ihm. Der Typ hält sich bedeckt.«

»Und was ist mit seinem Lieferwagen?«

»Wieso Lieferwagen? Seit kurzem fährt Morelli einen rotgoldenen Cherokee ... genau wie deiner.« Sie riß die Augen auf. »Sag bloß ... das ist doch nicht etwa Morellis Karre, oder?«

»Ich habe sie mir gewissermaßen geliehen.«

Lula verzog das Gesicht zu einem Grinsen. »Schätzchen, soll das heißen, du hast Morellis Wagen geklaut? Dafür gibt er dir bestimmt einen Tritt in deinen kleinen weißen Hühnerpopo.«

»Vor ein paar Tagen habe ich ihn in einem blauen Econoline gesehen«, sagte ich. »Die Kiste war mit Antennen gespickt. Ist euch hier in der Gegend vielleicht so etwas Ähnliches aufgefallen?«

»Wir haben nichts gesehen«, sagte Jackie.

Ich wandte mich an Lula. »Und du, Lula? Hast du einen blauen Lieferwagen gesehen?«

»Rück erst mal mit der Wahrheit raus. Bist du wirklich schwanger?« fragte Lula.

»Nein, aber ich hätte es werden können.« Vor vierzehn Jahren.

»Also, worum geht es dann? Was willst du von Morelli?«

»Ich arbeite für ein Kautionsbüro. Er ist ein Kautionsflüchtling.«

»Im Ernst? Kann man damit Kohle machen?«

»Zehn Prozent von der Kautionssumme.«

»Das könnte ich auch«, sagte Lula. »Vielleicht sollte ich umsatteln.«

»Vielleicht solltest du lieber die Klappe halten und wenigstens so tun, als ob du anschaffen willst. Sonst haut dir dein Alter noch die Hucke voll«, sagte Jackie.

Ich fuhr nach Hause, genehmigte mir noch eine Schüssel Frosties und rief meine Mutter an.

»Ich habe einen großen Topf Kohlrouladen auf dem Herd«, sagte sie. »Warum kommst du nicht zum Mittagessen?«

»Klingt gut, aber ich habe noch zu tun.«

»Was denn zum Beispiel? Was ist so wichtig, daß du dir nicht mal die Zeit nehmen kannst, ein paar Kohlrouladen zu essen?«

»Meine Arbeit.«

»Was für eine Arbeit? Bist du etwa immer noch hinter dem Jungen der Morellis her?«

»Ja.«

»Du solltest dir eine andere Arbeit suchen. In Claras Frisiersalon brauchen sie eine Schamponiererin.«

Im Hintergrund hörte ich Grandma Mazur etwas rufen.

»Ach ja«, sagte meine Mutter. »Heute morgen hat ein Boxer für dich angerufen, der sich mit dir treffen will, Benito Ramirez. Dein Vater war ganz aus dem Häuschen. Ein reizender junger Mann. So höflich.«

»Was wollte Ramirez?«

»Er wollte dich anrufen, aber dein Telefon war außer Betrieb. Ich habe ihm gesagt, daß es wieder geht.«

Im Geist rannte ich ein paarmal mit dem Kopf gegen die Wand. »Benito Ramirez ist ein Ekelpaket. Wenn er sich noch mal meldet, leg einfach auf.«

»Er war sehr zuvorkommend zu mir.«

Ja, dachte ich. Er ist ja auch der galanteste, geistesgestörte Vergewaltiger, der in Trenton rumläuft. Und jetzt wußte er, daß er mich wieder anrufen konnte.

8

In dem Haus, in dem ich wohnte, gab es weder Waschküche noch Trockenkeller, und der derzeitige Besitzer hatte auch nicht die Absicht, für solche Einrichtungen Geld auszugeben. Der nächste Waschsalon, Super Suds, lag ungefähr eine halbe Meile entfernt in der Hamilton Avenue. Keine Weltreise, aber unbequem.

Ich stopfte die Akten, die ich von Connie bekommen hatte, in meine Tasche und hängte mir die Tasche über die Schulter. Ich schleppte meinen Wäschekorb in den Hausflur, schloß die Tür ab und schleppte mich mitsamt der Wäsche zum Auto.

Für einen Waschsalon war Super Suds nicht übel. Es gab einen Kundenparkplatz, und nebenan war ein kleines Café, wo man einen schmackhaften Hühnchensalat bekommen konnte, falls man etwas Geld im Portemonnaie hatte. Da es aber um meine Finanzen nicht besonders rosig bestellt war, stopfte ich die Wäsche in die Maschine, schüttete Waschpulver hinterher, warf ein paar Münzen ein und machte es mir mit meinen Kautionsflüchtlingen gemütlich.

Lonnie Dodd lag zuoberst auf dem Stapel. Ein durchaus machbarer Fall, wie mir schien. Der Gesuchte war zweiundzwanzig und wohnte in Hamilton Township. Er war wegen Autodiebstahls angeklagt. Ein Ersttäter. Vom Münztelefon im Waschsalon rief ich Connie an, um mich zu vergewissern, ob Dodd immer noch flüchtig war.

»Wahrscheinlich ist er bei sich zu Hause in der Garage und macht einen Ölwechsel«, sagte sie. »So was kommt dauernd vor. Typisch Mann. Teufel auch, sagen sich die Kerle, mich schubst keiner rum. Ich hab' doch bloß ein paar Autos geklaut. Was ist denn schon dabei? Und dann erscheinen sie einfach nicht zur Verhandlung.«

Ich dankte Connie für ihre Erläuterungen und setzte mich wieder hin. Wenn die Wäsche fertig war, würde ich mal bei Dodd vorbeifahren und nachsehen, ob er zu Hause war.

Ich steckte die Akten wieder in die Tasche und räumte die Wäsche aus der Maschine in den Trockner. Ich sah durch die große Schaufensterscheibe nach draußen, als plötzlich der blaue Lieferwagen vorbeirollte. Ich war so überrascht, daß ich zur Salzsäule erstarrte – Mund offen, Augen glasig, Kopf leer. Nicht gerade die beste aller denkbaren Reaktionen. Der Lieferwagen fuhr weiter, aber dann sah ich, wie ein Stückchen weiter seine Bremslichter aufleuchteten. Morelli steckte im Verkehr fest.

Jetzt bewegte ich mich endlich. Ich glaube fast, ich flog, denn ich kann mich nicht mehr erinnern, daß meine Füße das Gehsteinpflaster berührt hätten. Mit quietschenden Reifen raste ich vom Parkplatz. Ich kam bis zur nächsten Ecke, dann ging die Alarmanlage los. In meiner Eile hatte ich vergessen, den Code einzugeben.

Das Geheul war so laut, daß ich kaum denken konnte. Der Schlüssel hing an meinem Schlüsselring, und der Schlüsselring hing an dem Schlüssel, der im Zündschloß steckte. Ich trat auf die Bremse und kam mitten auf der Straße schlingernd zum Stehen. Erst jetzt warf ich einen Blick in den Rückspiegel und war erleichtert, daß hinter mir keine Autos zu sehen waren. Ich schaltete die Alarmanlage aus und fuhr weiter.

Morelli war ein paar Wagen vor mir. Als er nach rechts abbog, packte ich das Lenkrad fester. Ich kam nur schleichend voran und erfand blumige Flüche, während ich mich langsam auf die Kreuzung zuarbeitete. Als ich endlich auch abbiegen konnte, war er verschwunden. Ich wollte die Suche schon einstellen, als ich den Lieferwagen hinter Mannis Feinkostladen entdeckte.

Ich stoppte in der Einfahrt und starrte den Wagen erst einmal ausgiebig an, weil ich nicht wußte, was ich als nächstes tun sollte. Ich hatte keine Ahnung, ob Morelli hinter dem Lenkrad saß. Vielleicht hatte er sich auch hinten aufs Ohr gelegt, oder er war in Mannis Laden und bestellte sich ein Thunfischsandwich zum Mitnehmen. Vielleicht sollte ich erst einmal parken und die Lage sondieren. Wenn er nicht im Wagen war, konnte ich mich verstecken und ihn mit meinem Spray betäuben, sobald ich ihn nah genug vor der Düse hatte.

Ich parkte vier Autos von dem Lieferwagen entfernt und stellte den Motor ab. Ich wollte gerade nach meiner Tasche greifen, als die Fahrertür aufgerissen wurde und ich hinter dem Lenkrad nach draußen gezerrt wurde. Ich stolperte ein paar Schritte und knallte gegen Morellis stabilen Brustkorb.

»Suchst du mich?« fragte er.

»Gib lieber gleich auf«, sagte ich. »Mich wirst du nie wieder los.«

Er bekam einen harten Zug um den Mund. »Laß hören. Soll ich mich auf den Boden legen, damit du mich ein paarmal mit meinem eigenen Wagen überrollen kannst, wie in der guten alten Zeit? Wäre das nach deinem Geschmack? Mußt du mich tot oder lebendig abliefern?«

»Deshalb brauchst du dich doch nicht so zu ärgern. Ich habe einen Job zu erledigen. Es ist nichts Persönliches.«

»Nichts Persönliches? Du hast meine Mutter belästigt, meinen Wagen geklaut, und du erzählst überall herum, ich hätte dir ein Kind angehängt! Ich finde es ziemlich persönlich, jemanden zu schwängern. Herrgott, reicht es nicht, daß ich wegen Mordes gesucht werde? Wer bist du eigentlich, die Kopfgeldjägerin aus der Hölle?«

»Reg dich nicht auf.«

»Ich rege mich längst nicht mehr auf. Ich gebe mich geschlagen. Jeder Mensch hat sein Kreuz zu tragen, und du bist meines. Du hast gewonnen. Behalte den Wagen. Er interessiert mich nicht mehr. Ich bitte dich bloß, mir nicht allzu viele Beulen in die Tür zu schlagen und einen Ölwechsel zu machen, wenn das rote Lämpchen angeht.« Er sah in das Innere des Cherokee. »Du telefonierst doch hoffentlich nicht?«

»Nein. Natürlich nicht.«

»Telefongespräche sind teuer.«

»Keine Angst.«

»Scheiße«, sagte er. »Mein Leben ist Scheiße.«

»Das geht wieder vorbei.«

Sein Blick wurde etwas sanfter. »Schick siehst du aus.« Er hakte einen Finger in den weiten Ausschnitt meines T-Shirts und riskierte einen Blick auf den schwarzen Sport-BH. »Sehr sexy.«

Ich bekam ein warmes Kribbeln im Bauch. Ich versuchte mir einzureden, es wäre Wut, aber vermutlich handelte es sich eher um so etwas wie erotische Panik. Ich gab ihm einen Klaps. »Nimm die Hand weg.«

»Na ja, schließlich habe ich dich doch geschwängert, weißt du nicht mehr? Da dürfte dir eine weitere kleine Intimität eigentlich nichts ausmachen.« Er kam näher. »Der Lippenstift gefällt mir auch. Kirschrot. Sehr verführerisch.«

Er senkte den Kopf und küßte mich.

Ich weiß, daß ich ihm ein Knie in den Unterleib hätte rammen sollen, aber der Kuß war einfach köstlich. Joe Morelli hatte das Küssen nicht verlernt. Es fing sachte und zärtlich an und hörte heiß und stürmisch auf. Dann ließ er mich los und lächelte. Da wußte ich, daß er mich reingelegt hatte.

»Erwischt«, sagte er.

»Du Schweinehund.«

Er langte um mich herum und zog den Schlüssel aus dem Zündschloß. »Ich will nicht, daß du mir folgst.«

»Auf die Idee wäre ich nie gekommen.«

»Ach nein? Ich lege dir trotzdem ein paar Steine in den Weg.« Er ging zu dem Müllcontainer neben dem Feinkostgeschäft und warf den Schlüsselbund hinein.

»Waidmannsheil«, sagte er, während er schon wieder auf seinen Lieferwagen zumarschierte. »Aber putz dir bitte die Schuhe ab, bevor du in meinen Wagen steigst.«

»Warte mal«, rief ich hinter ihm her. »Ich habe ein paar Fragen. Ich will etwas über den Mord wissen. Ich will etwas über Carmen Sanchez wissen. Und stimmt es, daß sie einen Killer auf dich angesetzt haben?«

Er stieg ein und fuhr vom Parkplatz.

Der Container war riesig. Anderthalb Meter hoch, anderthalb Meter breit und zwei Meter lang. Ich stellte mich auf die Zehenspitzen und lugte hinein. Er war zu einem Viertel voll und stank nach totem Hund. Ich konnte die Schlüssel nirgends sehen.

Eine schwächere Frau als ich wäre in Tränen ausgebrochen. Eine klügere Frau hätte Ersatzschlüssel bei sich gehabt. Ich zog eine Holzkiste neben den Container, stellte mich darauf und sah noch einmal hinein. Der meiste Müll steckte in Beuteln, von denen einige bei der Landung aufgeplatzt waren. Angebissene Hamburger, Kartoffelbrei, Kaffeesatz, Bratfett, undefinierbarer Matsch und Salatköpfe, die sich allmählich wieder in Urschlamm zurückverwandelten, quollen heraus.

Der Anblick erinnerte mich an totgefahrene Tiere. Asche zu Asche, Mayo zu ihren verschiedenen Bestandteilen. Ganz egal, ob es sich um Katzen oder Krautsalat handelt, das Ende ist nicht appetitlich.

Ich dachte an alle Leute, die ich kannte, aber mir fiel keiner ein, der blöd genug gewesen wäre, für mich in einen Müllcontainer zu steigen. Okay, sagte ich zu mir. Jetzt oder nie. Ich schwang ein Bein hinüber, blieb einen Moment so hängen und nahm meinen ganzen Mut zusammen. Dann ließ ich mich langsam hinunter. Wenn ich nur den leisesten Hauch von einer Ratte gerochen hätte, wäre ich wie der Blitz wieder draußen gewesen.

Konservendosen rollten unter meinen Füßen weg, und schon stand ich in weichem, matschigem Brei. Ich merkte, daß ich wegrutschte, und hielt mich schnell am Rand des Containers fest, wobei ich mir auch noch den Ellenbogen zerschrammte. Ich fluchte und kämpfte mit den Tränen.

Ich fand eine relativ saubere Plastiktüte, die ich als Handschuh benutzen konnte, und tastete mich damit durch den Matsch. Ich ging äußerst vorsichtig vor, weil ich panische Angst davor hatte, mit dem Gesicht voraus in die Artischocken und Kalbshirne zu kippen. Es war erschreckend, wieviel Essen weggeworfen wurde. Diese Verschwendung war fast genauso widerwärtig wie der alles durchdringende Modergeruch, der mir in die Nase stieg und sich an meinem Gaumen festsetzte.

Es schien eine Ewigkeit zu dauern, bis ich die Schlüssel endlich in einem gelblichbraunen Schleimklecks entdeckte. Da in der Nähe keine Windeln lagen, ging ich davon aus, daß es sich bei dem gelben Zeug um Senf handelte. Ich steckte todesmutig die Hand hinein und mußte würgen.

Ich hielt den Atem an, warf den Schlüssel im hohen Bogen aus dem Container und machte, daß ich ebenfalls rauskam. Dann wischte ich die Schlüssel, so gut es ging, mit der Plastiktüte sauber. Das meiste von der gelben Matsche bekam ich ab. Es mußte reichen. Ich zog die Schuhe aus, ohne sie anzufassen, und streifte mit zwei Fingern die Söckchen von den Füßen. Ich betrachtete mich von oben bis unten. Bis auf ein paar Flecken Thousand-Island-Dressing auf der Vorderseite des T-Shirts schien ich einigermaßen unbeschadet davongekommen zu sein.

Neben dem Container stand ein Stapel Altpapier. Ich deckte den Fahrersitz mit dem Sportteil einer Zeitung ab, für den Fall, daß ich womöglich doch irgendwelchen widerlichen Dreck auf meiner Rückseite übersehen hatte, und legte eine weitere Zeitung auf die Fußmatten vor dem Beifahrersitz. Darauf stellte ich vorsichtig meine Schuhe und Söckchen.

Plötzlich sprang mir eine Schlagzeile ins Auge. »Mann aus fahrendem Auto heraus erschossen.« Unter der Schlagzeile war ein Foto von John Kuzack abgebildet. Ich hatte am Mittwoch mit ihm gesprochen. Heute war Freitag. Die Zeitung, die ich in der Hand hielt, war einen Tag alt. Mit angehaltenem Atem las ich den Artikel. John Kuzack war am späten Mittwochabend vor seinem Haus niedergeschossen worden. Es hieß, er sei Vietnam-Veteran gewesen, Träger des Verwundetenabzeichens und eine schillernde Persönlichkeit, aber in der Nachbarschaft allseits beliebt. Zu dem Zeitpunkt, als die Zeitung in Druck ging, hatte die Polizei weder einen Verdächtigen noch ein Motiv ermittelt.

Ich lehnte mich an den Cherokee. Es gelang mir kaum, John Kuzacks Tod zu begreifen. Er war so stark und lebendig gewesen, als ich mit ihm gesprochen hatte. Und jetzt war er tot. Erst Edleman, der Unfall mit Fahrerflucht, und jetzt Kuzack. Von den drei Menschen, die den fehlenden Zeugen gesehen hatten und sich an ihn erinnerten, waren zwei tot. Ich dachte an Mrs. Santiago und ihre Kinder und bekam eine Gänsehaut.

Ich faltete die Zeitung vorsichtig zusammen und steckte sie in die Landkartentasche. Wenn ich wieder zu Hause war, würde ich Gazarra anrufen, um mich zu überzeugen, daß Mrs. Santiago nichts passiert war.

Ich konnte mich zwar längst selbst nicht mehr riechen, aber bevor ich losfuhr, ließ ich vorsichtshalber trotzdem die Scheiben herunter.

Ich parkte hinter dem Waschsalon und schlüpfte barfuß

hinein, um meine Sachen zu holen. Außer mir war nur noch eine ältere Frau in dem Laden, die Wäsche zusammenlegte.

»Du meine Güte«, sagte sie mit einem verstörten Blick. »Was ist denn das für ein Gestank?«

Ich spürte, daß ich rot wurde. »Muß von draußen kommen«, sagte ich. »Es muß wohl mit reingekommen sein, als ich die Tür aufgemacht habe.«

»Das ist ja nicht zum Aushalten!«

Ich schnupperte, aber ich roch nichts. Meine Nase streikte aus Notwehr. Ich warf einen Blick auf mein T-Shirt. »Riecht es nach Thousand-Island-Dressing?«

Die Frau drückte sich einen Kopfkissenbezug aufs Gesicht. »Ich glaube, mir wird schlecht.«

Ich stopfte die Wäsche in den Korb und verdünnisierte mich. Als ich unterwegs an einer Ampel anhalten mußte, stellte ich plötzlich fest, daß meine Augen tränten. Ein schlechtes Zeichen. Zum Glück traf ich niemanden, als ich den Wagen zu Hause auf dem Parkplatz abstellte. Treppenhaus und Aufzug waren leer. So weit, so gut. Als ich aus dem Fahrstuhl trat, war ebenfalls niemand zu sehen. Ich atmete erleichtert auf, schleppte den Wäschekorb in meine Wohnung, zog mich noch in der Diele aus und steckte meine Sachen in einen großen schwarzen Plastikmüllsack, den ich oben zuband.

Ich sprang in die Dusche, seifte und schrubbte und schamponierte mich dreimal ein. Nachdem ich mir saubere Sachen angezogen hatte, klingelte ich bei Mr. Wolesky von gegenüber, um die Probe aufs Exempel zu machen.

»Igitt«, ächzte er. »Was ist denn das für ein Gestank?«

»Das habe ich mich auch schon gefragt«, sagte ich. »Er scheint im Hausflur zu hängen.«

»Riecht nach totem Hund.«

Ich seufzte. »Ja, das war auch mein erster Gedanke.«

Ich kehrte in meine Wohnung zurück. Also würde ich alles

noch einmal waschen müssen, aber ich hatte kein Kleingeld mehr für den Waschsalon. Dann mußt ich die Sachen eben bei meinen Eltern in die Maschine stecken. Ich sah auf die Uhr. Es war kurz vor sechs. Ich konnte meine Mutter vom Auto aus anrufen und sie darauf vorbereiten, daß ich doch noch zum Essen kommen würde.

Als ich vor dem Haus anhielt, erschien auch schon wie durch Zauberei meine Mutter auf der Veranda, getrieben von einem geheimnisvollen mütterlichen Instinkt, der ihr immer sagte, wann ihre Tochter einen Fuß auf den heimatlichen Bordstein setzte.

»Ein neuer Wagen«, sagte sie. »Wie schön. Wo hast du den her?«

Ich hatte den Wäschekorb unter dem einen und den Müllsack unter dem anderen Arm. »Von einem Freund geliehen.«

»Von welchem Freund?«

»Du kennst ihn nicht. Ein ehemaliger Schulkamerad.«

»Ein Glück, daß du solche Freunde hast. Du solltest ihm etwas backen. Einen Kuchen.«

Ich zwängte mich an ihr vorbei und peilte die Kellertreppe an. »Ich habe meine Wäsche mitgebracht. Hoffentlich macht es dir nichts aus.«

»Natürlich nicht. Was ist das für ein Geruch? Bist du das? Du riechst wie eine Mülltonne.«

»Mir sind aus Versehen die Wagenschlüssel in einen Container gefallen, und dann mußte ich reinklettern, um sie wieder rauszuholen.«

»Ich verstehe nicht, warum dir immer solche Sachen passieren. So etwas passiert keinem anderen Menschen. Oder kennst du jemanden, dem schon mal die Schlüssel in einen Müllcontainer gefallen sind? Nein. Den gibt es nicht. So etwas kannst nur du fertigbringen.«

Grandma Mazur kam aus der Küche. »Ich rieche Kotze.«

»Das ist Stephanie«, sagte meine Mutter. »Sie war in einem Müllcontainer.«

»Was wollte sie denn da drin? Hat sie nach einer Leiche gesucht? Letztens kam ein Film im Fernsehen, da haben Gangster einem Typen das Gehirn rausgepustet und ihn dann in einen Müllcontainer geschmissen, als Fressen für die Ratten.«

»Sie hat ihre Schlüssel gesucht«, sagte meine Mutter zu Grandma Mazur. »Es war ein Unfall.«

»Ach, wie schade«, sagte Grandma Mazur. »Ich hatte mehr von ihr erwartet.«

Als wir mit dem Essen fertig waren, rief ich Eddie Gazarra an, packte die zweite Ladung Wäsche in die Maschine und spritzte meine Schuhe und den Schlüsselbund mit dem Gartenschlauch ab. Ich sprühte den Jeep mit Lysol aus und ließ die Scheiben bis zum Anschlag herunter. Mit offenen Fenstern funktionierte die Alarmanlage zwar nicht, aber ich nahm nicht an, daß man mir den Wagen vor dem Haus meiner Eltern klauen würde. Ich duschte und zog mir frische Sachen an, die gerade aus dem Trockner kamen.

John Kuzacks Tod war mir unheimlich, und weil ich keine Lust hatte, im Dunkeln nach Hause zu kommen, verabschiedete ich mich möglichst schnell wieder. Ich hatte eben die Wohnungstür hinter mir abgeschlossen, als das Telefon klingelte. Die Stimme war gedämpft, so daß ich kaum etwas verstehen konnte.

Angst ist kein logisches Gefühl. Niemand kann dir über das Telefon etwas antun, aber ich zuckte trotzdem zusammen, als ich erkannte, daß es Ramirez war.

Ich legte sofort auf, und als das Telefon wieder anfing zu läuten, zog ich den Stecker raus. Ich brauchte dringend einen Anrufbeantworter, aber ich konnte mir nur dann einen leisten, wenn ich schnellstens einen Kautionsflüchtling dingfest machte. Am nächsten Morgen mußte ich mich als allererstes auf die Jagd nach Lonnie Dodd begeben.

Als ich aufwachte, trommelte der Regen rhythmisch auf meine Feuerleiter. Wunderbar. Genau das hatte mir gefehlt, um mein Leben noch komplizierter zu machen. Ich kroch aus dem Bett und zog den Vorhang auf, genervt von der Aussicht auf einen total verregneten Tag. Auf dem naß glänzenden Parkplatz spiegelten sich geheimnisvolle Lichtreflexe. Ansonsten war die Welt bleigrau. Eine geschlossene Wolkendecke hing tief über der Stadt, und die Gebäude hatten im Regen alle Farben verloren.

Ich duschte und zog Jeans und T-Shirt an. Die Haare konnten von selbst trocknen. Wozu sollte ich mich groß aufstylen, wenn ich sowieso klitschnaß werden würde, sobald ich einen Fuß vor die Tür setzte? Ich frühstückte, putzte mir die Zähne und zog mir schön breite, türkisblaue Lidstriche, um mich etwas aufzuheitern. Wegen des Regens schlüpfte ich in meine Müllcontainerschuhe. Ich sah nach unten und schnupperte. Zwar glaubte ich, einen Hauch gekochten Schinkens zu riechen, aber alles in allem konnte ich mich nicht beklagen.

Ich überprüfte meine Tasche und vergewisserte mich, ob ich die ganze Ausrüstung beisammen hatte – Handschellen, Schlagstock und Taschenlampe, Revolver und Munition, wobei mir die beiden zuletzt genannten Sachen allerdings nicht viel nützen würden, weil ich längst wieder vergessen hatte, wie man die Knarre lud. Aber man wußte schließlich nie, wann man vielleicht mal ein schweres Objekt brauchen würde, um nach einem flüchtenden Straftäter zu werfen. Außerdem packte ich Dodds Akte, einen Knirps und als Notration eine Packung Erdnußbutterkekse ein. Dann schnappte ich mir meine ultracoole schwarz-lila Goretex-Jacke, die ich mir gekauft hatte, als ich noch zur privilegierten Klasse der Berufstätigen gehörte, und machte mich auf den Weg zum Parkplatz.

Es war der ideale Tag, um sich mit einem guten Comic unter der Bettdecke zu verkriechen und aus einem Cremekuchen die Füllung herauszupulen. Es war kein Tag, um Desperados zu jagen. Leider war ich in Geldnöten und konnte mir die für die Desperadojagd geeigneten Tage nicht aussuchen.

Lonnie Dodd wohnte in 2115, Barnes Street. Ich nahm den Stadtplan und suchte die Koordinaten. Hamilton Township ist ungefähr dreimal so groß wie das eigentliche Trenton, und es sieht so aus wie ein angeknabbertes Stück Kuchen.

Weil der Himmel unterwegs ein wenig aufgeklart hatte, war es möglich, im Fahren die Hausnummern zu lesen. Je näher ich der Nummer 2115 kam, desto deprimierter wurde ich. Der Wert der Immobilien sank mit erschreckender Geschwindigkeit. Was früher eine solide Arbeitersiedlung mit adretten kleinen Einfamilienhäusern und annehmbaren Grundstücken gewesen war, war mit der Zeit ziemlich heruntergekommen und beherbergte nun Leute mit Mindest- beziehungsweise gar keinem Einkommen.

2115 lag am Ende der Straße. Ein verrostetes Motorrad und eine Waschmaschine mit offenem Deckel zierten den verwilderten Vorgarten. Das Haus selbst war ein kleiner Bungalow aus Betonbausteinen, der auf einer Fundamentplatte stand. Es glich eher einem Hühner- oder Schweinestall. Vor dem großen Fenster, das zur Straße hinausging, hing ein Bettlaken. Wahrscheinlich sollte damit die Privatsphäre der Bewohner gewahrt werden, während sie Bierbüchsen an der bloßen Stirn zerquetschten und mutwillige Sachbeschädigungen ausheckten.

Okay, sagte ich mir. Jetzt oder nie. Der Regen trommelte auf das Dach und lief die Windschutzscheibe hinunter. Um mir Mut zu machen, zog ich mir die Lippen nach. Leider ließ die Wirkung etwas zu wünschen übrig, also zog ich auch noch die Lidstriche nach und tuschte mir die Wimpern. Ich begutachtete mich im Rückspiegel. Wonder Woman wäre vor Neid gelb geworden, keine Frage. Ich prägte mir noch ein letztes Mal Dodds Bild ein. Schließlich wollte ich nicht den Falschen überwältigen. Dann verstaute ich die Schlüssel in der Tasche, klappte die Kapuze hoch und stieg aus. Während ich an die Tür klopfte, hoffte ich insgeheim, daß niemand zu Hause war. Der Regen, die Gegend und die häßliche kleine Bruchbude waren mir unheimlich. Wenn auch beim zweiten Klopfen keiner aufmachte, wollte ich es einfach als Gottes Wille verstehen, daß es mir nicht bestimmt war, Dodd zu fassen, und mich so schnell wie möglich wieder verdrücken.

Zwar machte mir auch beim zweiten Klopfen niemand auf, aber ich hörte eine Toilette rauschen und wußte, daß jemand da war. Mist. Ich hämmerte ein paarmal kräftig mit der Faust gegen die Tür. »Aufmachen«, rief ich aus vollem Hals. »Der Pizzaservice.«

Ein magerer Typ mit verfilzten, schulterlangen Haaren kam an die Tür. Er war eine Handbreit größer als ich und trug weder Schuhe noch Hemd, sondern lediglich eine verdreckte, auf Halbmast hängende Jeans, an der der Knopf ganz und der Reißverschluß halb offen war. Hinter ihm konnte ich ein mit Müll übersätes Wohnzimmer sehen. Die Luft, die mir entgegenschlug, roch stechend nach Katze.

»Ich habe keine Pizza bestellt«, sagte er.

»Sind Sie Lonnie Dodd?«

»Ja. Wieso kriege ich eine Pizza?«

»Das war nur eine Kriegslist, um Sie dazu zu bringen, die Tür zu öffnen.«

»Das war *was?*«

»Ich arbeite für Vinnie Plum, der Ihre Kaution gestellt hat. Sie haben Ihre Verhandlung verpaßt, und Mr. Plum würde gern einen neuen Termin mit Ihnen vereinbaren.«

»Da scheiß ich drauf. Ihr könnt mir alle mal den Buckel runterrutschen.«

Der Regen rann in Bächen von meiner Jacke, und meine Jeans und Schuhe sogen sich langsam voll. »Es würde nur ein paar Minuten dauern. Ich könnte Sie hinbringen.«

»Plum hat doch keinen Fahrdienst. Für Plum arbeiten nur zwei Sorten von Leuten – Weiber mit großen, spitzen Titten und versiffte Kopfgeldjäger. Nichts für ungut, und es ist auch schwer zu sagen bei dem Regenmantel, den Sie anhaben, aber Sie sehen mir nicht so aus, als ob Sie zu denen mit den großen, spitzen Titten gehören. Also müssen Sie wohl ein versiffter Kopfgeldjäger sein.«

Ohne Vorwarnung streckte er eine Hand in den Regen heraus, riß mir die Tasche von der Schulter und schleuderte sie hinter sich auf den beigen Wollteppich. Sie ging auf und der Revolver plumpste heraus.

»Sie können sich in diesem Staat ziemlichen Ärger einhandeln, wenn man Sie mit einer Knarre in der Tasche erwischt«, sagte er.

Ich kniff die Augen zusammen. »Wollen Sie nun kooperieren oder nicht?«

»Was denken Sie?«

»Ich denke, wenn Sie clever sind, ziehen Sie sich ein Hemd und Schuhe an und kommen mit mir in die Stadt.«

»So clever bin ich denn doch nicht.«

»Schön. Dann geben Sie mir meine Sachen, und ich verschwinde. Nichts lieber als das.« Wahrere Worte waren nie gesprochen worden.

»Ich gebe dir gar nichts. Die Sachen gehören jetzt mir.«

Ich überlegte noch, ob ich ihm in die Eier treten sollte, als er mir einen Stoß gegen die Brust versetzte und ich rückwärts von der kleinen Betonstufe kippte. Ich landete mit dem Hintern im Schlamm.

»Verzieh dich«, sagte er. »Oder ich knall' dich mit deiner eigenen Knarre ab.«

Die Tür fiel ins Schloß, und der Riegel wurde vorgeschoben. Ich stand auf und wischte mir die Hände an der Jacke ab. Ich konnte es einfach nicht fassen, daß ich mir widerstandlos die Tasche hatte abnehmen lassen. Was hatte ich mir eigentlich gedacht?

Ich hatte an Clarence Sampson gedacht und nicht an Lonnie Dodd. Lonnie Dood war kein fetter Säufer. Ich hätte wesentlich vorsichtiger mit ihm umgehen müssen und ihn nicht so nah an mich heranlassen dürfen. Und das Spray hätte ich in der Hand haben sollen, nicht in der Tasche.

Was die Kopfgeldjägerei anging, hatte ich noch viel zu lernen. Ich hatte nicht die richtigen Tricks auf Lager, aber was noch entscheidender war, mir fehlte auch die richtige Einstellung. Ranger hatte versucht, mir das klarzumachen, aber es war nicht viel davon hängengeblieben. Sei stets auf der Hut, hatte er gesagt. Wenn du im Einsatz bist, mußt du ständig auf alles achten. Wenn du dich auch nur eine Sekunde ablenken läßt, kannst du tot sein. Wenn du hinter einem Kautionsflüchtling her bist, mußt du immer auf das Schlimmste gefaßt sein.

Damals waren mir seine Ratschläge übertrieben dramatisch vorgekommen. Im nachhinein sah ich ein, daß er recht gehabt hatte.

Kochend vor Wut, stapfte ich zum Jeep zurück. Ich fluchte auf mich, auf Dodd und auf E. E. Martin. Aber auch Ramirez und Morelli bekamen ihr Fett weg. Zum Schluß trat ich gegen einen Reifen.

»Und wie weiter?« schrie ich in den Regen. »Was jetzt, du kleines Wunderkind?«

Eines stand fest. Ich würde erst weichen, wenn Lonnie Dodd in Handschellen auf meinem Rücksitz lag. Aber dazu brauchte ich Hilfe, und mir blieben nur zwei Möglichkeiten. Entweder die Polizei oder Ranger. Wenn ich die Polizei rief, kriegte ich unter Umständen tatsächlich Ärger wegen der Knarre. Es kam also nur Ranger in Frage.

Ich machte die Augen zu. Ich wollte Ranger nicht anrufen. Ich hatte diese Sache im Alleingang erledigen wollen, weil ich allen zeigen wollte, wie tüchtig ich war.

»Hochmut kommt vor dem Fall«, sagte ich. Ich wußte zwar nicht genau, was das eigentlich bedeutete, aber es erschien mir irgendwie passend.

Ich atmete einmal tief durch, zog den schlammigen, triefnassen Regenmantel aus, rutschte hinter das Lenkrad und rief Ranger an.

»Yo«, sagte er.

»Ich habe ein Problem.«

»Bist du nackt?«

»Nein, ich bin nicht nackt.«

»Schade.«

»Ich habe einen Kautionsflüchtling in seinem Haus gestellt, aber ich schaffe es nicht, ihn dingfest zu machen.«

»Was heißt, du schaffst es nicht? Kannst du dich vielleicht ein bißchen klarer ausdrücken?«

»Er hat mir meine Tasche abgenommen und mich rausgeschmissen.«

Pause. »Es ist dir vermutlich nicht gelungen, wenigstens die Waffe zu behalten?«

»Richtig. Aber immerhin war sie nicht geladen.«

»Hast du Munition in der Tasche?«

»Könnte schon sein, daß ein paar Patronen in der Tasche herumkullern.«

»Wo bist du jetzt?«

»Vor seinem Haus, im Jeep.«

»Und du möchtest, daß ich komme und deinen Flüchtling überrede, sich zu benehmen?«

»Genau.«

»Du hast wirklich Glück, daß ich auf diese My-Fair-Lady-Kacke stehe. Wo wohnt der Typ?«

Ich gab ihm die Adresse und legte auf. Ich ärgerte mich über mich selbst. Erst hatte ich meinen Flüchtling bewaffnet, und jetzt erwartete ich von Ranger, daß er die Kastanien für mich aus dem Feuer holte. Es wurde höchste Zeit, daß ich in meinem Job fit wurde. Ich wollte lernen, die verdammte Knarre zu laden, und ich wollte lernen, damit zu schießen. Vielleicht würde ich mich nie überwinden können, auf Joe Morelli zu schießen, aber ich war mir ziemlich sicher, daß ich bei Lonnie Dodd solche Skrupel nicht gehabt hätte.

Während ich auf Ranger wartete, ließ ich die Uhr am Armaturenbrett nicht aus den Augen, so versessen war ich darauf, die Angelegenheit endlich zu Ende zu bringen. Es vergingen zehn Minuten, bis der Mercedes am Ende der Straße auftauchte. Schnittig und gespenstisch glitt er durch den Regen, und die Tropfen wagten es nicht, sich auf seinem Lack festzusetzen.

Wir stiegen gleichzeitig aus. Ranger trug eine schwarze Baseballmütze, enge schwarze Jeans und ein schwarzes T-Shirt. Er schnallte sich sein schwarzes Nylonholster um, die Waffe wurde mit einem Streifen Klettverschluß an seinem Bein befestigt. Auf den ersten Blick hätte man ihn für einen Beamten vom Sondereinsatzkommando der Polizei halten können. Er schlüpfte in eine kugelsichere Weste. »Wie heißt der Kautionsflüchtling?«

»Lonnie Dodd.«

»Hast du ein Foto?«

Ich holte Ranger schnell Dodds Bild aus dem Jeep.

»Was hat er auf dem Kerbholz?« wollte Ranger wissen.

»Autodiebstahl, keine Vorstrafen.«

»Ist er allein?«

»Soweit ich weiß, ja. Aber ich kann für nichts garantieren.«

»Hat das Haus einen Hintereingang?«

»Ich weiß nicht.«

»Sehen wir mal nach.«

Während wir den kürzesten Weg nach hinten nahmen und durch das hohe Gras trampelten, behielten wir die Haustür im Auge und achteten auf Bewegungen am Fenster. Ich hatte mich gar nicht erst damit aufgehalten, die Jacke wieder überzuziehen. Sie hätte mich doch nur behindert. Meine ganze Kraft war darauf ausgerichtet, Dodd zu erwischen. Ich war naß bis auf die Haut, und der Gedanke, daß ich nicht mehr nasser werden konnte, war irgendwie befreiend. Der Hinterhof ähnelte dem Vorgarten: wucherndes Gras, eine verrostete Schaukel, zwei überquellende Mülltonnen, deren verbeulte Deckel auf dem Boden lagen. Eine Hintertür führte aus dem Haus in den Hof.

Ranger zog mich dicht an die Hauswand, wo wir von den Fenstern aus nicht gesehen werden konnten. »Du bleibst hier und beobachtest die Tür. Ich gehe vorne rein. Spiel bloß nicht die Heldin. Wenn du jemanden siehst, der zum Bahndamm flüchten will, bleibst du weg von ihm. Kapiert?«

Mir tropfte das Wasser von der Nase. »Tut mir leid, daß ich dich in diesen Schlamassel mit reingezogen habe.«

»Es ist auch meine eigene Schuld. Ich habe dich nicht richtig ernst genommen. Wenn du diese Arbeit wirklich machen willst, brauchst du unbedingt jemanden, der dir dabei hilft, die Typen hochzunehmen. Und wir müssen uns auch noch mal ausführlich über Festnahmetechniken unterhalten.«

»Ich brauche also einen Partner.«

»Genau. Du brauchst einen Partner.«

Er verschwand um die Hausecke, und der Regen verschluckte seine Schritte. Ich lauschte mit angehaltenem Atem und hörte, wie er an die Tür klopfte und sich identifizierte.

Anscheinend bekam er keine Antwort aus dem Haus, oder aber ich konnte sie nicht verstehen. Was folgte, war ein Gemisch aus Geräuschen und Aktivitäten, alles in einem Affentempo. Eine Warnung von Ranger, daß er reinkommen würde, eine Tür, die krachend aufflog, lautes Geschrei. Ein Schuß.

Die Hintertür sprang auf, und Lonnie Dodd stürmte heraus. Er wollte nicht zum Bahndamm, sondern zum Nachbarhaus. Er hatte nach wie vor nur die Jeans an. Wie blind und offenbar panisch vor Angst lief er durch den Regen. Ich war halb hinter einem Schuppen versteckt, und er kam direkt an mir vorbei, ohne mich zu entdecken. In seinem Hosenbund sah ich etwas silbern aufblitzen. Eine Waffe. Typisch, jetzt machte sich der Kerl auch noch mit meiner Kanone aus dem Staub. Vierhundert Dollar beim Teufel, und das ausgerechnet jetzt, wo ich gerade beschlossen hatte zu lernen, wie man mit dem verdammten Ding umgeht.

Das konnte und wollte ich nicht zulassen. Ich rief nach Ranger und nahm die Verfolgung auf. Dodd war noch nicht weit vor mir, und ich hatte ihm etwas voraus: Ich hatte Schuhe an. Er rutschte in dem regennassen Gras aus und stolperte über Gott weiß was. Er knickte mit einem Bein weg, und ich rannte mit voller Wucht in ihn hinein, so daß wir beide umkippten. Er landete mit einem »Umpf«, begraben von fünfundsechzig Kilo Lebendgewicht einer wütenden Frau.

Während er noch nach Luft rang, schnappte ich mir die Waffe, nicht um mich zu verteidigen, sondern weil ich sie zurückhaben wollte. Schließlich gehörte sie mir, verdammt noch mal. Ich rappelte mich hoch und zielte mit dem .38er auf Dodd. Ich hielt ihn mit beiden Händen fest, um nicht allzusehr zu zittern. Auf die Idee, mal nachzusehen, ob sie überhaupt geladen war, kam ich nicht. »Keine Bewegung!« schrie ich. »Keine Bewegung, sonst drücke ich ab.«

Ranger tauchte am Rand meines Blickfeldes auf. Er rammte Dodd ein Knie ins Kreuz, legte ihm Handschellen an und riß ihn hoch.

»Der Scheißkerl hat auf mich geschossen«, sagte Ranger. »Ist denn das zu fassen? Ein mieser kleiner Autodieb hat mich angeschossen.« Er schubste Dodd Richtung Straße. »Ich trage eine kugelsichere Weste. Aber meinst du, er hätte wenigstens in die Weste geschossen? Der doch nicht. Der ist so ein miserabler Schütze, der ist so ein Waschlappen, daß er mich ins Bein schießt. Verflucht.«

Ich warf einen Blick auf Rangers Bein und wäre um ein Haar in Ohnmacht gefallen.

»Lauf voraus und verständige die Polizei«, sagte Ranger. »Und ruf Al von der Werkstatt an, damit er meinen Wagen abholt.«

»Ist es auch wirklich nichts Ernstes?«

»Bloß eine Fleischwunde, Baby. Keine Bange.«

Nachdem ich die Anrufe erledigt hatte, holte ich meine Tasche samt Inhalt aus dem Haus und wartete mit Ranger auf die Polizei. Dodd lag, verschnürt wie ein Postpaket, mit dem Gesicht im Schlamm. Ranger und ich hockten im Regen auf der Bordsteinkante. Er schien sich wegen der Wunde keine Sorgen zu machen. Er sagte, es hätte ihn schon schlimmer erwischt, aber ich sah ihm an, daß er Schmerzen hatte, denn sein Gesicht war eingefallen.

Ich schlang die Arme um ihn und biß die Zähne zusammen, damit sie nicht klapperten. Nach außen hin bemühte ich mich, cool zu bleiben, so stoisch wie Ranger, um ihm Mut zu machen und ihn zu unterstützen. Innerlich war ich so aufgewühlt, daß mir das Herz im Leib vibrierte.

9

Zuerst kam die Polizei, dann der Krankenwagen, dann Al. Wir machten unsere Aussagen. Ranger wurde ins Krankenhaus verfrachtet, und ich fuhr hinter dem Polizeiwagen her zur Wache.

Es war kurz vor fünf, als ich in Vinnies Büro eintraf. Ich bat Connie, zwei Schecks auszustellen. Fünfzig Dollar für mich, den Rest für Ranger. Ich hätte gar nichts von dem Geld genommen, wenn ich nicht unbedingt einen Anrufbeantworter gebraucht hätte, und den bekam ich nur gegen Bezahlung.

Am liebsten wäre ich sofort nach Hause gefahren, hätte geduscht, mir saubere, trockene Klamotten angezogen und etwas Anständiges gegessen. Aber weil ich genau wußte, daß ich mich nie wieder aufgerafft hätte, vor die Tür zu gehen, wenn ich mich erst eingeigelt hatte, fuhr ich auf dem Heimweg noch kurz bei Bernie Kuntz' Elektrohandlung vorbei.

Bernie klebte gerade mit einem kleinen Auszeichner Preisschilder auf eine Kiste mit Weckern. Er sah hoch, als ich zur Tür hereinkam.

»Ich brauche einen Anrufbeantworter«, sagte ich. »Er darf nicht mehr als fünfzig Dollar kosten.«

Mein T-Shirt und meine Jeans waren mittlerweile wieder ziemlich trocken, aber wenn ich ging, schwappte noch immer Wasser aus meinen Schuhen. Blieb ich stehen, bildeten sich amöbenförmige Pfützen.

Höflich, wie Bernie war, tat er so, als merkte er nichts davon. Er warf sich in seine beste Verkäuferpose und zeigte mir zwei

Geräte, die in meiner Preisklasse lagen. Ich bat ihn, mir eines zu empfehlen, und folgte seinem Rat.

»MasterCard?« fragte er.

»Ich habe gerade einen Scheck über fünfzig Dollar von Vinnie bekommen. Kann ich damit zahlen?«

»Klar«, sagte er. »Das geht schon in Ordnung.«

Von Bernies Laden aus hatte ich einen günstigen Blick auf Sals Metzgerei auf der anderen Straßenseite. Es gab nicht viel zu sehen – ein düsteres Schaufenster, auf dem in schwarzgoldenen Buchstaben der Name prangte, und eine Glastür, an der in Augenhöhe ein rot-weißes GEÖFFNET-Schild hing. Ich stellte mir vor, daß Bernie Stunden damit zubrachte, vor dem Fenster zu stehen und auf Sals Eingang zu starren.

»Hast du nicht mal gesagt, daß Ziggy Kulesza bei Sal einkauft?«

»Doch. Aber natürlich kann man bei Sal nicht nur Fleisch und Wurst kriegen.«

»Das habe ich auch schon gehört. Und was meinst du, was Ziggy bei ihm gekauft hat?«

»Schwer zu sagen. Ich habe ihn jedenfalls nie mit Tüten unter dem Arm herauskommen sehen.«

Ich schob den Anrufbeantworter unter das T-Shirt und rannte zum Wagen. Nach einem letzten prüfenden Blick auf die Metzgerei fuhr ich davon.

Wegen des Regens herrschte dichter Verkehr, und ich kam nur langsam voran. Das rhythmische Hin und Her der Scheibenwischer und die verschwommenen roten Bremslichter, die vor mir aufleuchteten, hatten eine hypnotische Wirkung auf mich. Ich fuhr wie mit Autopilot, ließ den Tag noch einmal an mir vorüberziehen und dachte an Ranger. Es ist eine Sache, wenn man im Fernsehen sieht, wie jemand angeschossen wird. Es ist etwas völlig anderes, wenn man direkt daneben steht. Ranger hatte zwar immer wieder gesagt, die Verletzung wäre nicht schlimm, aber für mich war sie schlimm genug. Ich besaß eine Waffe, und ich würde auch lernen, sie zu benutzen, aber meine Begeisterung, einen anderen Menschen mit Blei vollzupumpen, war wieder auf ihrem Ausgangspunkt angelangt.

Ich bog auf meinen Parkplatz ein, fand eine Lücke in der Nähe des Hauses, schaltete die Alarmanlage ein, stieg aus und schleppte mich die Treppe hoch. Die Schuhe ließ ich in der Diele stehen, den Anrufbeantworter und meine Tasche nahm ich mit in die Küche. Nachdem ich mir ein Bier aufgemacht hatte, rief ich im Krankenhaus an, um mich nach Ranger zu erkundigen. Ich erfuhr, daß man ihn nach der Behandlung entlassen hatte. Das war eine gute Nachricht.

Ich stopfte mich mit Erdnußbutterkräckern voll, spülte alles mit einem zweiten Bier hinunter und taumelte ins Schlafzimmer. Als ich mir die nassen Klamotten vom Leib schälte, wunderte ich mich, daß ich noch keinen Schimmel angesetzt hatte. Ich sah nicht überall nach, aber die Körperteile, die ich inspizierte, waren schimmelfrei. Toll. Noch mal Glück gehabt. Ich zog mir ein T-Shirt-artiges Nachthemd und eine frische Unterhose an und fiel ins Bett.

Als ich aufwachte, hämmerte das Herz in meiner Brust, und ich wußte nicht, warum. Dann teilten sich die Spinnenweben, und ich merkte, daß das Telefon klingelte. Ich tastete nach dem Hörer und starrte blödsinnig auf den Wecker. Zwei Uhr morgens. Bestimmt war jemand gestorben. Grandma Mazur oder Tante Sophie. Oder vielleicht hatte mein Vater einen Nierenstein ausgeschieden.

Atemlos meldete ich mich, auf das Schlimmste gefaßt. »Hallo?«

Zunächst blieb alles still. Dann hörte ich angestrengtes Keuchen, dumpfe Geräusche, und zuletzt stöhnte jemand. Eine Frauenstimme aus großer Entfernung. »Nein« flehte sie. »Nein, nicht.« Ein schrecklicher Schrei zerriß mir schier das

Trommelfell; mir fiel der Hörer aus der Hand und ich brach in kalten Schweiß aus, als mir klar wurde, was ich da hörte. Ich knallte den Hörer auf die Gabel und knipste die Nachttischlampe an.

Mit zitternden Beinen stand ich auf und stolperte in die Küche. Ich schloß den Anrufbeantworter so an, daß er auf das erste Läuten reagierte. Meine Ansage bat nur um Hinterlassung einer Nachricht. Meinen Namen nannte ich nicht. Ich ging ins Badezimmer, putzte mir die Zähne und legte mich wieder ins Bett.

Das Telefon klingelte, und ich hörte, wie sich das Gerät einschaltete. Ich setzte mich aufrecht hin und lauschte. Der Anrufer sprach in einem halb geflüsterten Singsang. »Stephanie«, säuselte er. »Stephanie.«

Instinktiv hielt ich mir die Hand vor den Mund. Es war ein angeborener Urreflex, um einen Schrei zu ersticken, aber ich war sowieso zu zivilisiert, um zu schreien. Das einzige, was noch daran erinnerte, war ein scharfes Luftholen. Teils Ächzen, teils Schluchzen.

»Du hättest nicht auflegen sollen, du Biest«, sagte er. »Du hast das Beste verpaßt. Du sollst doch wissen, was der Champ alles drauf hat, damit du dich schon darauf freuen kannst.«

Ich rannte in die Küche, aber bevor ich den Stecker aus der Wand ziehen konnte, hörte ich wieder die Frau. Sie klang jung. Ihre tränenerstickte Stimme war kaum zu verstehen. »Es war g-g-gut«, sagte sie. Ihre Stimme brach. »Gott hilf mir, er hat mir weh getan. Er hat mir so furchtbar weh getan.«

Dann war die Verbindung unterbrochen, und ich rief sofort die Polizei an. Ich erklärte, daß ich die Nachricht auf Band aufgenommen hatte und daß sie von Ramirez kam. Ich gab den Beamten Ramirez' Adresse. Ich gab ihnen meine Telefonnummer, falls sie eine Fangschaltung einrichten wollten. Nachdem ich aufgelegt hatte, lief ich ziellos durch die Wohnung und vergewisserte mich dreimal, daß Fenster und Tür gesichert waren. Ich war heilfroh um den zusätzlichen Riegel.

Das Telefon klingelte wieder, und der Anrufbeantworter schaltete sich ein. Niemand sagte etwas, aber ich konnte die bösen, wahnsinnigen Schwingungen in der Leitung spüren. Ramirez war irgendwo da draußen und lauschte, er berauschte sich an dem Kontakt und wollte meine Angst schmecken. In weiter Ferne, so leise, daß es kaum zu hören war, weinte eine Frau. Ich riß den Telefonstecker so heftig aus der Wand, daß der Gips abplatzte, und kotzte ins Spülbecken. Ein Glück, daß es Abfallzerkleinerer gab.

Im Morgengrauen wachte ich auf. Ich war froh, daß ich die Nacht hinter mir hatte. Es hatte aufgehört zu regnen. Für Vogelgezwitscher war es noch zu früh. Es fuhren auch noch keine Autos. Es war, als ob die ganze Welt den Atem anhielt und darauf wartete, daß die Sonne am Horizont auftauchte.

Der Telefonanruf brannte in meinem Hirn. Ich brauchte kein Tonband, um mich an die Nachricht zu erinnern. Die brave, vernünftige Stephanie wollte einen Gerichtsbeschluß erwirken, der Ramirez verbot, sich ihr zu nähern oder sie sonstwie zu belästigen. Stephanie, die frischgebackene Kopfgeldjägerin, hatte immer noch Angst um ihren guten Ruf. Ich konnte nicht jedesmal zur Polizei rennen, wenn ich bedroht wurde, und gleichzeitig erwarten, als ebenbürtige Partnerin respektiert zu werden. Die Cops hatten mich jetzt in den Akten, weil ich um Hilfe für die mißhandelte Frau auf dem Anrufbeantworter gebeten hatte. Ich überlegte eine Zeitlang hin und her und beschloß dann, es fürs erste dabei zu belassen.

Später am Tag würde ich Jimmy Alpha anrufen.

Ich hatte vorgehabt, Ranger zu bitten, mit mir zum Schießstand zu fahren, aber da er sich erst von seiner Schußverletzung erholen mußte, blieb mir nichts anderes übrig, als Eddie Gazarra zu beglücken. Ich sah auf die Uhr. Gazarra mußte eigentlich schon im Büro sein. Ich rief auf der Wache an und bat um seinen Rückruf.

Ich zog T-Shirt und Shorts an und schnürte mir die Joggingschuhe. Laufen gehört nicht gerade zu meinen Lieblingsbeschäftigungen, aber es war an der Zeit, meinen Job ernst zu nehmen, und eine gute Kondition gehört nun einmal dazu.

»Auf die Plätze«, sagte ich, um mich anzuspornen.

Ich trabte durch den Flur, die Treppe hinunter und zur Haustür hinaus. Seufzend begab ich mich auf meine Drei-Meilen-Strecke, die ich so geplant hatte, daß ich unterwegs nicht bergauf mußte oder an irgendwelchen Bäckereien vorbeikam.

Ich brachte die erste Meile hinter mich, und dann wurde es richtig schlimm. Ich gehöre nicht zu den Leuten, die erst langsam in Schwung kommen müssen. Mein Körper ist nicht fürs Joggen gebaut. Mein Körper ist dafür gebaut, in einem teuren Wagen zu sitzen und durch die Gegend kutschiert zu werden. Schwitzend und keuchend bog ich um die Ecke und sah einen halben Block entfernt mein Haus vor mir. So nah und doch so fern. Das letzte Stück sprintete ich, so gut es eben ging. Vor der Tür blieb ich taumelnd stehen, knickte in der Hüfte ein und wartete darauf, daß sich die Sternchen vor meinen Augen lichteten. Ich fühlte mich so verdammt gesund, daß ich kaum allein stehen konnte.

Eddie Gazarra hielt mit seinem Streifenwagen am Bordstein. »Ich habe deine Nachricht bekommen«, sagte er. »Mein Gott, siehst du beschissen aus.«

»Ich war joggen.«

»Vielleicht solltest du einen Arzt konsultieren.«

»Es ist mein heller Teint. Da kriegt man leicht einen roten Kopf. Hast du von der Sache mit Ranger gehört?«

»In allen Einzelheiten. Du bist das Thema des Tages. Ich

weiß sogar, was du anhattest, als du Dodd auf der Wache abgeliefert hast. Ein nasses T-Shirt, sagt man. Ein klitschnasses T-Shirt.«

»Als du noch neu warst als Polizist, hattest du da Angst, mit einer Waffe umzugehen?«

»Ich habe fast mein ganzes Leben lang mit Waffen zu tun gehabt. Als Junge hatte ich ein Luftgewehr, und später bin ich mit meinem Vater und Onkel Walt auf die Jagd gegangen. Für mich waren Waffen immer so etwas wie Werkzeuge.«

»Meinst du, ich brauche eine Waffe, wenn ich weiter für Vinnie arbeite?«

»Kommt darauf an, welche Fälle du kriegst. Wenn du nur Kautionsflüchtlinge einfangen willst, brauchst du keine. Aber wenn du hinter Wahnsinnigen her bist, schon. Hast du eine Waffe?«

»Einen .38er Smith and Wesson Special. Ranger hat mir ungefähr zehn Minuten Schießunterricht gegeben, aber ich fühle mich noch unsicher. Hättest du Lust, für mich am Schießstand den Babysitter zu spielen, während ich übe?«

»Es ist dir wohl wirklich ernst damit, was?«

»Anders geht es nicht.«

Er nickte. »Ich habe von deinem Anruf gestern nacht gehört.«

»Ist etwas dabei rausgekommen?«

»Die Zentrale hat einen Wagen zu Ramirez geschickt, aber als sie ankamen, war er allein zu Hause. Er behauptet, er hätte dich nicht angerufen. Keine Frau hat Anzeige gegen ihn erstattet, aber wenn du willst, kannst du ihn wegen Belästigung anzeigen.«

»Ich überlege es mir.«

Ich winkte ihm zum Abschied zu und schleppte mich ächzend und stöhnend die Treppe hoch. In der Wohnung suchte ich ein Ersatzkabel für das Telefon, legte ein neues Band in den

Anrufbeantworter ein und ging duschen. Es war Sonntag. Vinnie hatte mir eine Woche gegeben, und diese Woche war um. Das war mir egal. Von mir aus sollte Vinnie den Fall ruhig jemand anderem übergeben, aber er konnte mich nicht daran hindern, Morelli weiter zu verfolgen. Wenn ihn mir jemand vor der Nase wegschnappte, hatte ich eben Pech gehabt, aber bis dahin wollte ich am Ball bleiben.

Gazarra hatte sich bereit erklärt, sich nach Dienstschluß um vier Uhr am Schießstand hinter Sunnys Waffengeschäft mit mir zu treffen. Das hieß, ich hatte den ganzen Tag Zeit zum Spionieren. Zuerst fuhr ich bei Morellis Mutter, seinem Cousin und verschiedenen anderen Verwandten vorbei. Dann überprüfte ich den Parkplatz vor seinem Haus und sah, daß der Nova noch genau da stand, wo ich ihn zurückgelassen hatte. Ich fuhr ein paarmal die Stark Street und die Polk Street rauf und runter. Ich entdeckte weder den Lieferwagen noch sonst eine Spur von Morelli.

Als nächstes nahm ich mir Carmens Haus vor, und zwar die Rückseite. Die Feuerwehr- und Lieferantenzufuhr hinter dem Haus war schmal und voller Schlaglöcher. Mieterparkplätze gab es nicht. Eine Hintertür führte auf die Zufahrt hinaus, an die auf der gegenüberliegenden Seite mit Platten verkleidete Reihenhäuser angrenzten.

Obwohl ich so dicht wie möglich an der Hauswand parkte, blieb kaum genügend Platz, daß sich ein anderer Wagen an mir hätte vorbeiquetschen können. Ich stieg aus, blickte zum ersten Stock hinauf und versuchte, Carmens Apartment zu finden. Statt dessen sah ich zwei mit Brettern vernagelte, rußgeschwärzte Fenster. Sie gehörten zur Wohnung der Santiagos.

Die Hintertür stand offen, und ein beißender Geruch nach Rauch und verkohltem Holz lag in der Luft. Ich hörte, daß jemand den schmalen Hausflur, der nach vorne zur Straße hinausführte, schrubbte.

Ein Rinnsal rußigen Wassers lief über die Schwelle, und ein dunkelhäutiger Mann mit einem Schnauzbart schaute mich an. Er warf einen Blick auf das Auto und deutete dann mit dem Kopf auf die Zufahrt. »Parken verboten.«

Ich gab ihm meine Karte. »Ich bin auf der Suche nach Joe Morelli. Er hat eine Kautionsvereinbarung gebrochen.«

»Als ich ihn das letzte Mal gesehen habe, lag er k. o. auf dem Fußboden.«

»Haben Sie gesehen, wie er niedergeschlagen wurde?«

»Nein. Als ich kam, war die Polizei schon da. Meine Wohnung liegt im Keller. Da kriegt man nicht viel mit.«

Ich sah zu den kaputten Fenstern hoch. »Was ist denn da passiert?«

»Bei den Santiagos hat es gebrannt. Am Freitag. Beziehungsweise Samstag, wenn man ganz genau sein will. Ungefähr um zwei Uhr morgens. Gott sei Dank war niemand zu Hause. Mrs. Santiago war bei ihrer Tochter. Sie hat auf das Baby aufgepaßt. Normalerweise kommen die Kinder immer hierher, aber am Freitag war sie bei ihnen.«

»Weiß man, wie das Feuer entstanden ist?«

»Dafür gibt es tausend Erklärungen. In so einem Haus entspricht eben nicht alles den Vorschriften. Dabei ist es im Vergleich zu anderen gar nicht mal schlecht, aber es ist eben alt. Sie verstehen?«

Ich hielt die Hand über die Augen und sah noch ein letztes Mal an dem Haus hoch. Ich überlegte, wie schwierig es war, einen Brandsatz in Mrs. Santiagos Schlafzimmerfenster zu werfen. Wahrscheinlich war es ein Kinderspiel. Und in so einer kleinen Wohnung hätte ein Feuer, das im Schlafzimmer ausbrach, tödliche Folgen gehabt. Wenn Mrs. Santiago zu Hause gewesen wäre, wäre sie verbrannt. Es gab weder Balkone noch Feuerleitern. Für alle Wohnungen gab es nur einen Fluchtweg ins Freie – durch die Haustür. Andererseits sah es aber auch nicht so aus, als ob Carmen und der fehlende Zeuge durch die Haustür verschwunden wären.

Ich drehte mich um und starrte auf die dunklen Fenster der Reihenhäuser gegenüber. Es konnte nicht schaden, wenn ich die Bewohner befragte. Ich fuhr einmal um den Block, bis ich eine Straße weiter eine Parklücke fand. Ich klopfte an Türen, stellte Fragen und zeigte Bilder herum. Die Antworten fielen überall ähnlich aus. Nein, sie erkannten Morelli nicht wieder, nein, sie hatten weder am Abend des Mordes noch in der Nacht des Feuers irgend etwas Ungewöhnliches bemerkt.

Als ich mein Glück in dem Reihenhäuschen probierte, das genau hinter Carmens Haus lag, stand ich einem gebückten alten Mann gegenüber, der einen Baseballschläger schwang. Er hatte Knopfaugen, eine Hakennase und Segelohren, die ihn wahrscheinlich zwangen, bei windigem Wetter zu Hause zu bleiben.

»Baseballtraining?« fragte ich.

»Man kann nicht vorsichtig genug sein«, sagte er.

Ich wies mich aus und fragte ihn, ob er Morelli schon einmal gesehen habe.

»Nee. Den kenn' ich nicht. Und ich habe was Besseres zu tun, als dauernd aus dem Fenster zu glotzen. An dem Mordabend hätte ich sowieso nichts gesehen. Es war dunkel. Wie hätte ich da was erkennen können?«

»Da stehen doch Straßenlaternen«, sagte ich. »Ist es dort drüben nicht relativ hell erleuchtet?«

»Die Laternen waren an dem Abend aus. Das habe ich auch den Polypen erzählt, die mich ausgefragt haben. Die verdammten Laternen sind immer kaputt. Die jungen Burschen schießen sie aus. Daß sie aus waren, weiß ich, weil ich rausgeguckt habe. Ich wollte sehen, woher der Krach kam. Ich konnte fast meinen eigenen Fernseher nicht mehr verstehen, so laut waren die Polizeiautos und die Lastwagen.

Als ich das erste Mal nachgesehen habe, kam der Krach von einem Kühlwagen, wie sie die Supermärkte beliefern. Die verdammte Kiste parkte genau vor meinem Haus. Ich sage Ihnen, mit dieser Nachbarschaft geht es den Bach runter. Die stellen hier andauernd ihre Laster und Lieferwagen ab, während sie irgendwelche Privatbesuche machen. So was müßte verboten werden.«

Ich nickte zustimmend, wenn auch etwas abwesend. Gott sei Dank besaß ich eine Waffe, dann konnte ich mich wenigstens erschießen, wenn ich auf meine alten Tage auch mal so quengelig werden würde wie dieser Typ.

Er verstand mein Nicken als Ermunterung und schimpfte weiter. »Später kam ein Polizeiauto, das war fast so groß wie der Kühlwagen, und den Motor haben sie auch nicht abgestellt. Wahrscheinlich kriegen sie das Benzingeld nachgeschmissen.«

»Dann haben Sie also wirklich nichts Verdächtiges gesehen?«

»Es war zu duster, das sage ich doch. King Kong hätte die Wand hochklettern können, und keiner hätte es gesehen.«

Ich dankte ihm für seine Hilfe und ging zurück zum Jeep. Es war kurz vor Mittag, und die Luft knisterte, so heiß war es. Ich fuhr zur Kneipe meines Vetters Roonie, staubte einen eiskalten Sechserpack Bier ab und machte mich auf den Weg in die Stark Street.

Lula und Jackie stellten an der Kreuzung ihr Fleisch zur Schau, wie immer. Sie schwitzten in der Hitze und versuchten, potentielle Freier mit ausgesuchten Kosenamen und eindeutigen Vorschlägen anzulocken. Ich parkte in ihrer Nähe, stellte den Sechserpack auf die Motorhaube und machte mir eine Dose auf.

Lula beäugte das Bier. »Willst du uns von unserer Ecke weglotsen, Mädchen?«

Ich grinste. Irgendwie mochte ich die beiden. »Ich dachte, ihr hättet vielleicht Durst.«

»Durst? Durst ist gar kein Ausdruck.« Lula kam angeschlendert, nahm sich ein Bier und trank ein paar Schluck. »Heute ist alles vergebliche Liebesmühe. Bei dem Wetter will doch sowieso kein Schwein bumsen.«

Jackie kam hinter ihr her. »Laß das lieber bleiben«, sagte sie warnend zu Lula. »Dein Alter wird fuchsteufelswild.«

»Na und?« sagte Lula. »Als ob mir das was ausmacht. Dieser Bananenwichser von einem Luden. Der braucht sich ja auch nicht in der knallheißen Sonne die Beine in den Bauch zu stehen.«

»Was hört man so von Morelli?« fragte ich. »Gibt's was Neues?«

»Hab' nichts von ihm gesehen«, sagte Lula. »Und von seinem Lieferwagen auch nicht.«

»Und was ist mit Carmen?«

»Was willst du denn zum Beispiel wissen?«

»Zum Beispiel, wo sie ist.«

Lula trug ein ärmelloses Oberteil, aus dem jede Menge Busen quoll. Sie rollte sich die Bierdose über die Brust. Wahrscheinlich nützte es nicht viel. Sie hätte ein ganzes Faß gebraucht, um diese Oberweite abzukühlen.

»Von Carmen hab' ich nichts gehört.«

Mir kam ein häßlicher Gedanke. »Hatte Carmen irgendwann mal was mit Ramirez zu tun?«

»Früher oder später hat jede Professionelle mal was mit Ramirez zu tun.«

»Du auch?«

»Bis jetzt noch nicht. Der steht mehr auf magere Hühnchen.«

»Und wenn er nun etwas von dir wollte? Würdest du mitgehen?«

»Schätzchen, zu Ramirez sagt keine nein.«

»Ich habe gehört, daß er Frauen mißhandelt.«

»Viele Männer mißhandeln Frauen«, sagte Jackie. »Manchmal überkommt es sie eben.«

»Wenn sie krank sind«, sagte ich. »Wenn sie irre sind. Ramirez soll einer von der irren Sorte sein.«

Lula sah die Straße hinunter, und ihr Blick blieb an den Fenstern des Boxstudios hängen. »Ja«, sagte sie leise. »Der Typ ist ein Irrer. Ich habe Angst vor ihm. Eine Freundin von mir ist mal mit Ramirez mitgegangen, und er hat sie böse geschlitzt.«

»Geschlitzt? Mit dem Messer?«

»Nein«, sagte sie. »Mit einer Bierflasche. Er hat den Hals abgebrochen und meine Freundin damit ... Na, du kannst es dir schon denken.«

Mir wurde schwindelig, und einen Augenblick lang stand die Zeit still. »Woher weißt du, daß es Ramirez war?«

»Das weiß jeder.«

»Was heißt hier wissen?« sagte Jackie. »Die Leute quatschen einfach zuviel. Das gilt für dich genauso. Wenn das rauskommt, bist du erledigt. Und das ist dann deine eigene Schuld, weil du ganz genau weißt, daß du die Klappe halten mußt. Ich hör' mir das nicht mehr mit an. Nein. Ohne mich. Ich stelle mich wieder an meine Ecke. Wenn du weißt, was gut für dich ist, kommst du mit.«

»Wenn ich wüßte, was gut für mich ist, würde ich gar nicht hier rumstehen«, sagte Lula, aber sie ging mit.

»Paß auf dich auf«, rief ich ihr nach.

»Eine Frau von meinem Kaliber braucht nicht aufzupassen«, sagte sie. »Ich walze übergeschnappte Scheißkerle einfach platt. An Lula traut sich keiner ran.«

Ich verstaute die restlichen Bierdosen im Wagen, setzte mich hinters Lenkrad und verriegelte die Türen. Nachdem ich den Motor angelassen hatte, drehte ich die Klimaanlage bis zum Anschlag auf und stellte die Düsen so ein, daß sie mir kalte Luft ins Gesicht bliesen. »Komm schon, Stephanie«, sagte ich.

»Reiß dich zusammen.« Aber ich konnte mich nicht zusammenreißen. Mein Herz hämmerte, und meine Kehle war wie zugeschnürt wegen einer Frau, die ich nicht einmal kannte, einer Frau, die furchtbar gelitten haben mußte. Ich wollte weg aus der Stark Street, so weit weg wie nur möglich und nie mehr wiederkommen. Ich wollte von diesen Dingen nichts wissen, ich wollte nicht, daß sich das Grauen in meine Gedanken schlich. Ich umklammerte das Lenkrad und sah zu den Fenstern des Boxstudios hoch, außer mir vor Wut, weil Ramirez nicht bestraft worden war, weil er immer noch frei herumlaufen durfte, um Frauen zu verstümmeln und zu terrorisieren.

Ich sprang aus dem Auto, knallte die Tür zu, marschierte über die Straße und stapfte, zwei Stufen auf einmal nehmend, zu Jimmy Alphas Büro hoch. Ich stürmte an der Sekretärin vorbei und stieß die Tür des Managers mit solcher Wut auf, daß sie gegen die Wand knallte.

Alpha wäre fast vom Stuhl gesprungen.

Ich stützte mich mit den Händen auf seinen Schreibtisch und schob mein Gesicht ganz nah an seines heran. »Gestern nacht habe ich einen Anruf von Ihrem Boxer gekriegt. Er war gerade dabei, eine Frau zu mißhandeln, und ich sollte das hören. Ich weiß, daß er schon öfter wegen Vergewaltigung angezeigt worden ist und daß er auf Verstümmelungen abfährt. Ich weiß nicht, wie er es bisher geschafft hat, sich einer Verurteilung zu entziehen, aber ich bin hier, um Ihnen zu sagen, daß seine Glückssträhne dem Ende zugeht. Entweder Sie halten ihn auf, oder ich halte ihn auf. Ich gehe zur Polizei. Ich wende mich an die Presse. Ich beschwere mich beim Boxverband.«

»Bloß das nicht. Ich kümmere mich darum, Ehrenwort. Ich sorge dafür, daß er eine Therapie macht.«

»Heute noch!«

»Ja, schon gut. Heute noch. Ich verspreche Ihnen, daß er Hilfe bekommt.«

Ich glaubte ihm kein Wort, aber wenigstens hatte ich ihm ordentlich die Meinung gegeigt. Genauso wütend, wie ich gekommen war, stürmte ich wieder hinaus. Auf der Treppe zwang ich mich, tief durchzuatmen, und die Straße überquerte ich unnatürlich ruhigen Schrittes. Ich fuhr sehr, sehr vorsichtig und langsam weg.

Es war noch früh am Tag, aber mein Jagdfieber hatte sich gelegt. Der Wagen suchte sich wie von selbst den Weg, und ehe ich's mich versah, stand ich zu Hause auf dem Parkplatz. Ich schloß den Cherokee ab, ging nach oben in meine Wohnung, schmiß mich aufs Bett und nahm meine liebste Nachdenkstellung ein.

Als ich aufwachte, war es drei Uhr, und es ging mir wesentlich besser. Während ich schlief, hatte mein Verstand offenbar emsig nach abgelegenen Geheimfächern in meinem Gehirn gesucht und meine neueste Sammlung deprimierender Gedanken in sie verbannt. Sie waren noch da, aber wenigstens drückten sie nicht mehr von innen gegen die Stirn.

Ich machte mir ein Brot mit Erdnußbutter und Gelee, gab Rex einen Happen ab und schlang den Rest hinunter, während ich mit der Fernabfrage Morellis Anrufbeantworter abhörte.

Ein Fotostudio bot ihm einen kostenlosen Bildabzug im Miniposterformat an, wenn er sich bei ihnen knipsen ließ. Irgend jemand wollte ihm Glühbirnen verkaufen, und Charlene hatte ihm eine unanständige Nachricht hinterlassen. Das heftige Gestöhne konnte entweder bedeuten, daß sie einen Wahnsinnsorgasmus hatte oder daß sie ihrer Katze auf den Schwanz getreten war. Leider hatte sie aber das ganze Band vollgestöhnt, so daß es keine weiteren Nachrichten mehr gab. Ich war froh darüber. Viel mehr hätte ich mir auch nicht anhören können.

Ich räumte gerade die Küche auf, als das Telefon klingelte und sich der Anrufbeantworter einschaltete.

»Hörst du mich, Stephanie? Bist zu Hause? Ich habe gesehen, wie du heute mit Lula und Jackie geredet hast. Ich habe gesehen, daß du Bier mit ihnen getrunken hast. Das hat mir gar nicht gefallen, Stephanie. Das hat mich böse gemacht. Ich habe das Gefühl, daß du sie lieber magst als mich. Es macht mich wütend, daß du das nicht haben willst, was der Champ dir geben will.

Vielleicht mache ich dir ein Geschenk, Stephanie. Vielleicht liefere ich es persönlich bei dir ab, während du schläfst. Würde dir das gefallen? Alle Frauen mögen Geschenke. Vor allem Geschenke, die der Champ ihnen macht. Es wird eine Überraschung, Stephanie. Nur für dich.«

Mit diesem Versprechen im Ohr vergewisserte ich mich, daß ich meinen Revolver und die Munition eingepackt hatte. Dann fuhr ich zu Sunnys Waffengeschäft. Ich kam um vier Uhr an, Eddie kreuzte eine Viertelstunde später auf.

Er war in Zivil und hatte seinen privaten .38er am Gürtel.

»Wo ist deine Waffe?« fragte er.

Ich klopfte auf meine Tasche.

»Das nennt man Mitführen einer Waffe. In New Jersey ist das strafbar.«

»Ich habe einen Waffenschein.«

»Zeig mal her.«

Ich holte den Schein aus der Brieftasche.

»Das ist nur die Berechtigung, eine Waffe zu besitzen. Das heißt noch lange nicht, daß du sie auch mitführen darfst.«

»Ranger hat gesagt, der Schein würde alles abdecken.«

»Kommt Ranger dich auch besuchen, wenn du Tüten kleben mußt?«

»Manchmal glaube ich, er legt die Gesetze ein bißchen flexibel aus. Verhaftest du mich jetzt?«

»Nein, aber dafür mußt du bluten.«

»Ein Dutzend Donuts?«

»Für ein Dutzend Donuts sorge ich höchstens dafür, daß ein

Strafzettel verschwindet. Diese Sache kostet dich einen Sechserpack Bier und eine Pizza.«

Um in den Schießstand zu gelangen, mußte man durch das Waffengeschäft. Eddie bezahlte das Standgeld und kaufte eine Schachtel Patronen. Ich ließ mir ebenfalls eine geben. Der Schießstand, der gleich hinter dem Laden lag, bestand aus einem Raum, der ungefähr so groß war wie eine kleine Bowlingbahn. Er war in sieben Boxen aufgeteilt, die jeweils von einem brusthohen Brett abgeschlossen wurden. Hinter den Boxen befanden sich die eigentlichen Schießbahnen. An Drähten hingen die Ziele, Umrisse geschlechtsloser Menschen, die an den Knien abgeschnitten waren und um deren Herzen sich unterschiedlich große Ringe legten. Es ist Sitte im Schießstand, niemals die Waffe auf den Nebenmann zu richten.

»Okay«, sagte Gazarra. »Fangen wir ganz von vorne an. Du hast einen .38er Smith and Wesson Special. Das ist ein fünfschüssiger Revolver, also eher eine kleine Waffe. Du benutzt Hydroshock-Munition, um eine möglichst große und schmerzhafte Wirkung zu erzielen. Wenn du dieses kleine Dingelchen hier mit dem Daumen nach vorne schiebst, klappt die Trommel raus, und du kannst eine Patrone einlegen. Jede Patrone hat eine Kugel. Du lädst je eine Patrone in jede Kammer und läßt die Trommel dann wieder einrasten. Du darfst dabei nie den Zeigefinger am Abzug haben. Es ist ein natürlicher Reflex abzudrücken, wenn man sich erschreckt, und mit ein bißchen Pech kann es passieren, daß du dir aus Versehen ein Loch in den Fuß schießt. Streck den Zeigefinger immer ganz aus, in Richtung Lauf, und drück erst ab, wenn du bereit bist. Heute üben wir die einfachste Grundstellung. Die Füße schulterbreit auseinander, das Gewicht auf die Fußballen verlagern, die Waffe mit beiden Händen festhalten, den linken Daumen über den rechten Daumen, die ausgestreckten Arme durchgedrückt. Du siehst dir das Ziel an, hebst die Waffe hoch und visierst.

Vorne hast du das Korn, hinten die Kimme. Wenn die beiden auf dem Ziel genau übereinanderliegen, kannst du abdrücken.

Mit diesem Revolver kannst du auf zwei verschiedene Arten schießen. Entweder du drückst nur den Abzug durch, oder du spannst zuerst den Hahn und drückst dann erst ab.« Während er mir alles erklärte, führte er mir gleichzeitig vor, was er meinte. Bis jetzt hatte er mir alles gezeigt, nur geschossen hatte er nicht. Er klappte die Trommel heraus, kippte die Patronen auf das Regal, legte den Revolver daneben und trat einen Schritt zurück. »Noch Fragen?«

»Nein. Im Moment nicht.«

Er gab mir einen Ohrenschützer. »Na, dann los.«

Mit dem ersten Schuß, den ich mit gespanntem Hahn probierte, traf ich ins Schwarze. Ich schoß noch ein paarmal auf die einfache Art, dann probierte ich abzudrücken, ohne den Hahn vorher zu spannen. Das war schon erheblich schwieriger, aber ich machte meine Sache nicht schlecht.

Nach einer halben Stunde hatte ich meine ganze Munition verpulvert. Zum Schluß traf ich gar nichts mehr, weil ich stark zitterte. Wenn ich ins Fitneßstudio gehe, trainiere ich meistens nur die Bauchmuskeln und die Beine, weil das die Stellen sind, wo ich das meiste Fett ansetze. Wenn ich jemals eine gute Schützin abgeben wollte, mußte ich zusehen, daß ich mehr Kraft im Oberkörper bekam.

Eddie zog meine Zielscheibe ran. »Sauber geschossen, Falkenauge.«

»Mit gespanntem Hahn bin ich besser.«

»Weil du ein Mädchen bist.«

»Solche Bemerkungen solltest du dir lieber verkneifen, solange ich eine Knarre in der Hand habe.«

Bevor ich ging, kaufte ich noch eine Schachtel Patronen. Die Munition samt der Waffe steckte ich in meine Tasche. Ich fuhr einen gestohlenen Wagen. Es schien mir übertrieben, mich vor einer Anklage wegen unerlaubten Mitführens einer Waffe zu fürchten.

»Also, kriege ich jetzt meine Pizza?« wollte Eddie wissen.

»Und was ist mit Shirley?«

»Sie ist auf einem Kaffeekränzchen.«

»Und die Kinder?«

»Bei der Schwiegermutter.«

»Und deine Diät?«

»Willst du dich etwa drücken?«

»Was mich im Moment von einer Bahnhofspennerin unterscheidet, sind genau zwölf Dollar und dreiunddreißig Cent.«

»Okay, dann spendiere ich eben die Pizza.«

»Gut. Ich muß mit dir reden. Ich habe Probleme.«

Zehn Minuten später trafen wir uns in Pinos Pizzeria. Es gab mehrere Italiener in unserem Viertel, aber bei Pino gab es die beste Pizza. Es wurde zwar gemunkelt, daß nachts Kakerlaken in Katzengröße in die Küche einfielen, aber die Pizza war erstklassig. Die Kruste war schön dick und knusprig, die Sauce hausgemacht und die Peperoni so ölig, daß einem der Saft am Arm hinunterlief und vom Ellenbogen tropfte. Es gab eine Bar und ein Restaurant. Spätabends war die Bar voll von Polizisten, die ein bißchen abschalten wollten, bevor sie nach Hause fuhren. Um diese Tageszeit war die Bar voll von Familienvätern, die Pizzas zum Mitnehmen wollten.

Wir bekamen einen Tisch im Restaurant und bestellten Bier, während wir auf die Pizza warteten. Auf dem Tisch standen zwei Streuer, einer mit Chilipulver, der andere mit Parmesan. Die Tischdecke war rot-weiß kariert und aus Plastik. An den vertäfelten, glänzend lackierten Wänden hingen Fotos berühmter Italiener und einiger nichtitalienischer Lokalgrößen. Frank Sinatra und Benito Ramirez waren am häufigsten vertreten.

»Also, was hast du denn für ein Problem?« wollte Eddie wissen.

»Zwei Probleme. Erstens, Joe Morelli. Ich bin ihm schon viermal über den Weg gelaufen, seit ich den Fall übernommen habe, aber an eine Festnahme ist einfach nicht zu denken.«

»Hast du Angst vor ihm?«

»Nein. Aber ich habe Angst, meine Waffe zu benützen.«

»Dann mach es auf die damenhaften Tour. Betäub ihn mit deinem Spray und leg ihm Handschellen an.«

Das war leichter gesagt, als getan. Es war nicht so einfach, einen Mann zu betäuben, der einem gerade einen Zungenkuß gab. »Das hatte ich auch vor, aber er ist viel zu schnell für mich.«

»Willst du meinen Rat hören? Vergiß Morelli. Er ist ein Profi, und du bist eine Anfängerin. Er hat jahrelange Erfahrung. Er war ein cleverer Bulle, und als Verbrecher ist er wahrscheinlich noch gerissener.«

»Kommt nicht in Frage. Ich möchte, daß du ein paar Autokennzeichen für mich überprüfst.« Ich schrieb ihm die Registrierung des Lieferwagens auf eine Serviette. »Versuch doch mal rauszufinden, wem dieser Wagen gehört. Außerdem hätte ich gern gewußt, ob Carmen Sanchez ein Auto besitzt. Und wenn ja, ist es sichergestellt worden?«

Ich trank einen Schluck Bier, lehnte mich zurück und genoß die kühle Luft und das Stimmengewirr rings um mich her. Mittlerweile waren alle Tische besetzt, und am Eingang warteten schon die nächsten Gäste. Kein Mensch wollte kochen, wenn es so heiß war wie heute.

»Und was ist das zweite Problem?« fragte Eddie.

»Wenn ich es sage, mußt du versprechen, daß du dich nicht aufregst.«

»Ach, du Himmel. Du bist schwanger.«

Ich starrte ihn verblüfft an. »Wie kommst du denn auf die Idee?«

Er machte ein dummes Gesicht. »Ich weiß selber nicht, es ist einfach so rausgerutscht. Das sagt Shirley immer, wenn es mal wieder soweit ist.«

Gazarra hatte vier Kinder. Das älteste war neun, das jüngste eins. Vier Jungen, vier kleine Ungeheuer.

»Nein, ich bin nicht schwanger. Es geht um Ramirez.« Ich erzählte ihm alles.

»Du hättest ihn anzeigen sollen«, sagte Gazarra. »Warum hast du nicht die Polizei gerufen, als er in dem Boxstudio über dich hergefallen ist?«

»Würde Ranger vielleicht Anzeige erstatten, wenn ihm jemand etwas antut?«

»Du bist aber nicht Ranger.«

»Das stimmt, aber du verstehst doch sicher, was ich meine?«

»Warum erzählst du mir das?«

»Nur für den Fall, daß ich plötzlich verschwunden bin. Damit du weißt, wo du nach mir suchen mußt.«

»Großer Gott. Wenn du ihn für so gefährlich hältst, solltest du einen Gerichtsbeschluß gegen ihn erwirken.«

»Davon halte ich nicht viel. Außerdem, was soll ich dem Richter denn sagen? Daß Ramirez damit gedroht hat, mir ein Geschenk zu schicken? Schau dich doch mal um. Na, was siehst du?«

Eddie seufzte. »Fotos von Ramirez, Seite an Seite mit dem Papst und Frank Sinatra.«

»Mir passiert schon nichts«, sagte ich. »Ich wollte es mir bloß mal von der Seele reden.«

»Wenn es neue Probleme gibt, rufst du mich gleich an.«

Ich nickte.

»Und wenn du zu Hause bist, sorg dafür, daß dein Revolver immer geladen und in deiner Nähe ist. Könntest du ihn gegen Ramirez benutzen, was meinst du?«

»Ich weiß nicht. Wahrscheinlich schon.«

»Unser Dienstplan ist wieder mal geändert worden, und ich arbeite zur Zeit tagsüber. Wir treffen uns jeden Tag um vier bei Sunny. Ich kaufe die Munition und bezahle den Schießstand. Mit einer Waffe kann man sich nur anfreunden, wenn man sie auch benutzt.«

10

Um neun Uhr war ich wieder zu Hause, und weil ich nichts Besseres zu tun hatte, beschloß ich, die Wohnung zu putzen. Es waren keine Nachrichten auf dem Anrufbeantworter, und vor meiner Tür lagen auch keine verdächtigen Päckchen. Ich gab Rex neue Streu, saugte den Teppichboden, schrubbte das Badezimmer und polierte die wenigen Möbelstücke, die mir geblieben waren. Damit verging die Zeit bis zehn. Ich überprüfte noch ein letztes Mal, ob auch alles abgeschlossen war, dann duschte ich und ging ins Bett.

Um sieben Uhr wachte ich auf. Ich fühlte mich quicklebendig, denn ich hatte geschlafen wie ein Murmeltier. Der Anrufbeantworter war immer noch wunderbar nachrichtenfrei. Die Vögel tirilierten, die Sonne schien, und ich konnte mich im Toaster spiegeln. Nachdem ich in Shorts und T-Shirt geschlüpft war, warf ich die Kaffeemaschine an. Dann zog ich den Wohnzimmervorhang auf und freute mich über den herrlichen Tag. Der Himmel war strahlend blau, die Luft roch noch frisch vom Regen, und mich überkam der übermächtige Drang, ein Stück aus *The Sound of Music* zu schmettern. Ich sang: *»The hills are aliiiiive with the sound of muuusic«*, aber dann wußte ich den Text nicht mehr.

Ich wirbelte zurück ins Schlafzimmer und riß schwungvoll den Vorhang auf. Dann stand ich wie versteinert da. Lula war an meine Feuerleiter gefesselt. Sie hing da wie eine große Stoffpuppe, die Arme in einem unnatürlichen Winkel über dem Geländer abgeknickt, den Kopf auf der Brust. Ihre Beine waren gespreizt, so daß es aussah, als säße sie. Sie war nackt und blutverschmiert, das Blut klebte ihr die Haare zusammen und war auf ihren Beinen zu Klumpen geronnen. Hinter ihr hing ein Bettlaken, damit sie vom Parkplatz aus nicht zu sehen war.

Ich schrie ihren Namen und kämpfte mit dem Fensterschloß. Mein Herz hämmerte so heftig, daß mir alles vor den Augen verschwamm. Ich wuchtete das Fenster hoch und wäre fast auf die Feuerleiter hinausgefallen, dann streckte ich die Hände nach ihr aus und zerrte hilflos an ihren Fesseln.

Lula bewegte sich nicht, sie gab auch keinen Laut von sich, und ich war so aufgeregt, daß ich nicht erkennen konnte, ob sie noch atmete. »Es wird alles wieder gut«, schrie ich. Meine Stimme klang heiser, meine Kehle war wie zugeschnürt, meine Lungen brannten. »Ich hole Hilfe.« Und unhörbar hauchte ich: »Du darfst nicht tot sein. Bitte, Lula, du darfst nicht tot sein.«

Als ich wieder ins Zimmer zurückkletterte, um einen Krankenwagen zu rufen, blieb ich mit dem Fuß am Fensterbrett hängen und knallte auf den Boden. Ich empfand keinen Schmerz, nur Panik, als ich auf Händen und Füßen zum Telefon kroch. Ich wußte die Notnummer nicht mehr. Ich war so außer mir, daß ich keinen klaren Gedanken fassen konnte, ich war zu hilflos und verwirrt, um mit dieser plötzlichen, unvorhersehbaren Tragödie fertig zu werden.

In meiner Not wählte ich die 0 und erzählte der Frau von der Vermittlung, daß Lula verletzt auf meiner Feuerleiter lag. Plötzlich mußte ich daran denken, wie Jackie Kennedy über den Autositz geklettert war, um ihrem toten Mann zu helfen, und ich fing an zu weinen. Ich weinte um Lula, um Jackie und um mich selbst, die wir alle Opfer von Gewalttätigkeiten waren.

Ich kramte in der Besteckschublade nach meinem Obstmesser, das ich schließlich auf dem Ablaufbrett fand. Ich hatte keine Ahnung, wie lange Lula schon an das Geländer gefesselt war, aber sie sollte keinen Augenblick länger dort hängen.

Ich lief mit dem Messer zurück zum Fenster und sägte an den Fesseln herum, bis ich sie aufgeschnitten hatte und Lula in meine Arme sackte. Sie war fast doppelt so groß und schwer wie ich, aber irgendwie gelang es mir trotzdem, ihren unbeweglichen, blutenden Körper ins Schlafzimmer zu ziehen. Mein Beschützerinstinkt. Stephanie Plum, die Katzenmutter. In der Ferne hörte ich Sirenen heulen, sie kamen näher und immer näher, und dann hämmerte die Polizei an meine Tür. Ich kann mich nicht daran erinnern, sie hereingelassen zu haben, aber ich muß es wohl getan haben. Ein uniformierter Beamter nahm mich zur Seite, ging mit mir in die Küche und setzte mich auf einen Stuhl. Ein Sanitäter folgte.

»Was ist passiert?« fragte der Polizist.

»Ich habe sie auf der Feuerleiter gefunden«, sagte ich. »Ich habe den Vorhang aufgezogen, und da war sie.« Meine Zähne klapperten, und mein Herz hämmerte immer noch. Ich sog mir die Lungen voll Luft. »Sie war festgebunden, damit sie nicht umkippen konnte, und ich habe sie abgeschnitten und durch das Fenster gezogen.«

Die Sanitäter riefen nach einer Trage. Ich hörte, daß mein Bett weggeschoben wurde, um Platz zu machen. Ich hatte Angst zu fragen, ob Lula noch lebte. Ich atmete noch einmal ganz tief durch und krallte die Hände in meinem Schoß ineinander, bis die Knöchel weiß wurden und sich die Fingernägel in meine Handteller gruben.

»Wohnt Lula hier?« wollte der Polizist wissen.

»Nein. Ich wohne hier. Ich weiß nicht, wo Lula wohnt. Ich weiß nicht mal, wie sie mit Nachnamen heißt.«

Als das Telefon klingelte, nahm ich automatisch ab.

Die Stimme des Anrufers kam flüsternd aus dem Hörer. »Hast du mein Geschenk bekommen, Stephanie?«

Es war, als ob die Erde aufgehört hätte, sich zu drehen. Einen Augenblick lang hing alles in der Schwebe, dann rastete es wieder ein. Ich drückte die Aufnahmetaste des Anrufbeantworters und am Lautstärkeknopf, damit alle mithören konnten.

»Was für ein Geschenk meinst du?« fragte ich.

»Das weißt du ganz genau. Ich habe gesehen, wie du sie gefunden hast. Wie du sie durchs Fenster gezogen hast. Ich habe dich beobachtet. Ich hätte letzte Nacht kommen und dich holen können, aber ich wollte, daß du erst Lula siehst. Du sollst sehen, was ich mit Frauen mache, damit du weißt, was dich erwartet. Du sollst daran denken, Schlampe. Du sollst daran denken, wie weh es tun wird und wie du um Gnade winseln wirst.«

»Macht es dir Spaß, Frauen zu quälen?« fragte ich. Allmählich fand ich meine Fassung wieder.

»Manchmal brauchen Frauen das.«

Ich wagte einen Schuß ins Blaue. »Und was ist mit Carmen Sanchez? Hast du ihr auch weh getan?«

»Nicht so weh, wie ich dir tun werde. Für dich habe ich mir etwas ganz Besonderes ausgedacht.«

»Dann bringen wir es doch hinter uns«, sagte ich. Und ich erschrak, als mir klar wurde, daß ich es ernst meinte. Mit Mut hatte diese Herausforderung nichts zu tun. Es war Wut, kalte, harte, aus dem Bauch kommende Wut.

»Jetzt sind die Bullen bei dir, Schlampe. Ich komme nicht, solange die Bullen da sind. Ich komme, wenn du allein bist und mich nicht erwartest. Wir werden noch sehr viel Zeit zusammen haben.«

Die Verbindung wurde unterbrochen.

»Um Gottes willen«, sagte der Polizist. »Der Mann ist wahnsinnig.«

»Wissen Sie, wer das war?«

»Ich will es gar nicht wissen.«

Ich nahm die Kassette aus dem Gerät und beschriftete sie mit meinem Namen und dem Datum. Meine Hand zitterte so stark, daß die Schrift kaum lesbar war.

Im Wohnzimmer knarzte ein Funkgerät. Im Schlafzimmer wurde gemurmelt. Die Stimmen klangen nicht mehr so hektisch, und auch sonst schien sich alles ein wenig beruhigt zu haben. Ich sah an mir hinunter und stellte fest, daß ich blutverschmiert war. T-Shirt und Shorts waren vollgesogen, Lulas Blut klebte mir an den Händen und Fußsohlen. Das Telefon war blutverschmiert, genau wie der Fußboden und die Arbeitsplatte.

Der Polizist und der Sanitäter wechselten einen Blick. »Vielleicht sollten Sie sich das Blut abwaschen«, sagte der Sanitäter. »Am besten gehen Sie schnell unter die Dusche.«

Auf dem Weg zum Badezimmer schaute ich zu Lula hinein. Sie wurde gerade für den Transport fertig gemacht. Sie lag auf der Trage, unter einem Laken und einer Decke. Sie hing am Tropf. »Wie geht es ihr?« fragte ich.

Der Sanitäter rollte die Trage zur Tür. »Sie lebt noch«, sagte er.

Als ich aus der Dusche kam, waren die Sanitäter verschwunden. Zwei uniformierte Beamte waren noch geblieben. Der eine, der in der Küche mit mir geredet hatte, saß mit einem Kollegen in Zivil im Wohnzimmer, wo sie ihre Notizen verglichen. Ich zog mir nur rasch etwas an, die Haare konnten von selbst trocknen. Ich wollte so schnell wie möglich meine Aussage machen und die Sache hinter mich bringen, damit ich ins Krankenhaus konnte, um nach Lula zu sehen.

Der Kriminalbeamte hieß Dorsey. Ich hatte ihn schon irgendwo gesehen. Wahrscheinlich in Pinos Pizzeria. Er war mittelgroß, mittelschwer und sah aus wie Ende Vierzig. Er hatte ein kurzärmeliges Hemd, Hosen und Halbschuhe an. Die Kassette aus meinem Anrufbeantworter steckte in seiner Hemdtasche. Beweisstück A. Ich erzählte ihm von dem Vorfall im Boxstudio, aber ohne Morellis Namen zu erwähnen, so daß Dorsey annehmen mußte, ich wäre von einem Unbekannten gerettet worden. Wenn die Polizei glauben wollte, daß Morelli die Stadt verlassen hatte, sollte sie es meinetwegen ruhig glauben. Ich hatte die Hoffnung, ihn zu schnappen und die Prämie zu kassieren, immer noch nicht aufgegeben.

Während Dorsey sich Notizen machte, sah er den Streifenbeamten vielsagend an. Was ich zu sagen hatte, schien ihn nicht zu überraschen. Aber wenn man lange genug bei der Polizei war, überraschte einen wohl so leicht gar nichts mehr.

Als sie gegangen waren, schaltete ich die Kaffeemaschine aus, verriegelte das Schlafzimmerfenster, schnappte mir meine Tasche und wappnete mich innerlich gegen das, was mich vermutlich im Hausflur erwartete. Ich mußte an Mrs. Orbach, Mr. Grossman, Mrs. Feinsmith, Mr. Wolesky und Gott weiß wem noch vorbei. Sie würden ganz genau Bescheid wissen wollen, und ich war nicht in der Verfassung, ausführlich zu werden.

Ich zog den Kopf ein, brüllte Entschuldigungen und hielt schnurstracks auf die Treppe zu, weil ich wußte, daß das die Meute aufhalten würde. Ich flitzte aus dem Haus und rannte zum Cherokee.

Ich fuhr auf dem schnellsten Weg in die Stark Street. Es wäre einfacher gewesen, direkt zum St.-Francis-Krankenhaus zu fahren, aber ich wollte Jackie mitnehmen. Ich raste am Boxstudio vorbei, ohne auch nur einen Blick darauf zu werfen. Was mich anging, war Ramirez erledigt. Wenn er auch diesmal wieder durch die Maschen des Gesetzes schlüpfte, würde ich ihn persönlich erledigen. Wenn es sein mußte, würde ich ihm mit einem Tranchiermesser den Schwanz abschneiden.

Jackie kam gerade aus der Corner Bar, wo sie vermutlich gefrühstückt hatte. Ich hielt mit quietschenden Reifen und hängte mich halb aus der Tür. »Steig ein!« schrie ich.

»Was ist denn los?«

»Lula ist im Krankenhaus. Ramirez hat sie erwischt.«

»O Gott«, heulte sie. »Ich hatte solche Angst. Ich wußte, daß was passiert war. Wie schlimm ist es?«

»Ich weiß es nicht. Ich habe sie vorhin auf meiner Feuerleiter gefunden. Ramirez hatte sie dort festgebunden, als Nachricht für mich. Sie war bewußtlos.«

»Ich war dabei, als er sie geholt hat. Sie wollte nicht mit, aber zu Ramirez sagt man nicht nein. Ihr Alter hätte sie halb totgeprügelt.«

»Tja, halb totgeprügelt worden ist sie trotzdem.«

Einen Block von der Notaufnahme entfernt, fand ich eine Parklücke. Ich setzte die Alarmanlage in Betriebsbereitschaft, dann liefen wir los. Jackie schleppte ungefähr vier Zentner mit sich herum, aber sie atmete noch nicht einmal schneller, als wir durch die Glastür gingen. Wahrscheinlich hält Bumsen fit.

»Vor kurzem ist eine Frau namens Lula mit dem Krankenwagen eingeliefert worden«, sagte ich an der Aufnahme.

Die Krankenhausangestellte sah erst mich und dann Jackie an. Jackie trug giftgrüne Shorts, aus denen ihr halber Hintern quoll, dazu passende Gummisandalen und ein heißes, pinkfarbenes Oberteil. »Gehören Sie zur Familie?« fragte die Angestellte Jackie.

»Lulas Verwandte wohnen nicht in Trenton.«

»Jemand muß die Formulare ausfüllen.«

»Das mach' ich schon«, sagte sie.

Als wir mit dem Papierkram fertig waren, mußten wir warten. Schweigend saßen wir da, blätterten in zerfledderten Illustrierten und sahen mit unnatürlicher Distanz zu, wie eine Tragödie nach der anderen durch den Flur geschoben wurde. Als ich mich nach einer halben Stunde nach Lula erkundigte, sagte man mir, sie werde noch geröntgt. Wie lange das Röntgen dauern würde, wußte die Frau nicht. Aber danach würde auf jeden Fall ein Arzt mit uns sprechen. Ich gab die Information an Jackie weiter.

»Ach ja?« sagte sie. »Werden wir ja sehen.«

Allmählich fing ich an, unter Koffeinentzug zu leiden; ich ließ Jackie allein weiterwarten und machte mich auf die Suche nach der Cafeteria. Man sagte mir, ich solle den Fußspuren auf dem Boden folgen, und wie durch ein Wunder führten sie mich tatsächlich an die Quelle. Ich belud ein Tablett mit Kuchen und zwei großen Tassen Kaffee und nahm vorsichtshalber auch noch zwei Orangen mit, falls Jackie und mich zufälligerweise der Wunsch überkommen sollte, etwas für unsere Gesundheit zu tun. Sehr wahrscheinlich war das nicht, aber ich fand, es war das gleiche wie mit den sauberen Unterhosen, die man besser immer anhaben sollte, für den Fall, daß man überfahren wird. Es schadet nichts, auf alles vorbereitet zu sein.

Eine Stunde später kam der Arzt.

Er sah erst mich und dann Jackie an. Jackie zog ihr Oberteil hoch und ihre Shorts runter. Es war eine sinnlose Geste.

»Gehören Sie zur Familie?« fragte er Jackie.

»Könnte man sagen«, antwortete Jackie. »Wie sieht's aus?«

»Ich will keine zu großen Erwartungen wecken, aber die Chancen stehen nicht schlecht. Sie hat viel Blut verloren und ein Schädeltrauma erlitten. Mehrere Wunden müssen genäht werden. Sie wird gerade in den Operationssaal gebracht. Es wird wahrscheinlich noch eine Weile dauern, bis sie auf die Station kommt. Wenn Sie möchten, können Sie in ein, zwei Stunden wiederkommen.«

»Ich gehe nirgendwohin«, sagte Jackie.

Zwei Stunden vergingen wie im Zeitlupentempo, ohne daß wir etwas Neues hörten. Wir hatten den ganzen Kuchen aufgegessen und mußten uns nun mit den Orangen begnügen.

»Ich hasse das«, sagte Jackie. »Es ist wie in einer Anstalt. Überall stinkt es nach Bohnen aus der Dose.«

»Bist du schon viel in Anstalten gewesen?«

»Lange genug.«

Sie hatte keine Lust, ausführlicher zu werden, und ich wollte es eigentlich auch gar nicht genauer wissen. Als ich unruhig auf meinem Stuhl herumrutschte, entdeckte ich plötzlich Dorsey, der mit der Frau von der Aufnahme sprach. Er nickte. Offenbar konnte sie ihm seine Fragen beantworten. Dann zeigte die Frau auf Jackie und mich, und Dorsey kam herüber.

»Wie geht es Lula?« fragte er. »Weiß man schon was?«

»Sie wird noch operiert.«

Er setzte sich neben mich. »Wir konnten Ramirez noch nicht festnehmen. Haben Sie eine Ahnung, wo er sich aufhalten könnte? Hat er irgend etwas gesagt, was uns weiterhelfen könnte, bevor Sie angefangen haben, das Gespräch aufzuzeichnen?«

»Er hat gesagt, er hätte gesehen, wie ich Lula durchs Fenster gezogen habe. Und er wußte, daß die Polizei in meiner Wohnung war. Er muß ganz in der Nähe gewesen sein.«

»Wahrscheinlich hat er von einem Autotelefon aus angerufen.«

Der Meinung war ich auch.

»Ich gebe Ihnen meine Karte.« Er schrieb etwas auf die Rückseite. »Das ist meine Privatnummer. Wenn Sie Ramirez sehen oder noch einmal einen Anruf von ihm bekommen, rufen Sie mich sofort an.«

»Es dürfte nicht einfach für ihn sein, sich zu verstecken«, sagte ich. »Er ist eine lokale Berühmtheit. Er ist leicht zu erkennen.«

Als Dorsey seinen Stift wieder in die Innenseite seiner Jacke steckte, sah ich, daß er ein Revolverholster am Gürtel trug. »In dieser Stadt gibt es viele Leute, die alles tun würden, um Benito Ramirez zu verstecken und zu beschützen. Das haben wir schon früher erlebt.«

»Ja, aber bis jetzt hatten Sie auch noch nie ein Tonband.«

»Stimmt. Damit können wir vielleicht etwas mehr ausrichten.«

»Die richten überhaupt nichts aus«, sagte Jackie, als Dorsey gegangen war. »Ramirez macht, was er will. Wen juckt das schon, daß er eine Hure zusammengeschlagen hat?«

»Uns macht es etwas aus«, sagte ich. »Wir können ihm das Handwerk legen. Wir können Lula dazu bringen, gegen ihn auszusagen.«

»Ach was«, sagte Jackie. »Du hast doch keine Ahnung.«

Erst um drei Uhr durften wir Lula sehen. Sie lag auf der Intensivstation und war noch nicht wieder bei Bewußtsein. Jede von uns durfte genau zehn Minuten zu ihr. Ich drückte ihre Hand und versprach ihr, daß alles wieder gut werden würde. Als meine Zeit um war, erklärte ich Jackie, daß ich eine Verabredung hätte, die ich unbedingt einhalten müßte. Sie wollte bleiben, bis Lula die Augen aufmachte.

Ich kam eine halbe Stunde vor Eddie Gazarra bei Sunnys Waffengeschäft an. Ich bezahlte für den Schießstand, kaufte eine Schachtel Patronen und ging nach hinten. Zum Aufwärmen schoß ich ein paarmal mit gespanntem Hahn, dann übte ich ernsthaft. Ich stellte mir Ramirez auf der Zielscheibe vor. Ich zielte auf sein Herz, seine Eier, seine Nase.

Gazarra stieß um halb fünf zu mir. Er stellte mir eine neue Schachtel Munition auf den Tisch und ging in die Box nebenan. Als die Patronen verbraucht waren, fühlte ich mich angenehm entspannt. Die Waffe lag schon wesentlich sicherer in meiner Hand. Ich lud die fünf Kammern und steckte den Revolver in meine Tasche. Dann tippte ich Gazarra auf die Schulter und gab ihm ein Zeichen, daß ich fertig war.

Er steckte seinen Glock weg und folgte mir nach draußen. Wir warteten, bis wir auf dem Parkplatz waren, bevor wir redeten.

»Ich habe von deinem Notruf gehört«, sagte er. »Tut mir leid, daß ich nicht kommen konnte. Aber ich hatte alle Hände voll mit einer anderen Sache zu tun. Ich habe Dorsey auf der Wache getroffen. Er meinte, du wärst cool gewesen. Du hättest sogar den Anrufbeantworter eingeschaltet, als Ramirez anrief.«

»Du hättest mich fünf Minuten vorher sehen sollen. Ich wußte nicht einmal mehr die Telefonnummer der Polizei.«

»Ich vermute, du hast keine Lust, ein bißchen Urlaub zu machen?«

»Doch, ich habe schon daran gedacht.«

»Du hast den Revolver in deiner Tasche?«

»Aber nein. Ich tue doch nichts Illegales.«

Gazarra seufzte. »Aber laß die Knarre keinen sehen, ja? Und ruf mich an, wenn du Angst kriegst. Du kannst bei Shirley und mir wohnen, so lange du willst.«

»Vielen Dank.«

»Ich habe das Kennzeichen überprüft, das du mir gegeben hast. Es gehörte zu einem Wagen, der wegen eines Parkvergehens abgeschleppt, sichergestellt und nie wieder abgeholt worden ist.«

»Ich habe Morelli in dem besagten Fahrzeug gesehen.«

»Wahrscheinlich hat er es sich ausgeliehen.«

Wir mußten lächeln bei dem Gedanken, daß Morelli einen Wagen fuhr, den er der Polizei gestohlen hatte.

»Und was ist mit Carmen Sanchez? Hat sie auch einen Wagen?«

Gazarra holte einen Zettel aus der Tasche. »Das ist die Marke und das Kennzeichen. Er ist nicht sichergestellt worden. Soll ich hinter dir bleiben, bis du zu Hause bist? Dann könnte ich auch gleich nachsehen, ob deine Wohnung okay ist.«

»Nicht nötig. Die Hälfte meiner Mitbewohner kampiert wahrscheinlich immer noch im Hausflur.«

Das einzige, wovor mir wirklich graute, war das Blut. In der

Wohnung würde mich alles an Ramirez' brutale Tat erinnern. Lulas Blut klebte noch am Telefon, den Wänden, der Arbeitsplatte und dem Fußboden. Falls ich beim Anblick des Blutes einen hysterischen Anfall bekam, wollte ich allein damit fertig werden, auf meine Art.

Ich stellte den Wagen ab und schlüpfte unbemerkt ins Haus. Gutes Timing. Das Treppenhaus war leer. Alle saßen gerade beim Abendessen. Ich hatte das Giftgas in der Hand und den Revolver im Hosenbund. Als ich den Schlüssel ins Schloß steckte, hätte sich mir fast der Magen umgedreht. Aber es half alles nichts, ich mußte es hinter mich bringen. Ich würde einfach reinmarschieren, unter dem Bett nach Vergewaltigern suchen, Gummihandschuhe anziehen und die Schweinerei beseitigen.

Beim ersten zögernden Schritt in meine Diele merkte ich, daß jemand in der Wohnung war. Jemand war in der Küche und kochte. Töpfe klapperten, Wasser rauschte. Außerdem brutzelte etwas in der Bratpfanne.

»Hallo!« rief ich, den Revolver in der Hand. Ich konnte mich kaum selbst verstehen, so laut klopfte mein Herz. »Wer ist da?«

Morelli spazierte aus der Küche. »Ich bin's. Leg die Knarre weg. Wir müssen reden.«

»Herrgott! Du bist vielleicht arrogant! Hast du eigentlich gar keine Angst, daß ich auf dich schießen könnte?«

»Nein, auf die Idee wäre ich nie gekommen.«

»Ich habe geübt. Ich bin eine ziemlich gute Schützin.«

Er trat hinter mich, drückte die Tür zu und schloß ab. »Aber sicher, du bist wahrscheinlich der absolute Meisterschütze, wenn es darum geht, einem Pappkameraden das Licht auszupusten.«

»Was tust du in meiner Wohnung?«

»Ich koche uns was zum Abendessen.« Er ging wieder in die Küche. »Es wird gemunkelt, du hättest einen schlimmen Tag gehabt.«

Mir schwirrte der Kopf. Da hatte ich mir das Hirn zermartert und alles mögliche versucht, um Morelli zu finden, dabei war der Kerl in meiner Wohnung. Er drehte mir sogar den Rücken zu. Ich hätte ihn in den Hintern schießen können.

»Man schießt nicht auf einen Unbewaffneten«, sagte er, als hätte er meine Gedanken gelesen. »Im Staat New Jersey ist das nicht gern gesehen. Laß dir das von einem Fachmann gesagt sein.«

Na schön, dann würde ich ihm eben keine Kugel verpassen, sondern ihn mit dem Sure Guard betäuben. Seine Neurotransmitter würden nicht wissen, wie ihnen geschah.

Morelli gab ein paar blättrig geschnittene Champignons in die Pfanne. Himmlische Kochgerüche stiegen mir in die Nase. Er rührte rote und grüne Paprikaschoten, Zwiebeln und Champignons zusammen, und je mehr mir das Wasser im Mund zusammenlief, desto mehr versiegte mein Killerinstinkt.

Plötzlich merkte ich, daß ich mir erklärte, warum ich das Spray nicht benutzte. Das Argument lautete, ich müsse mir auch mal seine Version der Geschichte anhören. Aber in Wahrheit waren meine Motive nicht im entferntesten so edelmütig. Ich hatte Hunger und war deprimiert. Außerdem hatte ich wesentlich mehr Angst vor Ramirez als vor Joe Morelli. Mit Morelli in der Wohnung fühlte ich mich sicher.

Immer schön eine Krise nach der anderen, sagte ich mir. Zuerst mußt du etwas essen. Zum Nachtisch kannst du ihn immer noch betäuben.

Er drehte sich um und sah mich an. »Möchtest du darüber reden?«

»Ramirez hat Lula fast umgebracht, und dann hat er sie an meine Feuerleiter gefesselt.«

»Ramirez lebt davon, daß andere Angst vor ihm haben. Hast du ihn mal im Ring gesehen? Seine Fans lieben ihn, weil er immer in die vollen geht, bis der Ringrichter den Kampf abbricht. Er spielt mit seinem Gegner. Er will Blut sehen. Er will den anderen verletzen. Und dabei redet er die ganze Zeit mit seiner säuselnden Stimme auf sein Opfer ein. Er sagt, daß es noch sehr viel schlimmer kommen wird, daß er erst dann aufhört, wenn der andere um einen K.O. bettelt. Mit Frauen geht er genauso um. Es gefällt ihm, wenn sie sich vor Angst und Schmerzen winden. Er will ihnen sei·.en Stempel aufdrücken.«

Ich stellte meine Tasche ab. »Ich weiß. Er will, daß man leidet und ihn anfleht. Man könnte sagen, er ist davon besessen.«

Morelli drehte die Hitze herunter. »Ich versuche, dir angst zu machen, aber ich glaube nicht, daß es mir gelingt.«

»Die Angst habe ich längst hinter mir. Ich kann keine Angst mehr empfinden. Vielleicht morgen wieder.« Ich sah, daß das Blut weggeputzt war. »Hast du die Küche gewischt?«

»Die Küche und das Schlafzimmer. Den Teppich mußt du reinigen lassen.«

»Danke. Ich hatte keine Lust, heute noch mehr Blut zu sehen.«

»War es schlimm?«

»Ja. Im Gesicht hat er sie so übel zugerichtet, daß sie kaum noch zu erkennen ist, und sie hat geblutet ... überall hat sie geblutet.« Meine Stimme versagte. Ich senkte den Blick. »Scheiße.«

»Ich habe Wein im Kühlschrank. Wieso tauschst du die Knarre nicht gegen ein paar Gläser ein?«

»Warum bist du so nett zu mir?«

»Ich brauche dich.«

»O Mann.«

»Nicht so, wie du denkst.«

»Das denke ich doch gar nicht. Ich habe bloß ›O Mann‹ gesagt. Was kochst du da?«

»Steaks. Ich habe sie in die Pfanne gelegt, als du auf den Parkplatz gefahren bist.« Er schenkte mir ein Glas Wein ein. »Du bist ein wenig spartanisch eingerichtet.«

»Ich habe meinen Job verloren und keinen anderen gefunden. Die Möbel habe ich verkauft, um mich irgendwie über Wasser zu halten.«

»Bist du deshalb auf die Idee gekommen, für Vinnie zu arbeiten?«

»Ich hatte keine große Auswahl.«

»Du bist also aus finanziellen Gründen hinter mir her. Nicht aus persönlichen?«

»Anfangs nicht.«

Er bewegte sich so selbstverständlich in meiner Küche, als hätte er sein Leben lang nichts anderes getan. Er stellte zwei Teller auf die Arbeitsplatte und holte eine Schüssel Salat aus dem Kühlschrank. Ich hätte es als aufdringlich und lästig empfinden müssen, aber ich fand es sehr gemütlich.

Er servierte uns Steaks mit Paprika und Zwiebeln und einer Folienkartoffel. Er nahm das Salatdressing, die saure Sahne und die Steaksauce aus dem Kühlschrank, schaltete den Herd aus und wischte sich die Hände an einem Küchentuch ab. »Warum ist es jetzt etwas Persönliches?«

»Weil du mich in der Dusche an die Vorhangstange gefesselt hast! Dann mußte ich in einen Müllcontainer krabbeln, um meine Schlüssel zurückzubekommen! Jedesmal, wenn ich in deine Nähe gerate, tust du alles, um mich zu demütigen.«

»Es waren nicht deine Schlüssel. Es waren *meine* Schlüssel.« Er trank einen Schluck Wein, und unsere Blicke trafen sich. »Du hast meinen Wagen geklaut.«

»Ich hatte einen Plan.«

»Du wolltest mir auflauern, wenn ich mir den Wagen zurückhole?«

»So in etwa.«

Er ließ meinen Plan unkommentiert. »Bei Macy's soll eine Stelle als Kosmetikerin frei sein.«

»Du klingst wie meine Mutter.«

Morelli grinste und machte sich über sein Steak her.

Ich hatte einen anstrengenden Tag hinter mir, und der Wein und das gute Essen versetzten mich in eine gnädigere Stimmung. Wir saßen einander gegenüber wie ein altes Ehepaar und widmeten uns dem Essen. Als ich alles verputzt hatte, lehnte ich mich zurück. »Weshalb brauchst du mich?«

»Ich brauche deine Hilfe. Wenn du mir hilfst, sorge ich dafür, daß du dein Kopfgeld bekommst.«

»Ich bin ganz Ohr.«

»Carmen Sanchez war meine Informantin. Eines Abends sitze ich zu Hause vor dem Fernseher, da klingelt das Telefon. Es ist Carmen, sie braucht Hilfe. Sie sagt, sie ist vergewaltigt und zusammengeschlagen worden. Sie braucht Geld und einen sicheren Unterschlupf. Und im Tausch dafür will sie mir ein Riesending verraten.

Als ich bei ihr an die Tür klopfte, macht Ziggy Kulesza auf. Von Carmen ist nichts zu sehen. Ein anderer Typ, besser bekannt als der fehlende Zeuge, kommt aus dem Schlafzimmer, erkennt mich von Gott weiß woher und dreht durch. ›Das ist ein Bulle!‹ schreit er Ziggy zu. ›Du hast einen Scheißbullen reingelassen!‹

Ziggy zieht eine Pistole und drückt ab. Ich schieße zurück und treffe ihn. Dann weiß ich nichts mehr. Als ich wieder zu mir komme, starre ich an die Decke. Der zweite Typ ist weg. Carmen ist weg. Ziggys Waffe ist weg.«

»Wie kann er dich aus der Entfernung verfehlt haben? Und wenn er tatsächlich danebengeschossen hat, wo ist dann die Kugel geblieben?«

»Ich kann es mir nur so erklären, daß die Knarre nicht losgegangen ist.«

»Und jetzt willst du Carmen finden, damit sie deine Version bestätigt?«

»Ich glaube nicht, daß Carmen noch irgendwas bestätigen kann. Ich glaube, Ramirez hat sie zusammengeschlagen und später Ziggy und seinen Kumpel hingeschickt, um sie ein für allemal zu erledigen. Ziggy hat für Ramirez immer die Dreckarbeit gemacht. Wenn man auf der Straße lebt, so wie ich im Moment, kriegt man ziemlich viel mit. Ramirez besorgt es den Frauen gern auf die harte Tour. Manchmal verschwinden Frauen, die zuletzt mit ihm gesehen wurden, für immer von der Bildfläche. Ich glaube, er rastet so aus, daß er sie umbringt, oder er verletzt sie so schwer, daß er jemand anderen hinschickt, der die Sache zu Ende bringt, damit nichts rauskommt. Dann verschwindet die Leiche. Keine Leiche, kein Verbrechen. Ich glaube, daß Carmen tot im Schlafzimmer lag, als ich geklopft habe. Deshalb ist Ziggy völlig ausgerastet.«

»Es gibt aber nur eine Tür«, sagte ich. »Niemand hat sie gehen sehen, weder tot noch lebendig.«

»Das Schlafzimmer hat ein Fenster, das nach hinten auf die Feuerwehrzufahrt hinausgeht.«

»Meinst du, sie haben Carmen aus dem Fenster geschmissen?«

Morelli stellte seinen Teller ins Spülbecken und schaltete die Kaffeemaschine ein. »Ich bin hinter dem Kerl her, der mich wiedererkannt hat. Ziggy hat die Waffe fallen lassen, als er umgekippt ist. Ich habe noch gesehen, wie sie weggeschlittert ist. Als ich von hinten niedergeschlagen wurde, muß Ziggys Partner sie genommen haben. Dann hat er sich wahrscheinlich ins Schlafzimmer verzogen, Carmen aus dem Fenster gekippt und ist hinter ihr hergeklettert.«

»Ich habe mich hinter dem Haus umgesehen. Für einen, der nicht tot ist, geht es ganz schön tief runter.«

Morelli zuckte mit den Schultern. »Vielleicht konnte er sich wegschleichen, als die Nachbarn um Ziggy und mich herumstanden. Er ist in dem ganzen Durcheinander abgehauen, hat Carmen eingesammelt und ist weggefahren.«

»Jetzt will ich endlich hören, wie ich an meine zehntausend Dollar komme.«

»Du hilfst mir zu beweisen, daß ich Kulesza in Notwehr erschossen habe, und dafür darfst du mich bei der Polizei abliefern.«

»Ich kann kaum erwarten, wie ich das anstellen soll.«

»Die einzige Spur zu dem verschwundenen Zeugen, die ich habe, ist Ramirez. Ich habe ihn beobachtet, aber es nichts dabei rausgekommen. Leider kann ich mich nicht frei bewegen. Mir haben schon so viele Leute geholfen, daß ich keinen mehr um einen Gefallen bitten kann. Mittlerweile verbringe ich mehr Zeit mit Versteckspielen als mit der Suche nach dem unbekannten Mann. Allmählich gehen mir die Zeit und die Ideen aus.

Du bist der einzige Mensch, den niemand verdächtigen würde, mir zu helfen«, sagte Morelli.

»Wieso sollte ich dir helfen? Warum packe ich nicht einfach die Gelegenheit beim Schopf und nehme dich fest?«

»Weil ich unschuldig bin.«

»Das ist dein Problem, nicht meines.« Das war eine harte Antwort, und sie entsprach nicht einmal ganz der Wahrheit. Morelli war mir tatsächlich schon ein wenig ans Herz gewachsen.

»Dann erhöhen wir eben den Einsatz. Wenn du mir hilfst, meinen Zeugen zu finden, beschütze ich dich vor Ramirez.«

Beinahe hätte ich gesagt, daß ich mich selbst beschützen könne, aber das wäre Quatsch gewesen. Ich brauchte allen Schutz, den ich kriegen konnte. »Was ist, wenn Dorsey Ramirez verhaftet und ich deinen Schutz nicht mehr brauche?«

»Ramirez kommt auf Kaution wieder raus, und dann ist er noch heißer auf dich als vorher. Er hat einflußreiche Freunde.«

»Und wie willst du mich beschützen?«

»Ich werde deinen Leibwächter spielen, Zuckerstück.«

»Du schläfst aber nicht in meiner Wohnung.«

»Ich schlafe im Wagen. Morgen wirst du verdrahtet, damit ich immer mithören kann.«

»Und heute nacht?«

»Die Entscheidung liegt bei dir«, sagte er. »Wahrscheinlich bist du sicher. Ich schätze, daß Ramirez noch ein Weilchen mit dir spielen will. Für ihn ist das wie beim Boxen. Er will den Kampf bis zur letzten Runde auskosten.«

Der Meinung war ich auch. Ramirez hätte jederzeit durch mein Schlafzimmerfenster springen können, aber er hatte beschlossen, noch abzuwarten.

»Selbst wenn ich dir helfen wollte, wüßte ich nicht, wo ich anfangen soll«, sagte ich. »Was könnte ich denn machen, was du nicht schon längst ausprobiert hast? Vielleicht ist der Zeuge inzwischen in Argentinien.«

»Der Zeuge ist nicht in Argentinien. Er ist irgendwo da draußen und bringt Leute um. Er bringt jeden um, der ihn am Tatort gesehen hat. Er hat zwei von Carmens Nachbarn umgebracht, der dritte Mordversuch ist nur knapp mißlungen. Ich stehe auch auf seiner Abschußliste, aber er findet mich nicht, solange ich mich versteckt halte. Und wenn ich mich öffentlich zeige, um ihn aus der Reserve zu locken, schnappt mich die Polizei.«

Mir ging ein Licht auf. »Du willst mich als Köder benutzen. Du willst Ramirez mit mir ködern, und du erwartest, daß ich ihn aushorche, während er mir seine neuesten Foltermethoden vorführt. Herrgott, Joe Morelli, ich weiß ja, daß du sauer bist, weil ich dich damals mit dem Buick über den Haufen gefahren habe, aber übertreibst du es mit deiner Rachsucht nicht doch ein bißchen?«

»Es ist keine Rachsucht. Um die Wahrheit zu sagen, ich mag

dich.« Seine Lippen verzogen sich zu einem verführerischen Lächeln. »Wenn die Umstände andere wären, würde ich vielleicht sogar versuchen, alte Fehler wiedergutzumachen.«

»Ist ja toll.«

»Eines steht fest. Wenn wir diese Geschichte hinter uns haben, müssen wir unbedingt was gegen die zynische Ader unternehmen, die du dir inzwischen zugelegt hast.«

»Du erwartest also von mir, daß ich mein Leben aufs Spiel setze, um deine Haut zu retten.«

»Dein Leben ist doch sowieso in Gefahr. Du wirst von einem sehr großen, sehr starken Mann verfolgt, der Frauen vergewaltigt und verstümmelt. Wenn wir meinen Zeugen finden, können wir ihn mit Ramirez in Verbindung bringen und die beiden mit etwas Glück ein für allemal in den Knast schicken.«

Damit hatte er nicht unrecht.

»Ich baue Wanzen in der Diele und im Schlafzimmer ein«, sagte Morelli. »Dann kann ich die ganze Wohnung abhören, bis auf das Badezimmer. Wenn du die Badezimmertür zumachst, kriege ich wahrscheinlich nichts mit. Du wirst komplett verkabelt, und wenn du aus dem Haus gehst, folge ich dir in sicherer Entfernung.«

Ich atmete tief durch. »Und du läßt mich wirklich die Prämie für dich einstreichen, wenn wir den verschwundenen Zeugen erwischt haben?«

»Auf jeden Fall.«

»Du hast gesagt, Carmen war deine Informantin. Worüber hat sie dich eigentlich informiert?«

»Sie hat mir alles mögliche verkauft. Meistens Informationen über kleinere Drogengeschäfte und Namen von Syndikatsmitgliedern. Was sie für mich hatte, als sie mich anrief, weiß ich nicht. Ich habe es nie erfahren.«

»Syndikatsmitglieder?«

»Mitglieder einer Jamaikanergang. Das Muttersyndikat, das

in Philadelphia sitzt, heißt Striker. Es hat bei jedem Drogendeal in Trenton die Finger im Spiel. Im Vergleich zu den Männern von Striker sehen unsere alteingesessenen Gangster wie kleine Würstchen aus. Die bringen das Zeug schneller ins Land, als sie es verkaufen können, und wir kriegen einfach nicht raus, wie sie das machen. Diesen Sommer gab es schon zwölf Rauschgifttote, die an einer Überdosis Heroin gestorben sind. Es ist so viel Stoff im Umlauf, daß die Dealer sich nicht einmal mehr die Mühe machen, das Zeug zu strecken.«

»Meinst du, daß Carmen Informationen über Striker hatte?«

Morelli starrte mich ein paar Augenblicke an. »Nein«, sagte er schließlich. »Ich glaube, sie wollte mir was über Ramirez verraten. Wahrscheinlich hatte sie etwas rausgekriegt, als sie mit ihm zusammen war.«

11

Um sieben Uhr in der Früh klingelte das Telefon. Der Anrufbeantworter schaltete sich ein, und ich erkannte Morellis Stimme. »Aus den Federn, Pfläumchen«, sagte er. »Ich bin in zehn Minuten oben, um dich zu verdrahten. Wirf schon mal die Kaffeemaschine an.«

Ich machte Kaffee, putzte mir die Zähne und zog mich an. Morelli kam fünf Minuten zu früh, und er hatte einen Werkzeugkasten unter dem Arm. Auf der Tasche seines kurzärmeligen Hemdes prangte ein Wappen, das ihn als Mitarbeiter von Long's Service auswies.

»Was ist Long's Service?« fragte ich.

»Was du willst.«

»Aha«, sagte ich. »Eine Verkleidung.«

Er nahm seine Sonnenbrille ab und steuerte auf die Kaffeemaschine zu. »Handwerker fallen keinem auf. Man merkt sich höchstens die Farbe der Arbeitskluft, aber das ist auch schon alles. Wenn man den richtigen Dreh raushat, kommt man in einem Overall fast in jedes Gebäude.«

Ich goß mir eine Tasse Kaffee ein und rief im Krankenhaus an. Man sagte mir, daß Lulas Zustand stabil sei und sie die Intensivstation bereits verlassen habe.

»Du mußt mit ihr reden«, sagte Morelli. »Du mußt sie überzeugen, Anzeige zu erstatten. Sie haben Ramirez gestern abend festgenommen, wegen schwerer sexueller Nötigung. Er ist schon wieder auf freiem Fuß. Die Kaution hat er selbst bezahlt.«

Er stellte seine Kaffeetasse weg, klappte den Werkzeugkasten auf und holte einen kleinen Schraubenzieher und zwei Steckdosen heraus. »Sie sehen genau wie Steckdosen aus«, sagte er. »Aber sie haben Abhörgeräte eingebaut. Ich benutze sie, weil sie nicht auf Batterie laufen, sondern mit Strom. Sie sind sehr zuverlässig.«

Er baute die Steckdose in der Diele aus und löste ein paar Drähte ab, die er mit einer isolierten Zange festhielt. »Vom Lieferwagen aus kann ich mithören und alles aufzeichnen. Wenn Ramirez einbricht oder vor deiner Tür auftaucht, mußt du dich auf deinen Instinkt verlassen. Wenn du meinst, du kannst ihn in ein Gespräch verwickeln und Informationen aus ihm rausholen, ohne dich in Gefahr zu bringen, solltest du es ruhig versuchen.«

Als er in der Diele fertig war, ging er ins Schlafzimmer. »Zwei Dinge solltest du dir merken. Wenn das Radio läuft, kann ich nicht hören, was hier vorgeht. Und falls ich gewaltsam eindringen muß, komme ich wahrscheinlich durchs Schlafzimmerfenster. Also laß immer den Vorhang zu, damit ich etwas Deckung habe.«

»Glaubst du, daß es soweit kommen wird?«

»Hoffentlich nicht. Versuch lieber, Ramirez am Telefon zum Sprechen zu bringen. Und denk daran, es aufzunehmen.« Er legte den Schraubenzieher wieder in den Werkzeugkasten und nahme eine Rolle Heftpflaster und ein kleines Plastikkästchen heraus, das ungefähr so groß war wie eine Packung Kaugummi. »Das ist ein kleiner Körpersender. Er hat zwei 9-Volt-Lithium-Batterien, das reicht für fünfzehn Stunden Übertragungszeit. Er hat ein Außenmikrofon, wiegt fünfzehn Gramm und kostet ungefähr tausendzweihundert Dollar. Verlier ihn nicht, und trage ihn nicht unter der Dusche.«

»Vielleicht benimmt Ramirez sich ja auch anständig, wenn er noch mal wegen Körperverletzung angezeigt wird.«

»Ich glaube nicht, daß Ramirez weiß, was anständiges Benehmen ist.«

»Wie sieht der Plan für heute aus?«

»Ich dachte, wir postieren dich wieder in der Stark Street. Jetzt, wo du nicht mehr versuchen mußt, mich in den Wahnsinn zu treiben, kannst du dich darauf konzentrieren, Ramirez um sein Quentchen Verstand zu bringen. Du mußt ihn dazu bringen, etwas Unüberlegtes zu tun.«

»Ich soll in die Stark Street? Super. Mein liebstes Fleckchen Erde. Und was mache ich da?«

»Spazierengehen und sexy aussehen, lästige Fragen stellen, kurz und gut alles, was anderen auf die Nerven geht. Alles, was dir so leichtfällt.«

»Kennst du Jimmy Alpha?«

»Jeder kennt Jimmy Alpha.«

»Was hältst du von ihm?«

»Ich weiß nicht genau. Wenn ich bisher mit ihm zu tun hatte, war er immer in Ordnung. Und früher habe ich auch geglaubt, er wäre ein guter Manager. Er hat das Richtige für Ramirez getan. Hat ihm die richtigen Kämpfe besorgt, und gute Trainer.« Morelli schenkte sich Kaffee nach. »Leute wie Jimmy Alpha warten ihr ganzes Leben darauf, daß sie einen Fighter von Ramirez' Kaliber finden. Die meisten warten vergeblich. Ramirez' Manager zu sein, ist das gleiche, als hätte man eine Million Dollar in der Lotterie gewonnen, nur noch besser, weil Ramirez sich wesentlich länger bezahlt macht. Der Kerl ist Gold wert. Aber leider ist er ein Irrer, und deshalb sitzt Alpha ganz schön in der Zwickmühle.«

»Den Eindruck hatte ich auch. Wenn man das Große Los in der Hand hält, drückt man bei Ramirez' kleinen Schwächen vielleicht eher mal ein Auge zu.«

»Vor allen Dingen jetzt, wo sie endlich anfangen, das große Geld zu scheffeln. Alpha hat Ramirez jahrelang durchgefüttert, als er nur ein halbstarker Schläger war. Jetzt hat Ramirez den Titel, und er hat einen Fernsehvertrag in der Tasche. Demnächst könnte er für Alpha Millionen abwerfen.«

»Deiner Meinung nach ist Alpha also nicht ganz zu trauen.«

»Ich finde, Alpha ist so verantwortungslos, daß es schon fast kriminell ist.« Er sah auf seine Uhr. »Ramirez läuft morgens immer ein paar Runden um den Block, dann frühstückt er in dem Café gegenüber vom Boxstudio. Nach dem Frühstück trainiert er, normalerweise bis vier Uhr.«

»Ganz schön viel Training.«

»Er überanstrengt sich nicht. Wenn er jemals gegen einen anständigen Boxer antreten müßte, würde er Ärger kriegen. Seine letzten beiden Gegner waren handverlesenes Fallobst. In drei Wochen kämpft er gegen die nächste Niete. Aber danach muß er sich ernsthaft auf seinen Fight gegen Lionel Reesey vorbereiten.«

»Du weißt eine Menge übers Boxen.«

»Boxen ist der ultimative Sport. Mann gegen Mann. Urinstinkte werden wach. So ähnlich wie beim Sex ... man spürt das Tier im Manne.«

Ich gab ein halbersticktes Räuspern von mir.

Er nahm sich eine Orange aus der Obstschale. »Du bist bloß sauer, weil du dich nicht mehr erinnern kannst, wann du das Tier zum letztenmal gesehen hast.«

»Oft genug, vielen Dank.«

»Schätzchen, du siehst das Tier überhaupt nicht. Ich habe mich erkundigt. Kein Privatleben.«

Ich zeigte ihm den ausgestreckten Mittelfinger. »Du kannst mich mal.«

Morelli grinste. »Wie niedlich du bist, wenn du dich so albern aufführst. Wenn dir mal danach ist, daß ich das Tier von der Leine lasse, brauchst du es bloß zu sagen.«

Ich hatte genug. Ich würde ihn doch noch mit Gas einsprühen. Vielleicht würde ich ihn nicht bei der Polizei abliefern, aber es wäre mir ein Genuß zuzusehen, wie er umkippte und sich übergab.

»Ich muß los«, sagte Morelli. »Einer von deinen Nachbarn hat mich reinkommen sehen. Wenn ich zu lange bleibe, ruiniere ich noch deinen guten Ruf, und das wollen wir doch nicht. Sei so gegen Mittag in der Stark Street und spazier dann ein, zwei Stunden dort herum. Trag den Sender am Körper. Ich werde dich beobachten und alles mithören.«

Weil ich den Vormittag irgendwie rumkriegen mußte, ging ich erst mal eine Runde joggen. Es lief nicht viel besser als beim letzten Mal, aber wenigstens mußte ich mir nicht von Eddie Gazarra sagen lassen, daß ich wie eine Leiche auf Abwegen aussah. Ich frühstückte, duschte ausgiebig und schmiedete Pläne, wie ich mein Geld ausgeben wollte, wenn ich Morelli erst im Sack hatte.

Ich zog Riemchensandalen an, einen knackigen schwarzen Minirock und dazu ein rotes Stretch-Top mit einem gewagten Ausschnitt, der tief blicken ließ – jedenfalls für meine Verhältnisse. Ich bearbeitete meine Haare mit Schaum und Spray, bis ich eine richtige Löwenmähne hatte. Ich umrandete meine Augen mitternachtsblau, tuschte die Wimpern, malte die Lippen nuttenrot an und steckte mir die größten, glitzerndsten Ohrringe an, die ich besaß. Dann lackierte ich mir die Nägel passend zum Lippenstift und betrachtete mich im Spiegel.

Ich gab eine hervorragende Schlampe ab.

Es war elf Uhr. Noch ein bißchen früh, aber ich wollte die Bordsteinschwalbentour möglichst schnell hinter mich bringen, weil ich Lula besuchen wollte. Nach dem Krankenhaus wollte ich ein bißchen schießen üben, nach Hause fahren und darauf warten, daß mein Telefon klingelte.

Ich parkte einen Block vom Boxstudio entfernt und spazierte los, die Tasche über der Schulter, die Hand um das Sure Guard gelegt. Weil sich der Sender unter dem engen Oberteil abzeichnete, hatte ich ihn in meinen Minislip geschoben. Geschieht dir ganz recht, Morelli.

Ich entdeckte seinen Lieferwagen fast genau gegenüber vom Boxstudio. Zwischen mir und ihm stand Jackie. Sie sah noch genervter aus als sonst.

»Wie geht es Lula?« fragte ich. »Warst du heute schon bei ihr?«

»Morgens ist keine Besuchszeit. Aber ich hab' sowieso keine Zeit. Ich muß schließlich meine Brötchen verdienen.«

»Im Krankenhaus haben sie gesagt, daß ihr Zustand stabil ist.«

»Ja, sie ist nicht mehr auf der Intensivstation. Sie muß noch eine Weile drinbleiben, weil sie innere Blutungen hatte. Aber ich glaube, sie berappelt sich wieder.«

»Kann sie irgendwohin, wo sie sicher ist, wenn sie rauskommt?«

»Wenn Lula rauskommt, ist sie nirgendwo sicher. Außer, sie ist clever. Sie muß den Bullen sagen, daß irgendein weißer Schweinehund sie aufgeschlitzt hat.«

Ich sah zum Lieferwagen hinüber und konnte telepathisch Morellis enttäuschtes Knurren spüren. »Jemand muß Ramirez das Handwerk legen.«

»Aber nicht Lula«, sagte Jackie. »Was für eine Zeugin würde sie denn schon abgeben? Meinst du etwa, die glauben einer Hure? Sie würden sagen, daß Lula bekommen hat, was sie verdient, und daß sie wahrscheinlich bloß von ihrem Alten zusammengeschlagen worden ist. Der hat sie dir dann hingehängt, um dir eins auszuwischen. Kann sogar sein, daß sie sagen, du wärst auch anschaffen gegangen und der Konkurrenz in die Quere gekommen, und es sollte eine Lektion für dich sein.«

»Hast du Ramirez heute schon gesehen? Ist er im Studio?«

»Weiß nicht. Diese Augen sehen keinen Ramirez. Für mich ist er der große Unsichtbare.«

Von Jackie hatte ich eigentlich nichts anderes erwartet. Wahrscheinlich hatte sie sogar recht damit, daß Lula im Zeugenstand keine gute Figur machen würde. Ramirez würde sich den besten Strafverteidiger nehmen; aber es war ohnehin nicht schwer, Lula in ein schlechtes Licht zu rücken.

Ich ging weiter und fragte herum. Hatte jemand Carmen Sanchez gesehen? Stimmte es, daß sie an dem Abend, als Ziggy Kulesza erschossen wurde, mit Benito Ramirez zusammen gesehen worden war?

Niemand hatte sie gesehen. Niemand wußte irgend etwas über sie und Ramirez.

Nachdem ich noch eine Stunde durch die Gegend gewandert war, hatte ich die Nase voll. Ich ging über die Straße, um Jimmy Alpha an meinem Kummer teilhaben zu lassen. Diesmal stürmte ich nicht einfach in sein Büro. Ich wartete, bis seine Sekretärin mich angemeldet hatte.

Er schien nicht überrascht zu sein. Wahrscheinlich hatte er mich aus dem Fenster beobachtet. Er hatte dunkle Ringe unter den Augen. Zu viele schlaflose Nächte, zu viele Probleme, für die er keine Lösung wußte. Ich baute mich vor seinem Schreibtisch auf, und wir starrten uns eine geschlagene Minute lang an, ohne etwas zu sagen.

»Haben Sie von der Sache mit Lula gehört?« fragte ich schließlich.

Alpha nickte.

»Er hätte sie fast umgebracht, Jimmy. Er hat sie aufgeschlitzt, zusammengeschlagen und dann an meine Feuerleiter gefesselt. Anschließend hat er mich angerufen. Er wollte wissen, ob ich sein Geschenk bekommen habe, und mir sagen, daß ich mich auf eine noch schlimmere Behandlung gefaßt machen könne.«

Alpha nickte erneut. Aber diesmal sollte es »nein« heißen. »Ich habe mit ihm geredet«, sagte er. »Benito gibt zu, mit Lula zusammengewesen zu sein, und er streitet auch nicht ab, daß er sie möglicherweise ein bißchen zu hart angefaßt hat, aber mehr wäre nicht passiert. Er sagt, daß ihm jemand etwas anhängen will.«

»Ich habe am Telefon mit ihm gesprochen. Ich weiß, was ich gehört habe. Und ich habe alles auf Band.«

»Er schwört, daß er es nicht war.«

»Und Sie glauben ihm?«

»Ich weiß, daß er bei Frauen leicht ausrastet. Das ist seine harte Machotour. Er bildet sich immer ein, daß man ihn nicht respektiert. Aber ich kann mir nicht vorstellen, daß er eine Frau an eine Feuerleiter fesselt. Ich kann mir auch nicht vorstellen, daß er Sie angerufen haben soll. Natürlich ist er kein Einstein, aber so dumm ist er nun auch wieder nicht.«

»Es geht nicht darum, ob er dumm ist, Jimmy. Er ist krank. Er hat schreckliche Sachen gemacht.«

Alpha fuhr sich mit der Hand durch die Haare. »Ich weiß nicht. Vielleicht haben Sie recht. Bitte, tun Sie mir und sich einen Gefallen, kommen Sie in der nächsten Zeit nicht in die Stark Street. Die Polizei wird schon herausfinden, was mit Lula passiert ist. Und mit dem Ergebnis werde ich leben müssen, egal, wie es ausfällt. Aber in der Zwischenzeit muß ich Benito auf den Kampf vorbereiten. Er tritt in drei Wochen gegen Tommy Clark an. Clark ist kein gefährlicher Gegner, aber man muß so einen Kampf trotzdem ernst nehmen. Die Fans bezahlen schließlich Eintritt, sie wollen einen anständigen Fight sehen. Wenn Benito Sie entdeckt, regt er sich womöglich wieder auf. Es ist auch so schon schwer genug, ihn zum Trainieren zu bringen.«

In Alphas Büro herrschten vielleicht zehn Grad, aber der Mann hatte dunkle Flecken unter den Armen. An seiner Stelle wäre ich auch ins Schwitzen geraten. Er erlebte gerade, wie sich sein Traum in einen Alptraum verwandelte, und das wollte er einfach nicht wahrhaben.

Ich antwortete, daß ich einen Auftrag zu erledigen hätte und mich nicht von der Stark Street fernhalten könne. Damit verließ ich das Büro und ging die Treppe hinunter. Ich hockte mich auf die unterste Stufe und murmelte in Richtung Bauchnabel: »Verdammt. Das war vielleicht deprimierend.«

Auf der anderen Straßenseite hörte Morelli im Lieferwagen mit. Ich hatte keine Ahnung, was er dachte.

Um halb elf an diesem Abend klopfte Morelli an meine Tür. Er hatte einen Sechserpack Bier, eine Pizza und einen tragbaren Fernseher unter dem Arm. Die Handwerkerkluft hatte er nicht mehr an, er trug Jeans und ein marineblaues T-Shirt.

»Noch ein Tag in dem Wagen, und ich freue mich direkt auf den Knast«, sagte er.

»Ist die Pizza von Pino?«

»Was dachtest du denn?«

»Wie hast du das geschafft?«

»Pino liefert auch an Straftäter«, sagte er. »Wo ist dein Fernsehanschluß?«

»Im Wohnzimer.«

Er stellte Pizza und Bier auf den Boden, schloß das Gerät an und drückte auf die Fernbedienung. »Irgendwelche Anrufe?«

»Nichts.«

Er machte ein Bier auf. »Es ist noch früh. Ramirez läuft erst in der Nacht zu Hochform auf.«

»Ich habe mit Lula gesprochen. Sie wird nicht aussagen.«

»Wen wundert's?«

Ich hockte mich auf den Boden neben den Pizzakarton. »Hast du das Gespräch mit Jimmy Alpha mitgehört?«

»Klar, Wort für Wort. Aber sag mal, was hattest du dir für Klamotten angezogen? Was sollte das darstellen?«

»Das war mein Nuttenkostüm. Ich wollte ein bißchen Dampf machen.«

»Mensch, wegen dir sind die Kerle von der Straße abgekommen. Und wo hattest du den Sender versteckt? Unter dem Oberteil war er jedenfalls nicht. Sonst hätte ich das Heftpflaster gesehen.«

»Ich habe ihn in den Slip gesteckt.«

»Wahnsinn«, sagte Morelli. »Wenn ich ihn zurückbekomme, lasse ich ihn mit Bronze überziehen.«

Ich machte mir auch ein Bier auf und nahm ein Stück Pizza. »Was hältst du von Alpha? Meinst du, man könnte ihn vielleicht dazu bringen, gegen Ramirez auszusagen?«

Morelli schaltete mit der Fernbedienung herum, fand ein Baseballspiel und sah ein paar Sekunden zu. »Kommt darauf an, wieviel er weiß. Er hat den Kopf in den Sand gesteckt, er will nichts Genaues wissen. Dorsey hat ihm nach dir einen Besuch abgestattet, und er hat noch weniger aus ihm rausgekriegt als du.«

»Du hörst Alphas Büro ab?«

»Nein. Das habe ich bei Pino aufgeschnappt.«

Es war nur noch ein Stück Pizza übrig. Wir hatten es beide ins Auge gefaßt.

»Das setzt sich sofort in Hüftspeck um«, sagte Morelli.

Er hatte recht, aber ich nahm es mir trotzdem.

Kurz nach eins setzte ich Morelli vor die Tür und ging ins Bett. Ich schlief durch, und am nächsten Morgen hatte ich keine Nachricht auf dem Anrufbeantworter. Ich wollte gerade die Kaffeemaschine anschmeißen, als unten auf dem Parkplatz die Alarmanlage des Jeeps losging. Ich schnappte die Schlüssel, rannte aus der Wohnung und raste die Treppe hinunter. Die Fahrertür stand offen, als ich den Jeep erreichte. Die Alarmanlage jaulte. Ich schaltete sie aus, machte sie wieder scharf, schloß den Wagen ab und ging zurück nach oben.

Morelli stand in der Küche. Er beherrschte sich nur mühsam und sah so aus, als stünde er kurz vor einem Schlaganfall.

»Ich wollte doch nicht, daß jemand deinen Wagen stiehlt«, sagte ich. »Also habe ich eine Alarmanlage einbauen lassen.«

»Du wolltest nicht irgendwen abschrecken, du wolltest *mich* abschrecken. Du hast eine Alarmanlage in meinen Wagen einbauen lassen, damit ich ihn dir nicht unterm Hintern wegklauen kann.«

»Und es hat funktioniert. Was wolltest du eigentlich in unserem Wagen?«

»Es ist nicht *unser* Wagen. Es ist *mein* Wagen. Ich habe dir lediglich erlaubt, ihn zu fahren. Ich wollte Frühstück holen.«

»Warum hast du nicht den Lieferwagen genommen?«

»Weil ich mal wieder mit dem Jeep fahren wollte. Ich schwöre dir, wenn dieser Fall aufgeklärt ist, wandere ich nach Alaska aus. Es ist mir egal, was das kostet. Ich will nur so weit wie möglich weg von dir, denn wenn ich hierbleibe, erwürge ich dich, und dann bin ich wirklich wegen Mord dran.«

»Mein Gott, Morelli, du hörst dich an, als ob du unter PMS leidest. Du mußt alles ein bißchen lockerer sehen. Es ist doch bloß eine Alarmanlage. Du solltest mir dankbar sein. Ich habe sie von meinem eigenen Geld gekauft.«

»Scheiße auch, wie konnte ich nur Böses von dir denken?«

»Du hast in letzter Zeit viel durchgemacht.«

Es klopfte an der Tür, und wir zuckten zusammen.

Morelli war als erster am Spion. Er wich ein paar Schritte zurück und zog mich mit. »Es ist Morty Beyers«, flüsterte er.

Es klopfte noch einmal.

»Der kriegt dich nicht«, sagte ich. »Du gehörst mir, und ich habe keine Lust, dich zu teilen.«

Morelli schnitt eine Grimasse. »Ich bin unter dem Bett, falls du mich brauchst.«

Ich ging zur Tür und warf selbst einen Blick durch den

Spion. Zwar kannte ich Morty Beyers nicht, aber dieser Mann sah tatsächlich so aus, als ob er gerade eine Blinddarmoperation hinter sich hätte. Er war Ende Dreißig, übergewichtig und aschgrau im Gesicht. Er stand vornübergebeugt und hielt sich den Bauch. Die dünnen, rotblonden Haare, die er sich über den halbkahlen Schädel gekämmt hatte, waren klitschnaß von Schweiß.

Ich machte ihm auf.

»Morty Beyers«, sagte er und gab mir die Hand. »Sie müssen Stephanie Plum sein.«

»Müßten Sie nicht noch im Krankenhaus liegen?«

»Bei einem kaputten Blinddarm setzen sie einen nach ein paar Stunden wieder raus. Ich arbeite wieder. Man hat mir gesagt, ich wäre so gut wie neu.«

Den Eindruck machte er ganz und gar nicht. Er sah eher so aus, als wäre er auf der Treppe einem Vampir begegnet. »Tut Ihnen der Bauch noch weh?«

»Nur, wenn ich mich aufrichte.«

»Was kann ich für Sie tun?«

»Vinny hat gesagt, Sie hätten meine Fälle übernommen. Aber wo ich jetzt wieder auf dem Damm bin, dachte ich mir . . .«

»Sie wollen Ihre Akten zurück.«

»Genau. Tut mir leid, daß es bei Ihnen nicht so ganz geklappt hat.«

»Na ja, ein totaler Reinfall war es auch nicht. Zwei habe ich immerhin erwischt.«

Er nickte. »Mit Morelli sind Sie nicht weitergekommen?«

»Keinen Schritt.«

»Ich weiß, daß das komisch klingt, aber ich könnte schwören, daß sein Wagen unten vor dem Haus steht.«

»Ich habe ihn geklaut. Ich dachte, ich könnte ihn fangen, wenn er sich den Wagen zurückholen will.«

»Sie haben ihn geklaut? Im Ernst? Mann, das ist spitze.« Er lehnte sich an die Wand und hielt sich den Bauch.

»Möchten Sie sich einen Augenblick hinsetzen? Soll ich Ihnen ein Glas Wasser bringen?«

»Nein, es geht schon. Die Arbeit ruft. Ich wollte bloß die Fotos und das übrige Zeug abholen.«

Ich brachte ihm schnell die Akten aus der Küche. »Bitte schön.«

»Super.« Er klemmte sich das Material unter den Arm. »Wollen Sie den Wagen noch behalten?«

»Ich weiß nicht genau.«

»Wenn Sie Morelli auf der Straße entdecken, würden Sie ihn dann kassieren?«

»Aber klar.«

Er lächelte. »Würde ich an Ihrer Stelle genauso machen. Ich würde auch nicht aufgeben, nur weil die Frist abgelaufen ist. Unter uns gesagt, Vinny zahlt die Prämie jedem, der ihm Morelli bringt. Also dann, ich muß los. Danke.«

»Passen Sie auf sich auf.«

»Mach' ich. Ich nehme den Lift.«

Ich schloß die Tür, schob den Riegel vor und hängte die Sicherheitskette ein. Als ich mich umdrehte, stand Morelli in der Schlafzimmertür. »Meinst du, er hat gewußt, daß du hier bist?«

»Dann hätte ich längst seinen Revolver an der Schläfe. Du darfst Beyers nicht unterschätzen. Er ist nicht so dumm, wie er aussieht. Und er ist nicht halb so nett, wie er dich glauben machen will. Er war früher Bulle. Er wurde gefeuert, weil er von Prostituierten beiderlei Geschlechts kleine Gefälligkeiten verlangt hat. Bei uns hieß er nur Morty der Maulwurf.«

»Ich möchte wetten, daß Vinny und er die besten Kumpel sind.«

Ich ging ans Fenster und sah auf den Parkplatz hinunter.

Beyers untersuchte Morellis Wagen. Er schaute hinein und probierte die Türen. Er schrieb sich etwas auf einen Aktenordner. Dann richtete er sich ein bißchen auf und schaute sich auf dem Parkplatz um. Sein Blick blieb an Morellis Lieferwagen hängen. Er ging langsam hinüber und drückte sich die Nase an der Scheibe platt. Als nächstes kletterte er umständlich auf die Stoßstange und versuchte, durch die Windschutzscheibe hineinzusehen. Er trat einen Schritt zurück und starrte die Antennen an. Er ging um den Wagen herum und schrieb sich das Kennzeichen auf. Dann drehte er sich um und sah an meinem Haus hoch. Ich war mit einem Satz vom Fenster weg.

Fünf Minuten später klopfte es wieder an meiner Tür.

»Mir ist auf dem Parkplatz ein Lieferwagen aufgefallen«, sagte Beyers. »Haben Sie ihn auch bemerkt?«

»Der blaue mit den Antennen?«

»Genau. Wissen Sie, wem er gehört?«

»Nein, aber er steht schon eine ganze Weile da.«

Ich machte die Tür zu, schloß ab und beobachtete Beyers durch den Spion. Er überlegte einen Augenblick, dann klopfte er bei Mr. Wolesky. Er zeigte ihm Morellis Foto und stellte ihm ein paar Fragen. Zum Schluß bedankte er sich, gab Mr. Wolesky seine Karte und verschwand.

Ich ging wieder ans Fenster, aber Beyers tauchte nicht mehr auf dem Parkplatz auf. »Er geht von Tür zu Tür«, sagte ich.

Ich blieb auf meinem Posten, bis Beyers schließlich zu seinem Wagen hinkte, einem relativ neuen, dunkelblauen Ford Escort mit Autotelefon, und davonfuhr.

Morelli war in der Küche und steckte den Kopf in den Kühlschrank. »Beyers wird uns noch Scherereien machen. Wenn er das Kennzeichen des Lieferwagens überprüfen läßt, kann er sich alles zusammenreimen.«

»Was bedeutet das?«

»Ich muß Trenton verlassen, bis ich mir einen neuen fahrbaren Untersatz besorgt habe.« Er holte Milch und ein Rosinenbrot aus dem Kühlschrank. »Schreib's mir auf die Rechnung.« An der Tür blieb er stehen. »Ich fürchte, du bist jetzt eine Zeitlang auf dich allein gestellt. Am besten schließt du dich ein und läßt keinen in die Wohnung, dann wird dir schon nichts passieren. Die Alternative wäre, daß du mitkommst, aber wenn wir zusammen gefaßt werden, giltst du als Mittäter.«

»Ich bleibe hier. Ich schaff' das schon.«

»Versprich mir, daß du nicht vor die Tür gehst.«

»Versprochen, versprochen!«

Manche Versprechen sind nur dazu da, gebrochen zu werden. Dieses gehörte dazu. Ich hatte nicht die Absicht, Däumchen zu drehen und auf Ramirez zu warten. Es wäre mir am liebsten gewesen, wenn er sich gestern schon gemeldet hätte. Ich wollte, daß diese häßliche Geschichte ein für allemal ein Ende hatte. Ich wollte Ramirez hinter Gittern sehen. Ich wollte meine Prämie. Ich wollte endlich wieder normal leben können.

Nachdem ich noch einmal aus dem Fenster gesehen hatte, um mich zu überzeugen, daß Morelli fort war, nahm ich meine Tasche und ging. Ich fuhr in die Stark Street und parkte gegenüber vom Boxstudio. Weil ich mich doch nicht recht traute, ohne Morellis Unterstützung die Straße entlangzuspazieren, blieb ich im Auto, ließ die Fenster zu und die Türen verriegelt. Ich war überzeugt, daß Ramirez meinen Wagen mittlerweile kannte. Sicher war der rote Jeep effektiver als ein Knoten im Taschentuch.

Alle halbe Stunde schaltete ich die Klimaanlage ein, um mich abzukühlen und für etwas Abwechslung zu sorgen. Ab und zu sah ich in Jimmy Alphas Büro ein Gesicht am Fenster. Hinter den Scheiben des Boxstudios tat sich nicht halb soviel.

Um halb eins trottete Alpha über die Straße und klopfte an die Scheibe der Fahrertür.

Ich ließ sie herunter. »Tut mir leid, daß ich hier stehe,

Jimmy, aber ich muß weiter nach Morelli Ausschau halten. Dafür haben Sie doch sicher Verständnis.«

Er runzelte die Stirn. »Das ist mir zu hoch. Wenn ich hinter Morelli her wäre, würde ich seine Freunde und Verwandten beobachten. Was haben Sie nur ständig mit der Stark Street und Carmen Sanchez?«

»Ich habe eine Theorie über das, was passiert ist. Ich glaube, Benito hat Carmen genauso mißhandelt wie Lula. Hinterher hat er Ziggy und einen anderen Typen in Carmens Wohnung geschickt, die dafür sorgen sollten, daß sie keine Zicken macht. Dann ist Morelli dazugekommen und hat Ziggy wahrscheinlich in Notwehr erschossen, genauso, wie er gesagt hat. Irgendwie sind dann Carmen, der andere Typ und Ziggys Knarre verschwunden. Morelli versucht nun, sie zu finden. Ich fände es nur logisch, wenn er in der Stark Street anfinge zu suchen.«

»Das ist doch verrückt. Wie kommen Sie bloß auf diese Idee?«

»Ich habe Morellis Festnahmeprotokoll gelesen.«

Alpha verzog das Gesicht. »Was hätte Morelli denn sonst sagen sollen? Daß er Ziggy aus Jux und Dollerei abgeknallt hat? Benito bietet sich doch als Sündenbock geradezu an. Jeder weiß, daß er mit Frauen etwas grob umspringt und daß Ziggy für ihn gearbeitet hat. Morelli baut seine Ausrede nur darauf auf.«

»Und was ist mit dem fehlenden Zeugen? Er muß auch für Benito gearbeitet haben.«

»Von einem fehlenden Zeugen weiß ich nichts.«

»Er soll ein Gesicht haben, als hätte ihm einer einen Schlag mit der Bratpfanne verpaßt. So was fällt einem doch auf.«

Alpha lächelte. »Aber nicht in einem drittklassigen Boxstudio. Von denen, die da trainieren, haben die meisten eine platte Nase.« Er sah auf seine Uhr. »Ich komme zu spät zum

Essen. Sie sehen aus, als ob Ihnen heiß ist. Soll ich Ihnen etwas mitbringen? Etwas Kaltes zu trinken? Oder vielleicht ein Sandwich?«

»Es geht noch. Außerdem mache ich auch bald Mittagspause. Ich muß mal für kleine Mädchen.«

»Im ersten Stock ist ein Klo. Den Schlüssel kriegen Sie von Lorna. Sagen Sie ihr, ich hätte Sie geschickt.«

Ich fand es anständig von Alpha, daß er mir erlaubte, seine Toilette zu benutzen, aber ich wollte nicht das Risiko eingehen, von Ramirez erwischt zu werden, während ich auf dem Töpfchen saß.

Nachdem ich noch ein letztes Mal die Straße rauf- und runtergesehen hatte, fuhr ich los, um ein Fast-Food-Restaurant zu suchen. Eine halbe Stunde später stand ich wieder haargenau an derselben Stelle wie vorher, wesentlich zufriedener, aber auch doppelt so angeödet. Ich hatte mir unterwegs ein Buch besorgt, aber gleichzeitig lesen und schwitzen fiel mir schwer, und das Schwitzen hatte Vorrang.

Um drei Uhr war ich klitschnaßgeschwitzt, und meine Haare standen in wüsten Locken vom Kopf ab. Ich hatte Krämpfe in den Beinen und ein nervöses Zucken im linken Auge.

Ramirez hatte sich immer noch nicht blicken lassen. Fußgänger gab es, wenn überhaupt, nur im Schatten, und auch die verkrochen sich schnell in verräucherte, aber klimatisierte Kneipen. Ich war der einzige Vollidiot, der bei der Bruthitze in einem Auto hockte. Sogar die Nutten waren verschwunden, um sich eine kleine Crackpause zu gönnen.

Ich nahm mein Verteidigungsspray und stieg aus. Als sich die Rückenwirbel entstauchten und wieder einrenkten, stöhnte ich. Ich streckte mich und lief auf der Stelle. Ich ging ein paarmal um das Auto, bückte mich und berührte meine Fußspitzen mit den Fingern. Eine Brise wehte durch die Stark Street, und ich fühlte mich wie beschenkt. Sicher, die Abgas-

»Ich erzähl' dir lieber was vom Champ. Daß er dir Respekt beibringen wird. Daß er dich bestrafen wird, bis du gelernt hast, keine Widerworte mehr zu geben.« Er kam näher, und im Vergleich zu der Hitze, die sein Körper ausstrahlte, wirkte die Luft geradezu kühl. »Vielleicht willst du erst ein bißchen Blut sehen, bevor ich dich durchficke. Stehst du auf so was? Willst du geschlitzt werden, du Schlampe?«

Das war's. Mir reichte es. »Du wirst mir überhaupt nichts tun«, sagte ich. »Du machst mir keine Angst, und du machst mich auch nicht an.«

»Du lügst.« Er packte meinen Oberarm und drückte so fest zu, daß ich schrie.

Als ich ihm mit voller Wucht gegen das Schienbein trat, schlug er mich. Es ging so schnell, daß ich seine Hand nicht einmal kommen sah. Mir dröhnten die Ohren, und mein Kopf flog nach hinten. Ich schmeckte Blut und blinzelte ein paarmal, um wieder klar sehen zu können. Als ich kaum noch Sternchen vor den Augen hatte, sprühte ich ihm eine Ladung Sure Guard mitten ins Gesicht.

Ramirez heulte vor Schmerz und Wut. Er schlug die Hände vor die Augen und taumelte auf die Straße. Das Heulen ging in Würgen und Röcheln über, dann sackte er zu Boden. Er kroch auf allen vieren herum wie ein monströses Tier, wie ein großer, wütender, verwundeter Büffel.

Jimmy Alpha kam über die Straße gerannt, gefolgt von seiner Sekretärin und einem Mann, den ich nicht kannte.

Der Fremde kniete neben Ramirez nieder und versuchte, ihn zu beruhigen. Er sagte, in ein paar Minuten wäre alles vorbei, und riet ihm, tief durchzuatmen.

Alpha und die Sekretärin liefen zu mir.

»Um Gottes willen«, sagte Jimmy Alpha und drückte mir ein sauberes Taschentuch in die Hand. »Sind Sie verletzt? Hat er Ihnen etwas gebrochen?«

Ich hielt mir das Tuch auf den Mund und fuhr mit der Zunge über die Zähne, um zu fühlen, ob welche fehlten oder sich gelockert hatten. »Ich glaube, ich bin heil geblieben.«

»Es tut mir sehr leid«, sagte Jimmy. »Ich weiß auch nicht, was mit ihm los ist, warum er so brutal zu Frauen ist. Ich entschuldige mich für ihn. Ich weiß wirklich nicht mehr, was ich machen soll.«

Ich war nicht in der Stimmung, mir Entschuldigungen anzuhören. »Sie können alles mögliche tun«, sagte ich. »Besorgen Sie ihm einen Psychiater. Sperren Sie ihn ein. Bringen Sie ihn zum Tierarzt und lassen Sie ihn kastrieren.«

»Ich bezahle Ihnen den Arzt«, sagte Jimmy Alpha. »Wollen Sie zum Arzt?«

»Ich will zur Polizei. Ich zeige ihn an. Sie können sagen, was Sie wollen, Sie werden es mir nicht ausreden.«

»Überlegen Sie es sich bis morgen«, bat Jimmy. »Warten Sie wenigstens, bis Sie sich beruhigt haben. Noch eine Anzeige wegen Körperverletzung wäre das letzte, was er jetzt gebrauchen kann.«

12

Ich riß die Fahrertür auf und schwang mich hinters Lenkrad. Als ich losfuhr, paßte ich auf, daß ich niemanden überrollte. Ich fuhr relativ langsam, und ich sah nicht mehr zurück. An einer Ampel überprüfte ich im Rückspiegel, was ich abbekommen hatte. Meine Oberlippe war eingerissen und blutete immer noch. Auf der linken Backe bildete sich ein lila Bluterguß. Backe und Lippe waren schon leicht geschwollen.

Ich umklammerte das Lenkrad und nahm meine ganze Kraft zusammen, um ruhig zu bleiben. Erst als ich in der Hamilton Avenue war, gewissermaßen in Sichtweite von zu Hause, fühlte ich mich wieder einigermaßen sicher, und ich hielt an, um nachzudenken. Ich fuhr auf den Parkplatz eines Supermarktes und blieb eine Weile im Wagen sitzen. Ich mußte zur Polizei, um Anzeige zu erstatten, aber ich hatte Angst, den heimischen Boden wieder zu verlassen. Außerdem wußte ich nicht, wie die Polizei diesen letzten Zusammenstoß mit Ramirez bewerten würde. Sicher, er hatte mich angegriffen, aber ich hatte ihn provoziert, indem ich vor dem Boxstudio parkte. Nicht sehr clever.

Seit Ramirez neben mir aufgetaucht war, war ich wie im Rausch gewesen, doch nun verflog die Wirkung des Adrenalins allmählich, und Erschöpfung und Schmerzen machten sich bemerkbar. Der Arm und der Unterkiefer taten weh, und ich hatte das Gefühl, als wäre mein Puls auf zwölf Schläge in der Minute gesunken.

Ich sah ein, daß ich es heute nicht mehr bis zur Polizei

schaffen würde, und kramte in meiner Umhängetasche nach Dorseys Karte. Der Kriminalbeamte war wenigstens schon daran gewöhnt, daß ich ihm etwas vorjammerte. Ich wählte seine Nummer und bat um Rückruf, ohne mich genauer darüber auszulassen, worum es ging. Ich sah mich außerstande, die Geschichte zweimal zu erzählen.

Ich schleppte mich in den Supermarkt und kaufte ein Fruchteis. »Ich hatte einen Unfall«, sagte ich zu der Kassiererin. »Meine Lippe ist geschwollen.«

»Vielleicht sollten Sie zum Arzt gehen.«

Ich wickelte das Eis aus und hielt es mir an die Lippe. »Aahh«, seufzte ich. »Das ist besser.«

Ich stieg wieder in den Wagen, gab Gas, setzte rückwärts aus der Parklücke und krachte in einen Pickup-Truck. Mein ganzes Leben zog an mir vorbei. Ich war erledigt. Bitte, lieber Gott, flehte ich, bitte, keine Delle.

Der andere Fahrer und ich stiegen aus und sahen uns den Schaden an. Der Pickup hatte nicht den kleinsten Kratzer abbekommen. Keine Beule, kein Lackschaden, kein nichts. Der Cherokee sah aus, als ob ihn jemand mit dem Büchsenöffner bearbeitet hätte.

Der Fahrer des Pickup starrte auf meine Lippe. »Ehekrach?«

»Ein Unfall.«

»Ist wohl nicht Ihr Tag heute.«

»Kein Tag ist mein Tag«, sagte ich.

Da ich den Unfall verursacht hatte und sein Wagen nicht beschädigt war, verzichteten wir auf das Ritual, die Namen unserer Versicherungen auszutauschen. Ich warf noch einen letzten Blick auf die Bescherung, schüttelte mich und fuhr nach Hause. Vielleicht war es besser, Selbstmord zu begehen, als Morelli vor die Augen zu treten.

Das Telefon klingelte, als ich die Wohnungstür aufschloß. Es war Dorsey.

»Ich möchte Ramirez wegen Körperverletzung anzeigen«, sagte ich. »Er hat mir ins Gesicht geschlagen.«

»Wo ist das passiert?«

»Stark Street.« Ich erzählte ihm ganz genau, was vorgefallen war, aber ich wollte nicht, daß er vorbeikam, um meine Aussage aufzunehmen. Mir war das Risiko zu groß, daß er womöglich Morelli über den Weg lief. Ich versprach ihm, mich morgen auf dem Revier zu melden, damit der Papierkram erledigt werden konnte.

Nachdem ich geduscht hatte, genehmigte ich mir ein Töpfchen Eiskrem zum Abendessen. Alle zehn Minuten sah ich aus dem Fenster, um nach Morelli Ausschau zu halten. Ich hatte seinen Wagen in der hintersten, dunkelsten Ecke des Parkplatzes abgestellt. Wenn ich die Nacht heil überstand, würde ich ihn am nächsten Morgen als erstes zu Al in die Werkstatt fahren. Vielleicht konnte er ihn sofort reparieren. Aber wie ich das bezahlen sollte, war mir schleierhaft.

Bis elf Uhr sah ich fern, dann ging ich zu Bett. Rex' Käfig nahm ich mit, um Gesellschaft zu haben. Ramirez hatte nicht angerufen, und Morelli war auch nicht aufgetaucht. Ich wußte nicht, ob ich erleichtert oder enttäuscht sein sollte. Ich hatte keine Ahnung, ob Morelli mich noch überwachte und beschützte, wie wir es ausgemacht hatten, also schlief ich mit dem Verteidigungsspray, dem tragbaren Telefon und der Knarre auf dem Nachttisch.

Um halb sieben klingelte das Telefon. Es war Morelli.

»Zeit zum Aufstehen«, sagte er.

Ich sah auf den Wecker. »Es ist doch noch mitten in der Nacht.«

»Du wärst auch schon seit Stunden wach, wenn du in einem Nissan Sentra hättest schlafen müssen.«

»Was machst du denn in einem Sentra?«

»Ich lasse den Lieferwagen umspritzen und die Antennen

abmontieren. Ich habe mir neue Nummernschilder besorgt. Bis alles fertig ist, hat mir die Werkstatt einen Ersatzwagen geliehen. Ich habe gewartet, bis es dunkel war, und dann in der Maple Street geparkt, gleich hinter deinem Parkplatz.«

»Um meinen Leib zu bewachen?«

»Hauptsächlich um mitzuhören, wie du dich ausziehst. Was war das für ein komisches Quietschen die ganze Nacht?«

»Rex in seinem Laufrad.«

»Ich dachte, der Hamster wohnt in der Küche.«

Weil Morelli nicht wissen sollte, daß ich Angst gehabt hatte und einsam gewesen war, flunkerte ich ihm etwas vor. »Ich habe die Spüle geputzt, und er mag den Geruch von dem Reiniger nicht, deshalb habe ich ihn mit ins Schlafzimmer genommen.«

Die Stille dauerte einige Herzschläge lang.

»Ich übersetze«, sagte Morelli. »Du hattest Angst und warst einsam, und du hast Rex mitgenommen, um Gesellschaft zu haben.«

»Die Zeiten sind schwer.«

»Wem sagst du das.«

»Du willst bestimmt aus Trenton verschwinden, bevor Beyers wieder aufkreuzt.«

»Stimmt genau. Der Sentra ist zu auffällig. Den Lieferwagen kriege ich heute abend um sechs, dann komme ich wieder.«

»Bis dann also.«

»Roger und Ende.«

Ich drehte mich noch einmal aufs andere Ohr. Zwei Stunden später wurde ich von der Alarmanlage aus dem Schlaf gerissen, die unten auf dem Parkplatz jaulte. Ich sprang aus dem Bett, rannte zum Fenster, riß den Vorhang auf und sah, wie Morty Beyers die Alarmanlage mit seinem Revolvergriff kurz und klein schlug.

»Beyers!« brüllte ich durch das offene Fenster. »Was zum Teufel soll das?«

»Meine Frau hat mich verlassen, und den Escort hat sie mitgenommen.«

»Na, und?«

»Deshalb brauche ich einen Wagen. Ich wollte mir einen mieten, aber dann ist mir Morellis Jeep eingefallen. Damit kann ich ein bißchen Kohle sparen, bis ich Mona gefunden habe.«

»Mensch, Beyers, Sie können doch nicht einfach auf einen Parkplatz marschieren und sich irgendeinen Wagen schnappen! Das ist Diebstahl. Sie sind ein mieser Autodieb.«

»Na, und?«

»Wo haben Sie die Schlüssel her?«

»Wo Sie Ihre auch herhaben. Aus Morellis Wohnung. Die Ersatzschlüssel lagen auf der Kommode.«

»Damit kommen Sie nie durch.«

»Was wollen Sie denn dagegen machen? Die Polizei rufen?«

»Gott wird Sie dafür bestrafen.«

»Ich scheiß auf Gott«, sagte Beyers und rutschte hinter das Lenkrad. Er nahm sich sogar noch die Zeit, den Sitz passend einzustellen und am Radio herumzudrehen.

Was für ein arrogantes Arschloch. Nicht nur, daß er mir den Wagen klaute, er sonnte sich auch noch in seiner Unverschämtheit. Ich schnappte mir das Verteidigungsspray und rannte aus der Wohnung. Ich war barfuß und hatte nur ein Mickey-Maus-Nachthemd und einen Tanga an, aber das war mir egal.

Ich war schon aus der Tür, hatte schon einen Fuß auf dem Asphalt, als Beyers den Schlüssel im Zündschloß drehte und aufs Gaspedal trat. Den Bruchteil einer Sekunde später explodierte der Wagen mit einem ohrenbetäubenden Knall. Die Türen wirbelten wie Frisbeescheiben durch die Luft. Flammen schlugen unter dem Cherokee hervor, setzten ihn sofort in Brand und verwandelten ihn in einen Feuerball.

Ich konnte mich nicht bewegen vor Schreck. Mit offenem Mund stand ich da, während Teile des Daches und der Kotflügel ihre Flugbahn verließen und scheppernd wieder auf der Erde landeten.

In der Ferne kreischten Sirenen. Meine Mitbewohner drängten aus dem Haus, stellten sich neben mich und starrten auf den brennenden Jeep. Schwarze Rauchwolken stiegen in den Morgenhimmel auf, und eine Gluthitze wehte mir über das Gesicht.

Es gab keine Möglichkeit, Morty Beyers zu retten. Auch wenn ich sofort reagiert hätte, wäre es mir nicht gelungen, ihn aus dem Wagen zu ziehen. Vermutlich war er schon durch die Explosion getötet worden. Die Wahrscheinlichkeit, daß es sich um einen Unfall handelte, war in meinen Augen gering. Es sprach wesentlich mehr dafür, daß dieser Anschlag mir gegolten hatte.

Ein Gutes hatte die Sache allerdings auch. Ich mußte mir keine Sorgen mehr machen, daß Morelli den Blechschaden von gestern entdeckte.

Ich kämpfte mich durch die kleine Traube von Neugierigen, die sich um mich gebildet hatte. Zwei Stufen auf einmal nehmend, lief ich nach oben und schloß mich ein. Als ich hinter Beyers hergerannt war, hatte ich die Tür offenstehen lassen, deshalb durchsuchte ich jetzt mit gezogener Waffe Raum für Raum. Wenn ich auf den Kerl stieß, der Morty Beyers in die Luft gesprengt hatte, wollte ich mich erst gar nicht lange mit seinen Neurotransmittern abgeben. Ich wollte ihm lieber eine Kugel in den Bauch schießen. Ein Bauch war ein schönes großes Ziel.

Als ich mich überzeugt hatte, daß meine Wohnung sicher war, zog ich Shorts und T-Shirt an. Dann ging ich noch einmal kurz ins Badezimmer und betrachtete mich im Spiegel. Ich hatte einen blauen Fleck auf der Backe und einen kleinen Riß in der Oberlippe. Die Schwellungen waren fast völlig abgeklungen. Infolge des morgendlichen Feuers sah meine Haut so aus, als ob ich einen Sonnenbrand hätte und zusätzlich mit einem Sandstrahlgebläse bearbeitet worden wäre. Die Augenbrauen und die Haare um das Gesicht herum waren bis auf kurze Stoppeln versengt. Sehr sexy. Aber ich wollte mich nicht beklagen. Schließlich hätte ich auch tot und in sämtliche Einzelteile zerlegt in den Azaleen liegen können. Ich schnürte meine Reeboks und ging wieder nach unten.

Der Parkplatz und die angrenzenden Straßen waren voll von Feuerwehr-, Polizei- und Krankenwagen. Man hatte Absperrungen errichtet, um die Schaulustigen von den schwelenden Überresten des Jeeps fernzuhalten. Öliges, rußiges Wasser machte den Asphalt glitschig, und es roch nach verkohltem Schmorbraten. Diesen Gedankengang verfolgte ich lieber nicht weiter. Dorsey stand an der Sperre und unterhielt sich mit einem Streifenbeamten. Als er mich entdeckte, kam er herüber.

»Diese Sache gefällt mir gar nicht«, sagte er.

»Kennen Sie Morty Beyers?«

»Ja.«

»Er saß in dem Jeep.«

»Tatsächlich? Sind Sie sicher?«

»Ich habe mit ihm geredet, als der Wagen in die Luft flog.«

»Das erklärt dann wohl Ihre fehlenden Augenbrauen. Worüber haben Sie mit ihm geredet?«

»Vinnie hatte mir eine Woche Zeit gegeben, um Morelli zu fangen. Die Woche war um, und Beyers wollte sich wieder auf seine Fährte setzen. Wir haben über Morelli geredet.«

»Allzunah können Sie aber nicht neben ihm gestanden haben, sonst wären Sie jetzt Hackfleisch.«

»Ich war ungefähr hier, und wir haben uns eher angeschrien. Wir hatten eine kleine Meinungsverschiedenheit.«

Ein Streifenbeamter brachte ein verbogenes Nummernschild. »Wir haben das hier neben dem Müllcontainer gefunden«, sagte er. »Soll ich den Besitzer feststellen?«

Ich nahm ihm das Nummernschild ab. »Das können Sie sich sparen. Der Wagen gehörte Morelli.«

»Na, so was«, sagte Dorsey. »Jetzt bin ich aber gespannt.«

Ich beschloß, die Wahrheit ein wenig zu beschönigen. Womöglich war die Polizei nicht in die letzten Feinheiten der Kopfgeldjägerei eingeweiht und hätte kein Verständnis für Beschlagnahmungen gehabt. »Es war so«, sagte ich. »Ich war bei Morellis Mutter, und sie hat sich Sorgen gemacht, weil Joes Wagen nicht gefahren wurde. Sie wissen ja selbst, daß so etwas schlecht für den Motor ist. Nun ja, eines kam zum anderen, und es endete damit, daß ich mich bereit erklärt habe, den Jeep für sie zu fahren.«

»Sie haben also Morellis Wagen benutzt, um seiner Mutter einen Gefallen zu tun?«

»Ja. Er hatte sie gebeten, sich darum zu kümmern, aber sie hatte keine Zeit dazu.«

»Sehr edel von Ihnen.«

»Man tut, was man kann.«

»Und weiter?«

Ich erzählte ihm den Rest. Ich erklärte ihm, daß Beyers von seiner Frau verlassen worden war, daß er versucht hatte, den Wagen zu klauen, daß er den Fehler gemacht hatte, »Ich scheiß auf Gott« zu sagen, und daß daraufhin der Wagen explodiert war.

»Meinen Sie etwa, Gott hat Beyers in die Luft gesprengt, weil er sich über ihn geärgert hat?«

»Das wäre eine Theorie.«

»Wenn Sie aufs Revier kommen, um Ihre Aussage im Fall Ramirez zu vervollständigen, müssen wir uns noch ein bißchen ausführlicher über diese Geschichte hier unterhalten.«

Einige Minuten später ging ich zurück in die Wohnung. Ich

wollte nicht unbedingt dabeisein, wenn sie die Teile zusammenkehrten, die einmal Morty Beyers gewesen waren.

Bis zum Mittag saß ich bei zugezogenem Vorhang vor dem Fernseher, weil ich von dem Tatort unter meinem Fenster nichts sehen wollte. Ab und zu ging ich ins Badezimmer und überprüfte im Spiegel, ob meine Augenbrauen schon wieder nachgewachsen waren.

Um zwölf Uhr zog ich schließlich den Vorhang wieder auf und riskierte einen Blick auf den Parkplatz. Der Cherokee war entfernt worden, und von den Polizisten waren nur noch zwei Mann übriggeblieben. Es hatte den Anschein, als ob sie für die Handvoll Autos, die von umherfliegenden Trümmern getroffen worden waren, Schadensprotokolle schrieben.

Der Fernsehmorgen hatte mich so weit abgestumpft, daß ich mich wieder einsatzfähig fühlte, also duschte ich, zog mir etwas an und hütete mich davor, mich in Gedanken an Tod und Bomben zu verlieren.

Irgendwie mußte ich aufs Polizeirevier, aber ich hatte keinen Wagen mehr. Ich hatte noch ein paar Dollars in der Tasche, aber keinen müden Cent auf dem Bankkonto. Meine Kreditkarten waren eingezogen worden. Ich mußte unbedingt einen Kautionsflüchtling schnappen.

Ich rief Connie an und erzählte ihr, was mit Morty Beyers passiert war.

»Jetzt sieht Vinnie aber ganz schön alt aus«, sagte Connie. »Erst wird Ranger angeschossen, und nun ist auch noch Beyers ausgefallen. Die beiden waren unsere besten Agenten.«

»Tja. Traurige Sache. Dann hat Vinnie also nur noch mich.«

Am anderen Ende der Leitung blieb es einen Augenblick still. »Ich will nicht hoffen, daß du Morty aus dem Weg geräumt hast.«

»Morty hat sich eher selbst aus dem Weg geräumt. Hast du

vielleicht einen leichten Fall für mich? Ich muß unbedingt schnell zu Geld kommen.«

»Ich könnte dir einen Exhibitionisten anbieten, für den wir zweitausend Dollar Kaution gestellt haben. Den haben sie schon aus drei Altersheimen rausgeschmissen. Im Moment hat er irgendwo eine Wohnung.« Sie blätterte in ihren Unterlagen. »Da hätten wir ihn«, sagte sie. »Das ist ja ein Ding. Er wohnt bei dir im Haus.«

»Wie heißt er?«

»William Earling. Apartment 3E.«

Ich schnappte mir meine Tasche, schloß hinter mir ab und stieg die Treppe hoch. Als ich die richtige Apartmentnummer gefunden hatte, klopfte ich an Earlings Tür. Ein Mann machte mir auf. Sofort kam mir der Verdacht, daß es sich bei ihm um den Gesuchten handelte. Er war nämlich alt und nackt. »Mr. Earling?«

»Ja, das bin ich. Bin ich nicht gut bestückt, Häschen? Findest du nicht auch, daß ich ein beeindruckendes Gemächte habe?«

Obwohl ich mir befahl, nicht hinzusehen, konnte ich nichts dagegen machen, daß mein Blick wie von selbst ein Stück südwärts wanderte. Sein Gemächte war alles andere als beeindruckend, es war verschrumpelt. »Doch, ich bin überwältigt«, sagte ich und gab ihm meine Karte. »Ich komme vom Kautionsbüro Vincent Plum. Sie sind nicht zur Ihrer Verhandlung erschienen, Mr. Earling. Ich muß Sie mitnehmen, damit ein neuer Termin festgesetzt werden kann.«

»Diese verdammten Verhandlungen sind doch die reinste Zeitverschwendung«, sagte Earling. »Ich bin sechsundsiebzig Jahre alt. Meinen Sie etwa, die stecken einen sechsundsiebzig Jahre alten Mann in den Knast, nur weil er seinen Schwengel gezeigt hat?«

Das hoffte ich sehr. Der Anblick des nackten Earling reichte aus, mich in den Zölibat zu treiben. »Ich muß Sie mitnehmen. Könnten Sie sich vielleicht etwas anziehen?«

»Ich ziehe mich nie an. Der liebe Gott hat mich nackt in die Welt gesetzt, und nackt will ich sie auch wieder verlassen.«

»Das soll mir recht sein. Aber bis es soweit ist, könnten Sie sich doch etwas überwerfen.«

»Wenn ich mitkomme, dann nur nackt.«

Ich holte die Handschellen aus der Tasche und legte sie ihm an.

»Polizeibrutalität, Polizeibrutalität!« schrie er.

»Tut mir leid, Sie enttäuschen zu müssen«, sagte ich. »Ich bin nicht von der Polizei.«

»Was sind Sie denn dann?«

»Kopfgeldjägerin.«

»Kopfgeldjägerbrutalität. Kopfgeldjägerbrutalität.«

Ich fand einen langen Regenmantel an seiner Garderobe, wickelte ihn darin ein und knöpfte ihn zu.

»Ich komme nicht mit«, sagte er und blieb stocksteif stehen, die gefesselten Hände unter dem Regenmantel. »Sie können mich nicht zwingen.«

»Hör zu, Opa«, sagte ich. »Entweder du kommst freiwillig mit, oder ich sprüh' dich mit meinem K.-o.-Gas ein und schleife dich an den Füßen hinter mir her.«

Nicht zu fassen, daß ich in diesem Ton mit einem schneckenschwänzigen Senioren redete. Ich war über mich selbst entsetzt, aber darauf konnte ich im Moment keine Rücksicht nehmen. Schließlich sprangen bei diesem Job zweihundert Dollar für mich raus.

»Vergessen Sie nicht abzuschließen«, sagte er. »Die Nachbarschaft ist auch nicht mehr das, was sie mal war. Die Schlüssel liegen in der Küche.«

Als ich sie holte, entdeckte ich auf einem der Schlüssel ein kleines Buick-Logo. Was für ein Glück. »Da wäre noch etwas«, sagte ich. »Würde es Ihnen etwas ausmachen, wenn wir Ihren Wagen nehmen?«

»Das geht schon in Ordnung, solange wir nicht zuviel Benzin verbrauchen. Ich habe nur eine kleine Rente.«

Ich lieferte Mr. Earling in Rekordzeit auf dem Revier ab, ohne Dorsey in die Arme zu laufen. Anschließend fuhr ich im Büro vorbei, um meinen Scheck abzuholen, und hielt unterwegs noch schnell bei der Bank, um ihn einzulösen. Ich parkte Mr. Earlings Wagen so nah wie möglich am Haus, damit er nicht so weit zu laufen hatte, wenn er sich nach seinem Gefängnisaufenthalt das nächste Mal entblößen ging. Ich wollte nicht mehr von Mr. Earling sehen als unbedingt nötig.

Ich lief nach oben und rief meine Mutter an. Mir graute bei dem Gedanken an das, was ich nun tun mußte.

»Ist Daddy mit dem Taxi unterwegs?« fragte ich. »Ich müßte wohin.«

»Er hat heute frei. Er steht neben mir. Wohin möchtest du denn?«

»Zu einem Apartmenthaus an der Route 1.« Wieder überkam mich das kalte Grausen.

»Jetzt gleich?«

»Ja.« Ein tiefer Seufzer. »Jetzt gleich.«

»Heute abend gibt es gefüllte Muschelnudeln. Hast du Lust auf Nudeln?«

Kaum zu glauben, wie sehr ich mir diese Nudeln plötzlich wünschte. Mehr noch als Sex, ein schnelles Auto, eine kühle Nacht oder Augenbrauen. Für kurze Zeit wollte ich wieder ein Kind sein. Ich wollte mich bedingungslos geborgen fühlen. Meine Mom sollte um mich herumglucken, mir ein Glas Milch geben und mich von meinen alltäglichen Pflichten befreien. Ich sehnte mich nach ein paar friedlichen Stunden in einem Haus voller appetitlicher Küchengerüche und viel zu vielen weichen Polstermöbeln. »Gefüllte Nudeln wären toll.«

Eine Viertelstunde später wartete mein Vater am Hintereingang auf mich. Als er mich sah, erschrak er.

»Auf unserem Parkplatz hat es einen Unfall gegeben«, sagte ich. »Ein Auto ist in Flammen aufgegangen, und ich stand zu nah dabei.« Ich nannte ihm mein Fahrziel und bat ihn, unterwegs an einem K-Markt anzuhalten. Eine halbe Stunde später setzte er mich auf Morellis Parkplatz ab.

»Richte Mom aus, daß ich um sechs Uhr da bin«, sagte ich.

Er warf einen Blick auf den Nova und einen anderen auf das Motoröl, das ich unterwegs gekauft hatte. »Vielleicht warte ich lieber noch, ob er anspringt.«

Ich gab dem Wagen drei Dosen Öl zu saufen und überprüfte den Ölstand. Dann machte ich meinem Vater das Okayzeichen. Er schien nicht sonderlich beeindruckt. Ich setzte mich hinter das Lenkrad, schlug einmal kräftig mit der Faust aufs Armaturenbrett und ließ den Motor an. »Die Kiste läßt mich nicht im Stich«, rief ich.

Mein Vater rührte sich immer noch nicht vom Fleck, und ich wußte, daß er dachte, ich hätte mir lieber einen Buick kaufen sollen. Auf einen Buick war immer Verlaß. Wir fuhren gleichzeitig los, er auf die Route 1, ich in Richtung Auspuffservice. Ich kam an einem Howard-Johnson-Hotel vorbei, an einem Campingplatz und an einer Hundepension. Die anderen Fahrer hielten respektvoll Abstand, weil sie sich nicht in meine stinkende Abgaswolke wagten. Als ich nach sieben Meilen das gelbblaue Schild des Auspuffdienstes erblickte, jubelte ich.

Obwohl ich meine Sonnenbrille aufsetzte, um meine Augenbrauen zu verstecken, sah mich der Angestellte zweimal an. Ich füllte die Formulare aus, gab ihm die Schlüssel und setzte mich in das kleine Wartezimmer, das für die Eltern kranker Autos reserviert war. Fünfundvierzig Minuten später war ich wieder auf der Straße. Den Qualm bemerkte ich nur, wenn ich an einer Kreuzung hielt, und das rote Lämpchen blinkte fast gar nicht mehr. Mehr war für mein Geld auch wahrscheinlich nicht zu erwarten.

Kaum hatte ich einen Fuß auf die Veranda gesetzt, legte meine Mutter auch schon los. »Jedesmal, wenn ich dich sehe, siehst du noch schlimmer aus. Blaue Flecken, aufgeplatzte Lippe, und was ist das jetzt wieder? Was ist mit deinen Haaren passiert? Ach, du großer Gott, du hast ja gar keine Augenbrauen mehr. Was hast du mit deinen Augenbrauen gemacht? Dein Vater hat gesagt, bei dir hätte es gebrannt.«

»Nur unten auf dem Parkplatz. Nicht der Rede wert.«

»Ich habe es im Fernsehen gesehen«, sagte Grandma Mazur, die sich unter Einsatz der Ellenbogen an meiner Mutter vorbeizwängte. »Sie haben gesagt, daß es eine Bombe war. Ein Wagen ist in die Luft geflogen. Und in dem Wagen saß ein Mann. Irgendso ein Schleimer, der Beyers hieß. Hinterher war nicht mehr viel von ihm übrig.«

Grandma Mazur trug eine pink und orange bedruckte Baumwollbluse, in deren Ärmel ein Taschentuch steckte, eine knallblaue Radlerhose, weiße Tennisschuhe und Strümpfe, die sie bis zu den Knöcheln hinuntergerollt hatte.

»Schicke Shorts«, sagte ich. »Tolle Farbe.«

»In dem Aufzug ist sie heute in die Leichenhalle gegangen!« rief mein Vater aus der Küche. »Zu Tony Mancusos Aufbahrung.«

»Das war ein Erlebnis«, sagte Grandma Mazur. »Der Veteranenverband war da. Eine schönere Aufbahrung habe ich den ganzen Monat noch nicht gesehen. Und Tony hat wirklich gut ausgesehen. Er hatte einen Schlips mit kleinen Pferdeköpfchen umgebunden.«

»Bis jetzt haben schon sieben Leute angerufen«, sagte meine Mutter. »Ich habe allen erzählt, Großmutter hätte heute morgen vergessen, ihre Medizin zu nehmen.«

Grandma Mazur klapperte mit ihrem Gebiß. »Die haben hier

doch keine Ahnung von Mode. Man darf nie was Ausgefallenes anziehen.« Sie sah auf ihre Shorts. »Was meinst du?« fragte sie mich. »Findest du nicht auch, daß man am Nachmittag in solchen Sachen zu einer Aufbahrung gehen kann?«

»Natürlich«, sagte ich. »Aber abends würde ich lieber in Schwarz gehen.«

»Ganz meine Meinung. Als nächstes muß ich mir eine schwarze Radlerhose besorgen.«

Um acht Uhr hatte ich genug vom guten Essen und von weichen Polstermöbeln. Ich war bereit, das Kreuz der Selbständigkeit wieder auf mich zu nehmen. Bepackt mit den Resten fuhr ich nach Hause.

Fast den ganzen Tag über hatte ich es vermieden, an die Explosion zu denken, aber nun wurde es allmählich Zeit, den Tatsachen ins Gesicht zu sehen. Jemand hatte versucht, mich umzubringen, und dieser Jemand war nicht Ramirez gewesen. Ramirez wollte mir weh tun und mich winseln hören. Ramirez machte mir angst und ekelte mich an, aber er war berechenbar. Ich wußte, was Ramirez wollte. Ramirez war ein gemeingefährlicher Irrer.

Aber es gehörte eine völlig andere Art von Wahnsinn dazu, eine Autobombe einzubauen. Ein solcher Anschlag war überlegt und zielgerichtet. Mit einer Bombe wollte man die Welt von einer ganz bestimmten, lästigen Person befreien.

Warum ausgerechnet mich? Warum wollte mich jemand tot sehen? Schon bei der Formulierung dieser Fragen liefen mir kalte Schauer über den Rücken.

Als ich den Nova mitten auf dem Parkplatz abstellte, fragte ich mich, ob ich wohl am nächsten Tag den Mut haben würde, aufs Gaspedal zu treten. Morellis Wagen war weggeschafft worden, und von dem Feuer waren kaum noch Spuren zu sehen. Der Asphalt war rissig und aufgesprungen, wo der Jeep gebrannt hatte, aber ansonsten wiesen weder irgendwelche Polizeimarkierungen noch verkohlte Überreste auf den Ort des Anschlags hin.

Als ich in die Wohnung kam, sah ich, daß der Anrufbeantworter blinkte. Dorsey, der dreimal versucht hatte, mich zu erreichen, bat um einen Rückruf. Er klang nicht besonders freundlich. Bernie hatte angerufen, um mir sein neuestes Sonderangebot durchzugeben. Mixer waren um zwanzig Prozent reduziert, und für die ersten zwanzig Käufer gab es eine Flasche Daiquiri gratis dazu. Bei dem Gedanken an einen Daiquiri bekam ich glasige Augen. Ich hatte noch ein paar Dollars übrig, und ein Mixer würde bestimmt nicht die Welt kosten. Der letzte Anruf war von Jimmy Alpha, der sich noch einmal entschuldigen wollte. Er hoffte, daß Ramirez mich nicht schwer verletzt hatte.

Ich sah auf die Uhr. Kurz vor neun. Ich würde es nicht mehr schaffen, in den Laden zu kommen, bevor Bernie Feierabend machte. Zum Heulen. Mit einem Daiquiri hätte ich bestimmt sehr viel klarer denken können. Wahrscheinlich wäre mir dann auch eingefallen, wer es darauf abgesehen haben konnte, mich in eine Erdumlaufbahn zu schießen.

Ich machte den Fernseher an und setzte mich davor, aber ich war nicht bei der Sache. Meine Gedanken kreisten nur noch um mögliche Attentäter. Von den Kautionsflüchtlingen, die ich geschnappt hatte, kam höchstens Lonnie Dodd in Frage, und der saß im Knast. Es war wesentlich wahrscheinlicher, daß der Anschlag etwas mit dem Kulesza-Mord zu tun hatte. Irgend jemand sah es nicht gern, daß ich meine Nase in die Angelegenheit steckte. Mir fiel keiner ein, dem ich so sehr in die Quere gekommen war, daß er mich umbringen wollte. Der Tod war schon eine verdammt ernste Sache.

Sicher hatte ich irgend etwas Wichtiges übersehen. Etwas, was mit Carmen oder Kulesza oder Morelli zu tun hatte. Oder vielleicht auch mit dem geheimnisvollen Zeugen.

Im Hinterkopf machte sich ein häßlicher kleiner Gedanke bemerkbar. Soweit ich sehen konnte, stellte ich nur für einen einzigen Menschen eine echte, tödliche Gefahr dar. Und dieser Mensch war Morelli.

Gegen elf klingelte das Telefon, und ich nahm ab, bevor sich der Anrufbeantworter einschalten konnte.

»Bist du allein?« fragte Morelli.

Ich zögerte. »Ja.«

»Wieso sagst du das nicht gleich?«

»Wie stehst du eigentlich zu Mord?«

»Kommt drauf an, an wem.«

»An mir zum Beispiel.«

»Bei dem Gedanken wird's mir warm ums Herz.«

»Ich dachte nur.«

»Ich bin gleich oben.«

Ich stopfte das Verteidigungsspray in den Hosenbund und hängte mein T-Shirt darüber. Als ich Morelli durch den Spion im Hausflur entdeckte, machte ich die Tür auf. Von Tag zu Tag sah er ein kleines bißchen schlechter aus. Er mußte dringend mal zum Friseur, und er schien sich eine Woche lang nicht mehr rasiert zu haben, dabei waren es bestimmt nur zwei Tage. Seine Jeans und sein T-Shirt sahen aus wie die eines Obdachlosen.

Er schloß die Tür hinter sich. Dann sah er sich mein versengtes, zerschrammtes Gesicht und die blauen Flecken auf meinem Arm an und zog ein grimmiges Gesicht. »Willst du es mir erzählen?«

»Die gesprungene Lippe und die Blutergüsse habe ich Ramirez zu verdanken. Wir hatten ein kleines Handgemenge, aber ich glaube, ich habe gewonnen. Ich habe ihn angespritzt. Da ist er auf die Straße gekippt und mußte kotzen.«

»Und die Augenbrauen?«

»Hmm. Das ist etwas komplizierter.«

»Was ist passiert?«

»Dein Wagen ist in die Luft geflogen.«

Sekundenlang reagierte er überhaupt nicht. »Kannst du das noch einmal wiederholen?« fragte er schließlich.

»Die gute Nachricht zuerst. Du brauchst dir keine Gedanken mehr wegen Morty Beyers zu machen.«

»Und die schlechte?«

Ich nahm das Kfz-Kennzeichen von der Arbeitsplatte in der Küche und gab es ihm. »Das ist alles, was von deinem Wagen übrig ist.«

Sprachlos vor Entsetzen starrte er das Nummernschild an.

Ich erzählte ihm, daß Morty Beyers von seiner Frau verlassen worden war, ich erzählte ihm von der Bombe und den drei Anrufen, die ich von Dorsey bekommen hatte.

Er kam zu dem gleichen Schluß wie ich. »Das war nicht Ramirez.«

»Ich habe mir eine Liste von allen Leuten gemacht, die mich am liebsten tot sehen würden. Dein Name stand an oberster Stelle.«

»So was würde mir nur in meinen kühnsten Träumen einfallen«, sagte er. »Wen hattest du sonst noch auf deiner Liste?«

»Lonnie Dodd, aber ich glaube, der sitzt noch im Kittchen.«

»Hast du Todesdrohungen erhalten? Von Exfreunden oder Exmännern? Hast du vielleicht in letzter Zeit jemanden überfahren?«

Diese Frage schien mir keiner Antwort würdig.

»Okay«, sagte er. »Du glaubst also, daß es mit dem Kulesza-Mord zu tun hat?«

»Ja.«

»Hast du Angst?«

»Ja.«

»Gut. Dann bist du wenigstens vorsichtig.« Er machte den Kühlschrank auf, nahm die Reste, die meine Mutter mir mitgegeben hatte, heraus und schlang sie kalt herunter. »Du mußt auf der Hut sein, wenn du mit Dorsey redest. Wenn er rauskriegt, daß du mit mir zusammenarbeitest, kriegt er dich wegen Beihilfe dran.«

»Ich habe das dumpfe Gefühl, daß du mich zu einem Vertrag überredet hast, der nicht in meinem Interesse ist.«

Morelli machte sich eine Dose Bier auf. »Du kriegst die zehntausend Dollar nur, wenn ich mich von dir abliefern lasse. Und ich lasse mich erst von dir abliefern, wenn ich beweisen kann, daß ich unschuldig bin. Wenn du aussteigen willst, brauchst du es mich bloß wissen zu lassen. Aber dann kannst du deiner Prämie Lebewohl sagen.«

»Tolle Einstellung.«

Er schüttelte den Kopf. »Eine realistische.«

»Ich hätte dich schon x-mal betäuben können.«

»Das glaube ich kaum.«

Ich riß das Spray heraus, aber bevor ich zielen konnte, hatte er mir die Dose aus der Hand gerissen und quer durch die Küche geworfen.

»Das zählt nicht«, sagte ich. »Du warst darauf gefaßt.«

Er stellte seinen Teller in die Spülmaschine. »Ich bin immer auf alles gefaßt.«

»Wie geht es jetzt weiter?«

»Genauso wie bisher. Offensichtlich haben wir bei irgend jemandem einen wunden Punkt getroffen.«

»Ich spiele nicht gern die Zielscheibe.«

»Du willst doch jetzt nicht kneifen, oder?« Er machte es sich vor dem Fernseher bequem und schaltete von einem Kanal zum anderen. Er lehnte mit dem Rücken an der Wand und hatte ein Bein angewinkelt. Er sah müde aus. Als er eine Talkshow gefunden hatte, schloß er die Augen. Sein Atem ging immer tiefer und gleichmäßiger, bis ihm der Kopf auf die Brust sackte.

»Jetzt könnte ich dich betäuben«, flüsterte ich.

Er hob den Kopf, aber er machte die Augen nicht auf. Ein Lächeln kräuselte seine Mundwinkel. »Das ist nicht dein Stil, Zuckerstückchen.«

Als ich um acht Uhr aufstand, saß er immer noch vor dem Fernseher auf dem Fußboden und schlief. Ich schlich auf Zehenspitzen an ihm vorbei und ging joggen. Als ich wieder zurückkam, las er die Zeitung und trank Kaffee.

»Schreiben sie was über die Autobombe?« fragte ich.

»Artikel und Fotos auf Seite drei. Sie sagen, daß die Ursache der Explosion noch ungeklärt ist. Nichts besonders Interessantes.« Er sah mich über die Zeitung hinweg an. »Dorsey hat dir schon wieder aufs Band gesprochen. Vielleicht solltest du dich lieber doch mal erkundigen, was er will.«

Ich duschte mich rasch, zog mir etwas Frisches an, klatschte mir ein bißchen Aloe-Vera-Creme in das blasige Gesicht und folgte meiner schuppigen Nase zur Kaffeekanne. Ich trank eine halbe Tasse, während ich die Comics las, dann rief ich Dorsey an.

»Wir haben inzwischen den Laborbericht«, sagte er. »Es war mit Sicherheit eine Bombe. Die Arbeit eines Profis. Andererseits kann man sich natürlich in jeder Bücherei Anleitungen zum professionellen Bombenbau holen. Man könnte sich sogar eine Atombombe basteln, wenn man wollte. Aber ich dachte, es würde Sie trotzdem interessieren.«

»So etwas hatte ich schon vermutet.«

»Fällt Ihnen jemand ein, der dazu fähig wäre?«

»Niemand Bestimmtes.«

»Morelli vielleicht?«

»Möglich ist alles.«

»Ich habe Sie gestern nicht auf dem Revier gesehen.«

Er wollte mich aushorchen. Er wußte, daß etwas faul war. Er wußte nur noch nicht, was. Willkommen im Club, Dorsey. »Ich werde zusehen, daß ich es heute schaffe.«

»Nehmen Sie es sich ernsthaft vor.«

Ich legte auf und goß mir Kaffee nach. »Dorsey möchte, daß ich aufs Revier komme.«

»Und? Gehst du hin?«

»Nein. Er würde mir nur Fragen stellen, die ich nicht beantworten kann.«

»Du solltest heute morgen wieder eine Schicht in der Stark Street einlegen.«

»Heute morgen nicht. Ich habe schon etwas anderes vor.«

»Was denn?«

»Etwas Privates.«

Er zog eine Augenbraue hoch.

»Ich möchte noch ein paar Dinge regeln . . . Nur für den Fall des Falles.«

»Für den Fall was für eines Falles?«

Ich machte eine gereizte Geste. »Für den Fall, daß mir etwas zustößt. Seit zehn Tagen werde ich von einem professionellen Sadisten verfolgt, und jetzt stehe ich auch noch auf der Abschußliste eines Bombenlegers. Ich fühle mich unsicher, okay? Laß mich bitte ein bißchen in Frieden, Morelli. Ich möchte ein paar Leute besuchen. Ich möchte ein paar persönliche Dinge regeln.«

Vorsichtig schälte er mir einen Streifen loser Haut von der Nase. »Dir wird schon nichts passieren«, sagte er leise. »Ich verstehe, daß du Angst hast. Ich kriege auch manchmal kalte Füße. Aber wir sind die Guten, und die Guten gewinnen immer.«

Ich kam mir wie ein gemeines Biest vor. Morelli war so nett zu mir, dabei wollte ich in Wahrheit nichts weiter, als zu Bernies Laden zu fahren und mir eine Gratisflasche Daiquiri holen.

»Wie willst du das alles ohne den Jeep schaffen?« fragte er.

»Ich habe mir den Nova wieder geholt.«

Er zuckte zusammen. »Du hast aber hoffentlich nicht hinterm Haus geparkt.«

»Doch. Ich dachte mir, der Bombenleger weiß bestimmt nicht, daß es mein Auto ist.«

»Ach, du meine Güte.«

»Ich muß mir bestimmt keine Sorgen machen«, sagte ich.

»Nein, natürlich nicht. Aber ich komme trotzdem mit runter, um auf Nummer Sicher zu gehen.«

Ich suchte meine Sachen zusammen, überprüfte die Fenster und schaltete den Anrufbeantworter ein. Morelli wartete an der Tür auf mich. Wir gingen nach unten, und als wir den Nova erreichten, blieben wir gleichzeitig stehen.

»Auch wenn der Bombenleger wüßte, daß es dein Wagen ist, müßte er ziemlich blöd sein, wenn er es zweimal mit dem gleichen Trick probieren würde«, sagte Morelli. »Statistisch gesehen kommt der zweite Anschlag meistens aus einer anderen Richtung als der erste.«

Das hörte sich durchaus plausibel an, trotzdem waren meine Füße wie festgeklebt, und das Herz schlug mir bis zum Hals. »Also gut. Jetzt geht's los«, sagte ich. »Jetzt oder nie.«

Morelli legte sich auf den Bauch und untersuchte den Nova von unten.

»Siehst du was?« fragte ich.

»Eine riesige Ölpfütze.« Er kam wieder unter dem Wagen hervorgekrochen.

Ich machte die Motorhaube auf und überprüfte den Ölstand. Wunder über Wunder, der Wagen brauchte Öl. Ich gönnte ihm zwei Dosen und knallte die Haube wieder zu.

Morelli hatte sich inzwischen hinter das Lenkrad geklemmt. »Geh ein paar Schritte zurück«, sagte er.

»Kommt gar nicht in Frage. Das ist mein Wagen. Ich lasse den Motor an.«

»Wenn schon einer von uns in die Luft fliegen muß, dann

ich. Ich bin sowieso so gut wie tot, wenn ich den fehlenden Zeugen nicht auftreiben kann. Geh weg von dem Wagen.«

Er drehte den Schlüssel im Zündschloß. Nichts passierte. Er sah mich an.

»Manchmal muß man ihm erst eine vor den Latz knallen«, sagte ich.

Er drehte den Zündschlüssel noch einmal herum und schlug mit der Faust kräftig aufs Armaturenbrett. Hustend sprang der Motor an.

Morelli legte den Kopf aufs Lenkrad und machte die Augen zu. »Scheiße.«

Ich sah zu ihm hinein. »Ist mein Sitz naß?«

»Wie witzig.« Er stieg aus und hielt mir die Tür auf. »Soll ich dir folgen?«

»Nein. Es geht schon. Danke.«

»Ich bin in der Stark Street, wenn du mich brauchst. Wer weiß? Vielleicht kreuzt der Zeuge im Boxstudio auf.«

Vor Bernies Laden standen die Kauflustigen nicht gerade Schlange. Wahrscheinlich kam ich noch früh genug für die Flasche Daiquiri.

»Hallo«, sagte Bernie. »Wen haben wir denn da?«

»Schönen Dank für deine Nachricht wegen des Mixers.«

»Es handelt sich um dieses Prachtstück«, sagte er und tätschelte ein Vorführgerät. »Er hackt Nüsse und Eis, püriert Bananen und mixt einen spitzenmäßigen Daiquiri.«

Ich warf einen Blick auf das Preisschild. Der Mixer war erschwinglich. »Gekauft. Kriege ich jetzt eine Flasche Daiquiri gratis?«

»Aber klar.« Er ging mit einem originalverpackten Mixer zur Kasse, steckte ihn in eine Tüte und tippte den Preis ein. »Und wie geht's dir sonst?« fragte er vorsichtig, den Blick auf die Haarstoppeln geheftet, die einmal meine Augenbrauen gewesen waren.

»Es ist mir schon bessergegangen.«

»Ein Daiquiri hilft bestimmt.«

»Keine Frage.«

Auf der anderen Straßenseite putzte Sal sein Schaufenster. Er sah nett aus, korpulent, mit Stirnglatze und einer weißen Metzgerschürze vor dem Bauch. Soweit ich wußte, war er ein illegaler Buchmacher. Ein kleiner Fisch, nichts Besonderes. Ich hatte nicht den Eindruck, daß er für eine größere Organisation arbeitete. Warum fuhr ein Typ wie Kulesza, dessen ganzes Leben um die Stark Street kreiste, quer durch die Stadt, um Sal zu besuchen? Ich hatte zwar einige Informationen über Kulesza gesammelt, aber über sein Privatleben wußte ich rein gar nichts. Daß er bei Sal einkaufte, war das einzige halbwegs interessante Detail, das ich bis jetzt ausgegraben hatte. Vielleicht wettete er heimlich. Vielleicht waren Sal und er alte Freunde. Vielleicht waren sie verwandt. Wenn ich es mir recht überlege, war es nicht einmal ganz ausgeschlossen, daß Sal etwas über Carmen oder den Mann mit der platten Nase wußte.

Ich schwatzte noch ein paar Minuten mit Bernie, während ich mich mit der Idee anfreundete, Sal zu befragen. Als eine Frau den Laden betrat und etwas einkaufte, kam mir ein Gedanke. Wenn ich ihrem Beispiel folgte, hätte ich einen guten Vorwand, mich ein wenig umzuschauen.

Ich versprach Bernie, irgendwann wiederzukommen und noch größere, bessere Elektrogeräte zu kaufen. Dann ging ich über die Straße in Sals Metzgerei.

13

Ich stieß die Tür zu Sals Laden auf und stellte mich vor die lange Glastheke, in der die Steaks, Hackfleischpasteten und Rollbraten lagen.

Sal lächelte mich freundlich an. »Was darf es sein?«

»Ich habe mir gerade bei Bernie Kuntz einen Mixer gekauft.« Ich zeigte ihm die Tüte. »Und da dachte ich, ich nehme mir bei Ihnen gleich noch was zum Abendessen mit.«

»Würstchen? Frischen Fisch? Ein schönes Stück Hähnchen?«

»Fisch.«

»Ich habe fangfrische Jersey-Flundern.«

Wahrscheinlich leuchteten sie im Dunkeln. »Flunder wäre fein. Genug für zwei Personen, bitte.«

Irgendwo hinter dem Verkaufsraum ging eine Tür auf, und ich hörte das Brummen eines Lastwagenmotors. Die Tür fiel wieder zu, und der Motorenlärm war wie abgeschnitten.

Plötzlich betrat ein Mann durch eine Nebentür den Laden, und schon schlug mein Herz dreimal so schnell wie normal. Der Mann hatte nicht nur eine gebrochene Nase, sein ganzes Gesicht war platt. Als ob er einen Schlag mit einer Bratpfanne abbekommen hätte. Ich wußte nicht, aber ich vermutete stark, daß ich den fehlenden Zeugen gefunden hatte.

Ich war hin und her gerissen. Einerseits wäre ich am liebsten aufgeregt herumgehüpft, andererseits wollte ich die Beine in die Hand nehmen und flüchten, bevor sie mich zu Gulasch und Hackbraten verarbeiten konnten.

»Ich habe eine Lieferung für dich«, sagte der Mann zu Sal. »Soll ich sie ins Lager stellen?«

»Ja«, sagte Sal. »Und nimm auch die beiden Fässer mit, die neben der Tür stehen. Das eine ist ziemlich schwer. Du wirst dafür die Karre brauchen.«

Nun widmete Sal sich wieder dem Fisch. »Wie wollen Sie die Filets zubereiten?« fragte er. »Sie können sie braten, backen oder auch füllen. Ich mag sie am liebsten in Bierteig ausgebakken.«

Ich hörte, wie die hintere Tür ins Schloß fiel. »Wer war das?« fragte ich.

»Louis. Er bringt mir immer das Fleisch aus Philly.«

»Und was nimmt er in den Fässern mit?«

»Manchmal hebe ich die Abfälle auf. Sie machen Hundefutter daraus.«

Ich mußte mich zusammennehmen, um nicht einfach zur Tür hinauszustürmen. Ich hatte den Zeugen gefunden! Ich war mir vollkommen sicher. Als ich den Nova erreichte, war mir schwindelig vor lauter Selbstbeherrschung. Ich war gerettet! Ich würde die Miete bezahlen können. Ich hatte es geschafft. Und nun, wo ich den fehlenden Zeugen gefunden hatte, wäre ich auch wieder sicher. Ich würde Morelli abliefern, und der Fall Ziggy Kulesza wäre für mich erledigt. Ich wäre ein für allemal raus aus der Sache. Niemand hätte mehr einen Grund, mich zu töten ... bis auf Ramirez natürlich. Aber mit etwas Glück war Ramirez so tief in diese Geschichte verstrickt, daß man ihn für lange, lange Jahre einschließen würde.

Der alte Mann, der hinter Carmens Haus wohnte, hatte gesagt, daß ihn der Lärm eines Kühlwagens gestört hätte. Ich wäre jede Wette eingegangen, daß es ein Fleischlaster war. Ganz genau würde ich es erst wissen, wenn ich mich noch einmal hinter dem Haus umgesehen hatte, aber wenn Louis dicht genug an der Wand geparkt hatte, war es ihm wahrscheinlich gelungen, sich aus dem Fenster auf das Dach des Lasters hinunterzulassen. Dann hatte er Carmen auf Eis gelegt und war weggefahren.

Was das alles mit Sal zu tun hatte, war mir schleierhaft. Aber vielleicht gab es auch gar keine Verbindung. Vielleicht gab es nur eine Verbindung zwischen Louis und Ziggy, die als Aufräumkommando für Ramirez gearbeitet hatten.

Vom Wagen aus konnte ich Sals Laden ziemlich gut im Auge behalten. Ich steckte den Schlüssel ins Zündschloß und wollte gerade starten, als ich sah, daß Sal und Louis sich unterhielten. Louis war ruhig, Sal aufgeregt. Er fuchtelte mit den Händen herum. Ich beschloß, noch etwas abzuwarten. Sal wandte Louis den Rücken zu und telefonierte. Selbst aus der Entfernung konnte ich erkennen, daß er nicht glücklich war. Er knallte den Hörer auf die Gabel. Die beiden Männer gingen in den Kühlraum und kamen bald darauf mit einer Tonne Abfallfleisch wieder heraus. Sie rollten sie durch den Flur, der zum Hinterausgang führte. Etwas später kam Louis zurück. Er hatte etwas auf dem Buckel, das wie eine Rinderhälfte aussah. Er brachte das Fleisch in den Kühlraum und rollte das andere Faß heraus. Am Ende des Flurs blieb er stehen und drehte sich um. Mir stockte das Herz. Hoffentlich hatte er mich nicht beim Spionieren erwischt. Er kam ein paar Schritte auf mich zu, und ich griff schon nach meinem Sure Guard, als er an der Tür stehenblieb und das GEÖFFNET-Schild umdrehte, so daß nun GESCHLOSSEN zu lesen war.

Auf diese Entwicklung war ich nicht gefaßt gewesen. Was hatte das zu bedeuten? Sal war nirgends zu sehen, der Laden war geschlossen, und soweit ich wußte, war heute kein Feiertag. Louis verschwand im Flur, die Lichter gingen aus. Ich hatte ein ungutes Gefühl im Magen. Aus dem unguten Gefühl wurde Panik, und die Panik befahl mir, Louis nicht aus den Augen zu lassen.

Ich ließ den Nova an und fuhr einmal um den Block. Ein weißer Kühlwagen, der in Pennsylvania registriert war, fädelte sich vor mir in den fließenden Verkehr ein. Zwei Straßen weiter bogen wir in die Chambers ein. Ich hätte nichts lieber getan, als Morelli die ganze Sache in den Schoß zu legen, aber ich hatte nicht die leiseste Ahnung, wie ich ihn erreichen sollte. Er war im Norden der Stadt in der Stark Street, und ich fuhr in südlicher Richtung. Bestimmt hatte er ein Telefon in seinem Lieferwagen, aber erstens wußte ich die Nummer nicht, und zweitens hätte ich sowieso anhalten müssen, um mit ihm zu telefonieren.

In White Horse fuhr der Kühlwagen Richtung Route 206. Es herrschte ziemlich dichter Verkehr. Ich hielt mich zwei Autolängen hinter dem Laster. Es war nicht besonders schwierig, Louis zu verfolgen, ohne gesehen zu werden. Kurz nach der Ausfahrt zur Route 70 flammte mein Öllämpchen auf und ging nicht wieder aus. Deftig fluchend, hielt ich mit quietschenden Reifen auf dem Sandstreifen, kippte mit umwerfender Präzision zwei Dosen Öl nach, knallte die Motorhaube zu und raste weiter.

Mit Müh und Not brachte ich den Nova auf achtzig. Ich kümmerte mich weder um das Flattern der Vorderräder noch um die verdutzten Blicke der anderen Autofahrer, an denen ich in meinem klapprigen Pussimobil vorbeizog. Nach einigen endlosen Minuten hatte ich den Laster wieder eingeholt. Louis war einer der langsameren Fahrer auf der Straße, er hielt sich streng an eine Geschwindigkeitsübertretung von nur zehn Meilen. Mit einem Seufzer der Erleichterung reihte ich mich wieder auf der rechten Spur ein. Ich konnte nur hoffen, daß es nicht mehr weit war, denn ich hatte nur noch anderthalb Dosen Öl auf dem Rücksitz.

In Hammonton bog Louis auf eine Landstraße ab, die nach Osten führte. Hier herrschte nicht mehr ganz soviel Verkehr, und ich mußte mich weiter zurückfallen lassen. Rechts und links erstreckten sich weite Kornfelder und vereinzelte Wäldchen. Nach ungefähr fünfzehn Meilen wurde der Laster langsamer und schwenkte auf einen Schotterweg ein, der zu einem lagerhausartigen Gebäude aus Wellblech führte. Ein Schild verkündete, daß es sich um den Jachthafen Pachetco Inlet und um ein Tiefkühllager handelte. Hinter dem Gebäude sah ich Boote liegen, und hinter den Booten glitzerte die Sonne auf dem Wasser.

Ich ließ das Grundstück links liegen. Eine Viertelmeile weiter mußte ich wenden, denn die Straße endete am Mullica River in einer Sackgasse. Ich fuhr zurück und rollte langsam an dem Jachthafen vorbei. Der Kühlwagen stand vor dem Holzsteg, der zu den Bootsanlegeplätzen führte. Louis und Sal waren ausgestiegen. Sie lehnten an der hinteren Stoßstange und sahen ganz so aus, als ob sie auf jemanden oder etwas warteten. Außer ihnen war kein Mensch zu sehen. Es war ein kleiner Jachthafen, und es hatte den Anschein, als ob er auch im Sommer nur am Wochenende aus seinem Dornröschenschlaf erwachte.

Ein paar Meilen vorher waren wir an einer Tankstelle vorbeigekommen. Dort wollte ich mich auf die Lauer legen. Wenn Sal oder Louis den Hafen verließen, um wieder in die Zivilisation zurückzukehren, mußten sie an mir vorbei, und dann konnte ich ihnen folgen. Außerdem gab es dort bestimmt ein Telefon, und ich konnte versuchen, Morelli zu erreichen.

Die Tankstelle, eine vorsintflutliche Anlage, bestand aus zwei altmodischen Zapfsäulen, die auf einer fleckigen Zementfläche standen. Auf einem Schild, das an einer Zapfsäule lehnte, wurden lebende Köder und billiges Benzin angepriesen. Der niedrige Schuppen, der dazugehörte, war mit braunen Schindeln verkleidet, die mit platt gedrückten Dosen und Sperrholzstückchen geflickt waren. Neben dem Eingang entdeckte ich ein Telefon.

Ich parkte halb versteckt hinter der Tankstelle. Es tat gut, sich mal wieder die Füße vertreten zu können. Ich rief bei mir zu Hause an, etwas Besseres fiel mir nicht ein. Das Telefon klingelte, der Anrufbeantworter meldete sich, und ich hörte zu, wie mir meine eigene Stimme mitteilte, daß ich nicht zu Hause war. »Ist sonst jemand zu Hause?« fragte ich. Keine Antwort. Ich gab die Nummer des Tankstellentelefons durch und hinterließ die Nachricht, daß ich für die nächste Zeit hier zu erreichen wäre.

Ich wollte gerade wieder in den Wagen steigen, als Ramirez' Porsche vorbeibrauste. Das wurde ja immer merkwürdiger. Ein Stelldichein zwischen einem Metzger, einem Killer und einem Boxer am Pachetco Inlet Marina. Ich nahm nicht an, daß sie sich zum Fischen verabredet hatten. Wenn es nicht ausgerechnet Ramirez gewesen wäre, der zum Jachthafen unterwegs war, hätte ich mich vielleicht näher herangetraut, um zu spionieren. Statt dessen sagte ich mir, es wäre zu gefährlich, weil Ramirez womöglich den Nova erkannte. Aber das war nur die halbe Wahrheit. Ramirez hatte sein Ziel erreicht. Der Anblick seines Wagens reichte aus, mich in Panik zu versetzen. Ich hatte eine solche Angst, daß ich ernsthaft bezweifelte, ob ich einen weiteren Zusammenstoß heil überstehen würde.

Es dauerte nicht lange, und der Porsche rauschte wieder an mir vorbei, doch diesmal fuhr er in der anderen Richtung. Er hatte getönte Scheiben, so daß ich nicht hineinsehen konnte, aber da er bestenfalls zwei Menschen Platz bot, mußte mindestens noch ein Mann am Marina zurückgeblieben sein. Hoffentlich war es Louis. Ich rief noch einmal meinen Anrufbeantworter an. Diesmal fiel ich etwas dringender aus. »MELDE DICH!« sagte ich.

Es wurde schon fast dunkel, als das Telefon endlich klingelte.

»Wo bist du?« fragte Morelli.

»Am Meer. An einer Tankstelle kurz vor Atlantic City. Ich habe deinen Zeugen gefunden. Er heißt Louis.«

»Ist er bei dir?«

»Er ist ein Stück die Straße runter.« Ich schilderte Morelli die Ereignisse des Tages und erklärte ihm den Weg zum Jachthafen. Dann zog ich mir am Getränkeautomaten eine Cola, setzte mich wieder in den Wagen und wartete.

Es dämmerte bereits, als Morelli endlich mit dem Lieferwagen in die Tankstelle einbog. Seit dem Porsche hatte sich auf der Straße nichts mehr gerührt, und ich war sicher, daß der Kühlwagen nicht ungesehen an mir hätte vorbeikommen können. Ich hatte mir überlegt, daß Louis vielleicht auf einem Boot übernachten würde. Einen anderen Grund dafür, daß der Laster immer noch im Hafen stand, konnte ich mir nicht vorstellen.

»Ist unser Mann noch da?« fragte Morelli.

»Soweit ich weiß, ja.«

»Ist Ramirez noch einmal zurückgekommen?«

Ich schüttelte den Kopf.

»Dann sehe ich mich mal ein bißchen um. Du wartest hier.«

Da hatte er sich aber gehörig geschnitten. Ich hatte die Nase voll vom Warten. Außerdem traute ich Morelli immer noch nicht ganz über den Weg. Er hatte die unangenehme Angewohnheit, mir das Blaue vom Himmel herunter zu versprechen und sich dann klammheimlich aus meinem Leben zu verabschieden.

Ich folgte dem Lieferwagen bis zum Wasser und stellte mich mit dem Nova daneben. Der weiße Kühlwagen hatte sich nicht vom Fleck gerührt. Louis war nirgendwo zu sehen. Die Boote, die am Steg vertäut lagen, waren dunkel. Der Pachetco Inlet Marina war nicht gerade ein Hort der Betriebsamkeit.

Ich stieg aus und ging zu Morelli.

»Habe ich dir nicht gesagt, du sollst an der Tankstelle auf

mich warten?« knurrte Morelli. »Wir veranstalten hier keine Parade.«

»Ich dachte mir, du brauchst vielleicht Hilfe.«

In der Dunkelheit sah er gefährlich und nicht sehr vertrauenerweckend aus. Als er lächelte, blitzten seine Zähne weiß im bärtig schwarzen Gesicht auf. »Lügnerin. Du hast doch bloß Angst um deine zehntausend Dollar.«

»Das auch.«

Wir starrten uns eine Zeitlang schweigend an, jeder mit seinen eigenen Gedanken beschäftigt.

Schließlich griff Morelli durch das offene Fenster in den Lieferwagen, nahm eine Jacke vom Fahrersitz, holte eine halbautomatische Waffe aus der Tasche und schob sie sich oben in die Jeans. »Dann wollen wir mal schauen, ob wir meinen Zeugen finden.«

Wir gingen zum Kühlwagen und warfen einen Blick ins Führerhaus. Es war leer und abgeschlossen. Andere Fahrzeuge waren nicht zu sehen.

Nicht weit von uns schlugen die Wellen plätschernd gegen das Holz, Boote zerrten ächzend an ihren Vertäuungen. Es waren vier Stege mit jeweils vierzehn Anlegeplätzen, auf jeder Seite sieben. Nicht alle Plätze waren belegt.

Wir schlichen uns einen Steg nach dem anderen entlang, lasen die Bootsnamen und versuchten, Hinweise darauf zu finden, ob jemand an Bord war. In der Mitte des dritten Stegs blieben wir vor einem großen Hatteras Convertible stehen und sagten flüsternd den Namen des Bootes: »Sal's Gal.«

Morelli ging leise an Bord, ich folgte mit einigem Abstand. Das Deck war übersät mit den Teilen einer Anglerausrüstung, Netzen mit langen Stielen und Landungshaken. An der Tür zur Kabine hing ein Vorhängeschloß, das uns verriet, daß Louis vermutlich nicht hier war. Morelli holte eine kleine Taschenlampe heraus und leuchtete hinein. Das Boot schien für ernsthafte Arbeit ausgebaut worden zu sein, denn an den Seiten der Kabine zogen sich nur praktische Bänke hin, luxuriöse Einrichtungsgegenstände fehlten. In der kleinen Kombüse türmten sich zerquetschte Bierdosen und benutzte Pappteller. Im Licht der Taschenlampe glitzerten die Reste eines verstreuten Pulvers.

»Sal ist ein Ferkel«, sagte ich.

»Bist du sicher, daß Louis nicht mit Ramirez im Wagen gesessen hat?« fragte Morelli.

»Das weiß ich wirklich nicht. Der Porsche hat getönte Scheiben. Aber es passen nur zwei Leute hinein, also muß mindestens einer noch hier sein.«

»Und sonst hast du keine Wagen auf der Straße gesehen?«

»Nein.«

»Er hätte in die andere Richtung fahren können«, sagte Morelli.

»Dann wäre er nicht weit gekommen. Die Straße ist nach einer Viertelmeile zu Ende.«

Der niedrig stehende Mond verteilte Silberdollarscheiben von Licht auf dem Wasser. Wir drehten uns zu dem weißen Kühlwagen um. Der Kühlmotor brummte leise in der Dunkelheit.

»Vielleicht sollten wir uns die Kiste einmal genauer ansehen«, sagte Morelli.

Bei seinem Ton wurde mir mulmig, doch ich behielt die Frage, die mir in den Sinn kam, für mich. Wir hatten uns bereits überzeugt, daß Louis nicht im Führerhaus war. Wo sollte er also sonst sein?

Wir gingen zum Kühlwagen zurück, und Morelli leuchtete den Thermostaten an.

»Worauf steht er?« fragte ich.

»Auf null Grad.«

»Warum so kalt?«

Morelli ging langsam um den Lastwagen herum. »Was meinst du?«

»Weil jemand versucht, was einzufrieren?«

»Darauf würde ich auch tippen.« Die hintere Tür des Kühlwagens war mit einem schweren Riegel und einem Vorhängeschloß gesichert. Morelli wog das Schloß in der Hand. »Könnte schlimmer sein«, sagte er. Er lief schnell zum Lieferwagen und holte eine kleine Metallsäge.

Ich blickte mich nervös um. Ich hatte keine besondere Lust, beim Kapern eines Fleischlasters erwischt zu werden. »Gibt es keine andere Methode?« flüsterte ich laut, um das Geräusch der Säge zu übertönen. »Kannst du nicht einfach das Schloß knakken?«

»So geht es schneller«, sagte Morelli. »Paß auf, ob ein Nachtwächter kommt.«

Das Sägeblatt schnitt durch das Metall, und das Schloß sprang auf. Morelli schob den Riegel zurück und öffnete die schwere Isoliertür. Im Inneren des Kühlwagens war es stockfinster. Morelli stieg auf die Stoßstange, ich kletterte ihm hinterher und kramte meine Taschenlampe aus der Umhängetasche. Die kalte Luft, die mir entgegenschlug, nahm mir den Atem. Wir leuchteten die mit Eis überzogenen Wände an. Große, leere Fleischhaken hingen von der Decke. Neben der Tür stand die schwere Abfalltonne, die die Männer am Nachmittag aus Sals Laden gerollt hatten. Eine leere Tonne, deren Deckel verrutscht war und sich an der Lastwagenwand verkeilt hatte, stand daneben.

Ich leuchtete tiefer in den Wagen hinein und senkte die Taschenlampe ein Stück. Nachdem sich meine Augen auf die Dunkelheit eingestellt hatten, schnappte ich nach Luft, als ich begriff, was ich sah. Louis lag auf dem Rücken, alle viere von sich gestreckt, die Augen weit aufgerissen und starr. Schleim war aus seiner Nase gelaufen und auf der Backe gefroren. Vorn auf seiner Arbeitshose zeichnete sich ein großer gefrorener Urinfleck ab. Er hatte einen runden, dunklen Fleck auf der Stirn. Sal lag neben ihm, den gleichen Fleck auf der Stirn, den gleichen verdutzten Ausdruck im Gesicht.

»Mist«, sagte Morelli. »Ich habe aber auch überhaupt kein Glück.«

Die einzigen Toten, die ich bisher gesehen hatte, waren einbalsamiert und für die Beerdigung hergerichtet gewesen. Sie waren frisiert und geschminkt, und ihre Augen waren geschlossen, um ewigen Schlaf vorzutäuschen. Keiner von ihnen hatte ein Loch in der Stirn gehabt. Mir kam das Essen hoch, und ich hielt mir den Mund zu.

Morelli riß mich zur Tür hinaus, und wir sprangen auf den Schotter. »Du darfst nicht in den Wagen kotzen«, sagte er. »Du zerstörst die Spuren am Tatort.«

Ich atmete ein paarmal tief durch und zwang meinen Magen, sich wieder zu beruhigen.

Morelli hatte mir die Hand in den Nacken gelegt. »Geht es wieder?«

Ich nickte heftig. »Alles klar. Es w-w-war n-n-nur d-d-der Schock.«

»Ich hole ein paar Sachen aus dem Lieferwagen. Bleib du solange hier. Kletter nicht wieder auf den Laster, und faß nichts an.«

Den Rat hätte er sich sparen können. Keine zehn Pferde hätten mich noch einmal in den Kühlwagen gebracht.

Als er zurückkam, hatte er ein Brecheisen und zwei Paar Plastikhandschuhe dabei. Ein Paar gab er mir. Nachdem wir uns die Handschuhe angezogen hatten, stieg Morelli auf die Stoßstange und kletterte in den Wagen. »Leuchte Louis an«, befahl er, während er sich über die Leiche beugte.

»Was machst du da?«

»Ich suche die fehlende Knarre.«

Er stand auf und warf mir einen Schlüsselbund zu. »Keine Knarre, aber Schlüssel. Probier doch mal, ob du damit ins Führerhaus kommst.«

Ich schloß die Beifahrertür auf und durchsuchte die Kartentaschen und das Handschuhfach. Ich sah auch unter dem Sitz nach, aber eine Waffe fand ich nicht. Als ich wieder nach hinten kam, bearbeitete Morelli die geschlossene Tonne mit dem Brecheisen.

»Vorne ist keine Knarre«, sagte ich.

Der Deckel ging auf, Morelli knipste die Taschenlampe an und leuchtete hinein.

»Und?« fragte ich.

Seine Stimme klang gepreßt, als er antwortete: »Es ist Carmen.«

Mir wurde schon wieder schlecht. »Meinst du, Carmen war die ganze Zeit in Sals Kühlraum?«

»Sieht so aus.«

»Warum hatte er sie versteckt? Hätte er nicht Angst haben müssen, daß sie jemand entdeckt?«

Morelli zuckte mit den Schultern. »Wahrscheinlich fühlte er sich sicher. Vielleicht war es nicht das erste Mal. Wenn man so etwas oft genug macht, wird man leichtsinnig.«

»Du denkst an die anderen Frauen aus der Stark Street, die verschwunden sind.«

»Ja. Sal hat bestimmt nur einen günstigen Moment abgewartet, um Carmen wegzuschaffen und im Meer zu versenken.«

»Ich verstehe nicht, was Sal mit der ganzen Sache zu tun hat.«

Morelli machte den Deckel wieder zu. »Ich auch nicht, aber ich denke, daß Ramirez uns das erzählen wird.«

Als er sich die Hände an der Hose abwischte, blieben weiße Spuren auf dem Stoff zurück.

»Was ist das für ein Zeug?« fragte er. »Meinst du, Sal hat eine Schwäche für Babypuder oder Scheuerpulver?«

Morelli sah auf seine Hände und auf die Jeans.

»In dem Boot war auch so ein Pulver verstreut. Und jetzt hast du etwas von der Tonne an die Hände bekommen und dich damit beschmiert.«

»Großer Gott«, sagte Morelli, der immer noch auf seine Hände starrte. »Du heilige Scheiße.« Er hob den Deckel hoch und wischte an der Innenwand der Tonne herum. Dann steckte er den Finger in den Mund und probierte. »Das ist Rauschgift.«

»Ich hätte nicht gedacht, daß Sal Crack nimmt.«

»Das ist kein Crack. Das ist Heroin.«

»Bist du sicher?«

»Mit dem Zeug kenne ich mich aus.«

Ich konnte sehen, wie er im Dunkeln lächelte.

»Mein lieber Herr Gesangverein. Ich glaube, wir haben gerade ein Kurierboot entdeckt«, sagte er. »Die ganze Zeit dachte ich, es geht bei der Geschichte nur darum, Ramirez zu decken, aber jetzt bin ich mir da nicht mehr so sicher. Jetzt sieht es eher so aus, als ob es um Drogen geht.«

»Was ist ein Kurierboot?«

»Ein kleines Boot, das aufs Meer rausfährt und sich mit einem großen Schiff trifft, das Drogen an Bord hat. Das Heroin stammt zum größten Teil aus Afghanistan, Pakistan oder Burma. Normalerweise gelangt es zunächst über Nordafrika nach Amsterdam oder in eine andere europäische Großstadt. Anschließend wurde es bisher in erster Linie über den John-F.-Kennedy-Flughafen in den Nordosten der Vereinigten Staaten geschmuggelt. Seit einem Jahr nun erhalten wir Informationen, daß der Stoff auf großen Schiffen über den Hafen in Newark ins Land kommen soll. Seit wir das wissen, machen die Drogenermittler und der Zoll Überstunden, aber sie haben noch nie etwas gefunden.« Er hielt nachdenklich den Finger hoch. »Das könnte der Grund dafür sein. Wenn die Schiffe in Newark einlaufen, ist das Heroin längst an Land.«

»Mittels eines Kurierboots.«

»Genau. Das Kurierboot übernimmt den Stoff und bringt es in einen kleinen Jachthafen wie diesen hier, wo es keinen Zoll gibt. Wenn die Käufer das Zeug übernommen haben, laden sie es anscheinend in Fässer um, und dabei muß ihnen wohl beim letzten Mal ein Beutel geplatzt sein.«

»Kaum zu glauben, daß jemand so schlampig ist, solche Beweise zurückzulassen.«

Morelli knurrte. »Wenn du ständig mit Drogen zu tun hast, werden sie für dich zur Selbstverständlichkeit. Du wirst nicht glauben, was die Leute alles offen in ihren Wohnungen und Garagen rumliegen lassen. Außerdem gehört das Boot Sal, und der war wahrscheinlich noch nie damit auf großer Fahrt. Wenn das Boot also aufgebracht worden wäre, hätte Sal behaupten können, er hätte es einem Bekannten geliehen. Er hätte nicht gewußt, daß es für kriminelle Zwecke benutzt worden war.«

»Meinst du, daß deshalb in Trenton so viel Heroin im Umlauf ist?«

»Könnte sein. Wenn man ein Kurierboot hat, kann man große Mengen heranschaffen und die Zwischenhändler ausschalten. Der Nachschub ist sichergestellt, und man hat kaum Unkosten. Der Straßenpreis geht runter, und die Qualität geht rauf.«

»Und die Süchtigen sterben.«

»Genau.«

»Was meinst du, warum Ramirez Sal und Louis erschossen hat?«

»Vielleicht wollte er ein paar Mitwisser beseitigen.«

Morelli leuchtete die hintersten Winkel des Kühlwagens aus. Ich konnte ihn im Dunkeln kaum sehen, aber ich hörte seine Füße scharren, als er sich bewegte.

»Was machst du da?« fragte ich.

»Ich suche nach der Knarre. Falls du es noch nicht gemerkt

haben solltest, mir steht das Wasser bis zum Hals. Mein Zeuge ist tot. Wenn ich Ziggys verschwundene Waffe nicht finde, auf der sich mit ein bißchen Glück noch lesbare Fingerabdrücke befinden, bin ich ebenfalls geliefert.«

»Du hast immer noch Ramirez.«

»Der sich vielleicht als gesprächig erweist, vielleicht aber auch nicht.«

»Ich glaube, du machst dir unnötig Sorgen. Schließlich kann ich bezeugen, daß Ramirez bei zwei kaltblütigen Morden am Tatort war, und außerdem lassen wir einen großen Drogenring auffliegen.«

»Das wirft vielleicht ein schlechtes Licht auf Ziggys Charakter, aber es ändert nichts daran, daß sie glauben, ich hätte einen unbewaffneten Menschen erschossen.«

»Ranger sagt, man muß dem System vertrauen.«

»Ranger kümmert sich einen Dreck um das System.«

Ich wollte nicht, daß Morelli für ein Verbrechen in den Knast wanderte, das er nicht begangen hatte, aber ich wollte auch nicht, daß er bis an sein Lebensende auf der Flucht war. Im Grunde war er kein übler Kerl, und so ungern ich es auch zugab, er war mir richtig ans Herz gewachsen. Wenn die Jagd auf ihn vorbei war, würden mir seine Neckereien und die nächtlichen Gespräche bestimmt fehlen. Sicher, ab und zu ging er mir gehörig auf die Nerven, aber in letzter Zeit regten sich auch so etwas wie partnerschaftliche Gefühle für ihn in mir, und meine alte Wut war ein wenig verraucht. Es fiel mir schwer zu glauben, daß man ihn trotz der vielen neuen Beweise einbuchten würde. Vermutlich verlor er dann auch noch seine Arbeit bei der Polizei. Aber in meinen Augen war das immer noch leichter zu ertragen als ein langes Leben auf der Flucht.

»Ich bin dafür, daß wir die Polizei anrufen. Sollen die doch diesen ganzen Mist aufklären«, sagte ich zu Morelli. »Du kannst dich nicht bis ans Ende deiner Tage verstecken. Denk doch mal an deine Mutter. Und an deine Telefonrechnung.«

»An meine Telefonrechnung? Ach, verdammt, Stephanie, du hast doch nicht etwa auf meine Kosten telefoniert?«

»Wir haben eine Abmachung. Du wolltest dich von mir abliefern lassen, wenn wir den fehlenden Zeugen gefunden haben.«

»Da wußte ich auch noch nicht, daß er tot ist.«

»Jetzt kriege ich eine Räumungsklage an den Hals.«

»So toll ist deine Wohnung nun auch wieder nicht. Außerdem kannst du dir deine Puste sparen. Wir wissen beide, daß du nicht imstande bist, mich gegen meinen Willen festzunehmen. Du kriegst die Prämie nur, wenn ich mitspiele. Du mußt dich also noch ein bißchen gedulden.«

»Deine Einstellung gefällt mir nicht, Morelli.«

Das Licht wirbelte herum, und er machte einen Satz Richtung Tür. »Es ist mir ziemlich egal, was du von mir hältst. Ich habe eine Stinkwut im Leib. Mein Zeuge ist tot, und ich kann die verdammte Tatwaffe nicht finden. Es ist gut möglich, daß Ramirez wie ein Kanarienvogel singt und mich entlastet, aber bis es soweit ist, stelle ich mich nicht freiwillig.«

»So ein Blödsinn. Das ist gegen dein eigenes Interesse. Was, wenn dich inzwischen ein Bulle entdeckt und auf dich schießt? Außerdem habe ich einen Job zu erledigen, und ich werde ihn erledigen. Ich hätte mich nie auf diese Abmachung einlassen dürfen.«

»Es war eine gute Abmachung«, sagte er.

»Hättest du dich darauf eingelassen?«

»Nein. Aber ich bin auch nicht du. Ich habe Fähigkeiten, von denen du nur träumen kannst. Und ich bin wesentlich ausgekochter, als du es je sein wirst.«

»Du unterschätzt mich. Ich kann auch ganz schön hart sein.«

Morelli grinste. »Du bist eine Marshmallow. Weich und süß, und wenn man dich heiß macht, wirst du klebrig und lecker.«

Ich war sprachlos. Nicht zu glauben, daß ich mir noch vor wenigen Sekunden freundliche, sorgenvolle Gedanken um dieses Rindvieh gemacht hatte.

»Ich lerne schnell, Morelli. Am Anfang habe ich ein paar Fehler gemacht, aber mittlerweile bin ich imstande, dich abzuliefern.«

»Aber sicher doch. Und wie willst du das anstellen? Indem du mich über den Haufen schießt?«

Sein Sarkasmus war nicht dazu geeignet, mich zu besänftigen. »Der Vorschlag hat gewiß seinen Reiz, aber ich glaube, die Kugel kann ich mir sparen. Ich brauche nämlich bloß die Tür zuzuknallen, du arroganter Affe.«

Seine Augen weiteten sich, und eine Nanosekunde, bevor ich die schwere Isoliertür zuschlug, ging ihm ein Licht auf. Er warf sich gegen die Tür, aber es war zu spät. Ich hatte den Riegel schon vorgeschoben.

Ich stellte das Thermostat auf zehn Grad ein. Das war wahrscheinlich kalt genug, damit die Leichen nicht auftauten, und warm genug, damit Morelli sich auf der Rückfahrt nach Trenton nicht in ein Eis am Stiel verwandelte. Ich kletterte ins Führerhaus und ließ mit Hilfe von Louis' Schlüssel den Motor an. Dann rollte ich vom Parkplatz, fuhr auf die Landstraße und steuerte den Highway an.

Als ich unterwegs ein Telefon entdeckte, rief ich Dorsey an. Ohne ins Detail zu gehen, teilte ich ihm lediglich mit, daß ich mit Morelli im Anmarsch war. Ich sagte, ich würde in etwa vierzig Minuten vor dem Revier vorfahren, und es wäre schön, wenn er mich dort in Empfang nehmen könnte.

Auf die Minute pünktlich lenkte ich den Kühlwagen auf den Polizeiparkplatz. Dorsey und zwei uniformierte Beamte tauchten im Scheinwerferlicht auf. Ich stellte den Motor ab, atmete ein paarmal tief durch, um meinen nervösen Magen zu beruhigen, und kletterte aus dem Führerhaus.

»Vielleicht sollten Sie noch etwas Verstärkung holen«, sagte ich zu Dorsey. »Morelli dürfte ziemlich wütend sein.«

Dorsey zog die Augenbrauen bis zum Haaransatz hoch. »Sie haben ihn hinten im Laster?«

»Ja. Und er ist nicht allein.«

Einer der Beamten schob den Riegel zurück, die Tür flog auf, und Morelli schoß wie eine menschliche Kanonenkugel auf mich zu. Er rammte mich, wir fielen um und wälzten uns fluchend und schimpfend auf dem Asphalt.

Als Dorsey und seine Männer Morelli von mir wegrissen, tobte er weiter. »Ich kriege dich!« schrie er. »Wenn ich hier wieder rauskomme, bezahlst du mir dafür. Du bist eine gemeingefährliche Irre. Du bist eine Gefahr für die Menschheit!«

Zwei weitere Streifenbeamte erschienen auf dem Parkplatz, und zu viert gelang es den Männern schließlich, Morelli durch den Hintereingang auf die Wache zu schleppen. Dorsey blieb mit mir zurück. »Vielleicht warten Sie lieber draußen, bis er sich beruhigt hat«, sagte er.

Ich pickte mir ein paar Steinchen aus dem Knie. »Das könnte dauern.«

Ich gab Dorsey die Kühlwagenschlüssel und erzählte ihm, was ich über die Drogen und Ramirez wußte. Bis ich mit dem Erklären fertig war, hatte man Morelli in den ersten Stock verfrachtet. Die Luft war rein. Endlich konnte ich hineingehen und meine Ablieferungsbestätigung in Empfang nehmen.

Kurz vor Mitternacht war ich schließlich wieder zu Hause. Das einzige, was mir leid tat, war die Tatsache, daß ich meinen Mixer am Jachthafen gelassen hatte. Jetzt hätte ich wirklich einen Daiquiri vertragen können. Ich schloß die Wohnungstür ab und warf meine Umhängetasche auf die Arbeitsplatte in der Küche.

Was Morelli anging, hatte ich gemischte Gefühle. Ich war mir nicht sicher, ob ich das Richtige getan hatte. Letztendlich war nicht die Fangprämie ausschlaggebend gewesen, sondern meine gerechte Empörung und die Überzeugung, daß es besser für ihn wäre, sich freiwillig zu stellen.

Meine Wohnung war dunkel und friedlich, nur in der Diele brannte Licht. Im Wohnzimmer hingen dichte Schatten, aber sie machten mir keine Angst mehr. Die Jagd war vorbei.

Ich würde über meine Zukunft nachdenken müssen. Kopfgeldjäger zu sein, war wesentlich komplizierter, als ich mir ursprünglich vorgestellt hatte. Trotzdem, die Arbeit hatte auch ihre guten Seiten, und ich hatte in den vergangenen zwei Wochen allerhand gelernt.

Die Hitzewelle war am Nachmittag zu Ende gegangen, es herrschten nur noch angenehme fünfundzwanzig Grad. Der Vorhang war zugezogen, und eine leichte Brise spielte mit dem zarten Chintzstoff. Die ideale Nacht zum Schlafen.

Ich kickte die Schuhe von den Füßen und setzte mich auf die Bettkante. Plötzlich überfiel mich ein ungutes Gefühl. Woher es kam, wußte ich nicht. Irgend etwas stimmte nicht. Aber was? Mir fiel ein, daß meine Tasche am anderen Ende der Wohnung lag, und meine Beklemmung wuchs. Du leidest an Verfolgungswahn, sagte ich mir. Schließlich hatte ich alles abgeschlossen, und falls jemand versuchen sollte, durchs Fenster einzusteigen, was sowieso höchst unwahrscheinlich war, hatte ich genügend Zeit, ihn zu stoppen.

Trotzdem, die leise Angst nagte weiter an mir.

Ich warf einen Blick aufs Fenster und sah den sich sacht im Wind bauschenden Vorhang. Schlagartig war mir alles klar. Als ich am Morgen aus dem Haus gegangen war, hatte ich das Fenster geschlossen und verriegelt. Jetzt stand es offen. Mich überlief ein kalter Schauer, und ich bekam keine Luft mehr.

Es war jemand in der Wohnung. Vielleicht lauerte er auch auf der Feuerleiter. Ich biß mir auf die Lippe, um nicht zu schreien. Bitte, lieber Gott, laß es nicht Ramirez sein. Mein Herz klopfte unregelmäßig, und mir wurde schlecht vor Angst.

Ich hatte nur zwei Alternativen. Ich konnte entweder zur Wohnungstür rennen oder die Feuerleiter hinunterklettern. Vorausgesetzt, ich konnte überhaupt die Füße bewegen. Weil es mir wahrscheinlicher erschien, daß Ramirez in der Wohnung war und nicht auf der Leiter, ging ich ans Fenster. Ich holte tief Luft, riß den Vorhang auf und starrte auf den Riegel. Er war geschlossen. In der Scheibe war ein kreisrundes Loch, durch das man den Arm stecken konnte, um das Fenster zu öffnen. Die kühle Nachtluft pfiff leise durch den ordentlich ausgeschnittenen Kreis.

Es sah ganz nach der Arbeit eines Profis aus. Vielleicht war es doch nicht Ramirez, sondern nur ein ganz gewöhnlicher Einbrecher. Vielleicht hatte ihn meine Armut deprimiert. Vielleicht hatte er beschlossen, sich ein lohnenderes Objekt zu suchen und vor lauter Enttäuschung wieder hinter sich abgeschlossen. Ich sah auf die Feuerleiter hinaus. Sie war leer und sah höchst einladend aus.

Aber zuerst wollte ich die Polizei anrufen und den Einbruch melden. Das Telefon stand neben dem Bett. Ich hob ab, aber die Leitung war tot. Jemand mußte in der Küche den Stecker rausgezogen haben. Eine innere Stimme riet mir, die Wohnung schnellstens zu verlassen. Nimm die Feuerleiter, flüsterte sie. Beeil dich.

Schon war ich wieder am Fenster und nestelte am Riegel. Hinter mir bewegte sich etwas, ich spürte die Anwesenheit eines Eindringlings. Er spiegelte sich in der Scheibe, er stand in der offenen Schlafzimmertür, eingerahmt von dem schwachen Licht, das aus der Diele hereinfiel.

Er sagte meinen Namen, und mir sträubten sich sämtliche

Haare wie bei einer unter Strom stehenden Katze in einem Zeichentrickfilm.

»Ziehen Sie den Vorhang zu«, sagte er, »und dann drehen Sie sich schön langsam zu mir um.«

Ich tat, was er sagte. Ich kniff im Dunkeln die Augen zusammen, blind vor Verwirrung. Ich erkannte die Stimme, aber ich begriff nicht, was sie hier wollte. »Was wollen Sie hier?« fragte ich.

»Gute Frage.« Er knipste das Licht an. Es war Jimmy Alpha, und er hatte eine Waffe in der Hand. »Das frage ich mich auch schon die ganze Zeit«, sagte er. »Wie konnte es soweit kommen? Ich bin nämlich ein anständiger Mensch. Ich versuche, das Richtige zu tun.«

»Das Richtige zu tun, ist eine gute Sache«, sagte ich.

»Was ist mit Ihren Möbeln passiert?«

»Ich hatte eine finanzielle Durststrecke.«

Er nickte. »Dann wissen Sie ja, wie das ist.« Er grinste. »Haben Sie deshalb bei Vinnie angeheuert?«

»Ja.«

»Vinnie und ich, wir sind aus demselben Holz geschnitzt. Wir lassen uns einfach nicht unterkriegen. Und Sie scheinen vom gleichen Schlag zu sein.«

Ich ließ mich nicht gern mit Vinnie in einen Topf werfen, aber um des lieben Friedens willen verzichtete ich darauf, einem bewaffneten Mann zu widersprechen. »Könnte man sagen.«

»Interessieren Sie sich fürs Boxen?«

»Nein.«

Er seufzte. »Wir Manager warten unser Leben lang darauf, daß wir einen anständigen Boxer bekommen. Die meisten von uns sterben, ohne daß sie einen gefunden haben.«

»Aber Sie haben einen. Sie haben Ramirez.«

»Ich habe Benito schon unter Vertrag genommen, als er noch

ein Junge war. Er war erst vierzehn Jahre alt. Ich wußte sofort, daß er anders ist als die anderen. Das sah man ihm an. Er hatte Energie, Power, Talent.«

Und Wahnsinn, dachte ich. Vergiß den Wahnsinn nicht.

»Alles, was er über das Boxen weiß, weiß er von mir. Ich habe ihm alles beigebracht. Ich habe ihm Kleider gekauft, wenn er kein Geld hatte. Ich habe ihn im Büro schlafen lassen, wenn seine Mutter im Crackrausch durchgedreht ist.«

»Und jetzt ist er ein Champion«, sagte ich.

Er lächelte gezwungen. »Das ist mein Traum. Mein Leben lang habe ich dafür gearbeitet.«

Allmählich wurde mir klar, worauf unser Gespräch hinauslief. »Und jetzt ist er unberechenbar geworden.«

Jimmy sackte gegen den Türpfosten. »Ja, er ist unberechenbar geworden. Er wird alles ruinieren ... das schöne Leben, das schöne Geld. Er läßt sich nichts mehr sagen. Er hört nicht mehr auf mich.«

»Und was wollen Sie dagegen machen?«

»Ach«, seufzte Alpha. »Das ist eine große Frage. Und die Antwortet lautet: Diversifizierung, Verbreiterung der Produktpalette. Ich mache einen Haufen Kohle und setze mich ab.

Wissen Sie, was diversifizieren für mich heißt? Ich nehme das Geld, das ich mit Ramirez verdiene, und investiere es in andere Projekte. Eine Hühnerbraterei, einen Waschsalon, vielleicht auch in eine Metzgerei. Vielleicht komme ich ganz billig an eine Metzgerei, weil der Kerl, dem der Laden gehört, als Buchmacher auf die Nase gefallen ist.«

»Sal.«

»Ja, Sal. Heute haben Sie Sal mächtig erschreckt. Es war wirklich Pech, daß Sie ausgerechnet in dem Moment in den Laden spazieren mußten, als Louis ankam, aber ich denke, zum Schluß wird sich noch alles zum Besten fügen.«

»Ich wußte gar nicht, daß Sal mich kannte.«

»Schätzchen, Sie sind nicht schwer zu erkennen. Sie haben keine Augenbrauen.«

»Es hat Sal nicht gefallen, daß ich Louis gesehen habe.«

»Genau. Also hat er mich angerufen, und ich habe ihm gesagt, wir würden uns alle im Jachthafen treffen. Louis wollte sowieso dorthin, weil morgen eine Lieferung reinkommt. Ich hatte mir längst vorgenommen, Louis zu erledigen, weil er ein Versager war. Erst läßt er sich in Carmens Haus vor Zeugen blicken, die er anschließend aus dem Weg räumen muß. Und dann erwischt er nur zwei von dreien. Morelli wird er auch nicht los. Der Schwachkopf sieht Morellis Wagen auf Ihrem Parkplatz, überlegt aber nicht mal, ob Morelli überhaupt noch damit fährt. Also röstet er statt dessen Morty Beyers. Und dann muß er sich auch noch von Ihnen entdecken lassen. Da denke ich mir, seine Zeit ist abgelaufen.

Also borge ich mir Benitos Wagen und fahre zum Jachthafen. Unterwegs sehe ich Sie an der Tankstelle, und da kommt mir eine geniale Idee. Jimmy, sage ich mir, das ist die Lösung für dich.«

Ich konnte ihm kaum folgen. So ganz war mir noch nicht klar, was Jimmy eigentlich mit der Sache zu tun hatte. »Lösung wofür?« fragte ich.

»Für den ganzen Schlamassel. Eines sollen Sie nämlich wissen. Ich habe für das Boxen viel geopfert. Ich hatte nie Zeit, zu heiraten oder eine Familie zu gründen. Ich habe immer nur für das Boxen gelebt. Wenn man jung ist, macht einem das nichts aus. Man bildet sich ein, man hätte noch genug Zeit. Aber eines Tages wacht man auf, und man merkt, daß man keine Zeit mehr zu verlieren hat.

Ich habe einen Kämpfer, der gern Leute quält. Das ist eine Krankheit. Er ist krank im Kopf, und ich kann ihm nicht helfen. Ich weiß, daß er nie ein ganz Großer werden wird, also nehme ich das Geld und kauf' ein paar Immobilien. Als nächstes lerne ich diesen Jamaikaner kennen, der mir sagt, daß es einen besseren Weg gibt, Geld zu verdienen. Mit Drogen. Ich kaufe den Stoff, und seine Organisation übernimmt den Verkauf. Ich wasche das Geld in meinen Läden und durch Ramirez. Eine Weile läuft das Geschäft wie geschmiert. Wir müssen nur dafür sorgen, daß Ramirez nicht ins Kittchen wandert, damit wir weiter in Ruhe unser Geld waschen können.

Das Problem ist, ich habe jetzt zwar einen Haufen Geld, aber ich kann nicht mehr aussteigen. Die Organisation hat mich bei den Dingdongs, wenn Sie verstehen, was ich meine.«

»Striker.«

»Genau. Ein riesiges, jamaikanisches Syndikat. Geldgierige, unangenehme Kerle. Ich bin jedenfalls unterwegs, um Louis umzunieten. Da sehe ich Sie, und habe plötzlich eine geniale Idee. Ich erschieße Louis und Sal so, wie es ein Profikiller des Syndikats gemacht hätte. Dann verstreue ich ein bißchen erstklassiges Heroin auf dem Boot und in der Tonne, damit die Bullen auf den Trichter kommen und die Operation beenden. Dann ist keiner mehr da, der hinter meinem Rücken plaudern kann, und für das Syndikat bin ich jetzt so heiß, daß sie mich eine ganze Weile nicht mehr einsetzen werden. Und das schönste an der Sache ist, daß der Mord an Sal und Louis Ramirez angehängt wird, was ich Ihnen zu verdanken habe. Sie haben doch bestimmt bei der Polizei ausgesagt, daß Ramirez an Ihnen vorbeigedüst ist, als Sie an der Tankstelle standen.«

»Ich verstehe immer noch nicht, was Sie eigentlich hier wollen oder wieso Sie mich mit der Waffe bedrohen.«

»Ich kann es mir nicht erlauben, das Risiko einzugehen, daß Ramirez mit den Bullen spricht. Am Ende merken sie, daß er tatsächlich so doof ist, wie er aussieht. Oder er erzählt ihnen, daß ich mir seinen Wagen ausgeliehen habe, und sie glauben ihm. Also werde ich ihm eine Kugel verpassen müssen. Dann bin ich die ganze Bande los, Benito, Sal und Louis.«

»Und was wird aus der guten Stephanie?«

»Die gute Stephanie gibt es dann auch nicht mehr.« Er steckte das Telefon ein und wählte. »Hallo«, sagte er, als die Verbindung zustande kam. »Ich hätte hier ein Häschen, das ganz verrückt nach dir ist.«

Offensichtlich stellte ihm sein Gesprächspartner eine Frage.

»Stephanie Plum«, antwortete Jimmy. »Sie ist zu Hause und wartet auf dich. Und paß auf, daß dich niemand sieht, Benito. Vielleicht kommst du besser über die Feuerleiter.«

Damit war das Gespräch beendet.

»Ist es Carmen auch so ergangen?« fragte ich.

»Ach, die arme Carmen. Das war ein Gnadentod. Ich weiß gar nicht, wie sie es noch bis nach Hause geschafft hat. Als wir davon erfuhren, hatte sie schon Morelli angerufen.«

»Und was jetzt?«

Er lehnte sich mit dem Rücken an die Wand. »Jetzt warten wir.«

»Was passiert, wenn Ramirez hier auftaucht?«

»Ich drehe ihm den Rücken zu, während er sich mit Ihnen beschäftigt, und wenn er fertig ist, erschieße ich ihn mit Ihrer Waffe. Bis die Polizei kommt, seid ihr beide verblutet, und es gibt keine ungeklärten Fragen mehr.«

Es war ihm bitter ernst mit seinem Plan. Er würde seelenruhig zusehen, wie Ramirez mich vergewaltigte und folterte, und sich zum Schluß persönlich davon überzeugen, daß meine Wunden tödlich waren.

Mir verschwamm alles vor den Augen. Meine Beine gaben nach, und ich mußte mich auf die Bettkante setzen. Ich ließ den Kopf hängen und wartete, daß der Nebel sich lichtete. Ich sah Lulas zerschundenen Körper vor mir, und meine Angst wuchs.

Der Schwindel verging, aber mein Herz klopfte so wild, daß ich am ganzen Körper bibberte. Ich mußte etwas tun. Irgendwas, egal was. Ich durfte nicht einfach nur rumsitzen und auf Ramirez warten.

»Alles in Ordnung?« fragte Jimmy Alpha. »Sie sehen etwas käsig aus.«

Ich ließ den Kopf unten. »Mir wird schlecht.«

»Müssen Sie aufs Klo?«

Ich schüttelte den Kopf, den ich immer noch gesenkt hielt. »Ich muß nur wieder zu Atem kommen.«

Nicht weit von mir rannte Rex in seinem Käfig herum. Ich konnte mich nicht überwinden, zu ihm hinüberzusehen, weil ich wußte, daß es vielleicht das allerletzte Mal sein würde. Komisch, daß der Mensch so sehr an einem so kleinen Wesen hängen kann. Meine Kehle war wie zugeschnürt, als ich daran dachte, daß Rex bald eine Waise sein würde, und wieder hörte ich die Stimme, die mir befahl: Tu etwas! Tu etwas!

Ich sagte ein kurzes Gebet, biß die Zähne zusammen und sprang mit einem Riesensatz auf Jimmy Alpha zu. Ich überrumpelte ihn und rammte ihm den Kopf in den Bauch.

Alpha stieß mit einem Uff! die Luft aus, und die Waffe ging über meinen Kopf hinweg los. Die Kugel zertrümmerte das Fenster. Wenn ich etwas klüger gewesen wäre, hätte ich ihn gleich anschließend mit einem kräftigen Tritt in den Unterleib kampfunfähig gemacht, aber ich handelte ohne jede Überlegung. Flucht war das einzige, woran ich dachte.

Ich ließ ihn liegen, wo er war, und lief durch die offene Tür ins Wohnzimmer. Ich hatte die Wohnungstür schon fast erreicht, als der nächste Schuß krachte und mir ein elektrisch heißer Schmerz ins linke Bein schoß. Ich schrie auf vor Schmerz und Schock, geriet aus dem Gleichgewicht und taumelte in die Küche. Mit beiden Händen riß ich meine Tasche von der Arbeitsplatte und kramte nach meinem .38er. Alpha baute sich in der Küchentür auf. Er hob die Waffe und zielte. »Tut mir leid«, sagte er. »Es ist die einzige Lösung.«

Mein Hintern brannte, und mein Herz hämmerte wie verrückt. Meine Nase lief, und vor lauter Tränen konnte ich kaum etwas sehen. Ich hatte die Hände noch in der Tasche, auf dem kleinen Smith and Wesson. Ich blinzelte die Tränen weg und schoß.

14

Der Regen, der leise an mein Wohnzimmerfenster klopfte, konkurrierte zu den Geräuschen, die Rex in seinem Laufrad machte. Es war jetzt vier Tage her, daß ich angeschossen worden war. Die Wunde tat zwar noch weh, aber die Schmerzen waren eher lästig als unerträglich.

Die seelische Heilung verlief langsamer. Ich schreckte immer noch nachts aus dem Schlaf und fand es schwierig, in der Wohnung allein zu sein. Nachdem ich auf Jimmy Alpha geschossen hatte, war ich zum Telefon gekrochen und hatte die Polizei gerufen, bevor ich ohnmächtig zusammenbrach. Die Beamten trafen so schnell ein, daß sie Ramirez noch auf meiner Feuerleiter verhaften konnten. Dann schafften sie ihn ins Gefängnis und mich ins Krankenhaus. Ich hatte mehr Glück gehabt als Alpha. Er war tot. Ich lebte.

Zehntausend Dollar waren auf meinem Bankkonto eingetrudelt. Bis jetzt hatte ich noch keinen Cent davon ausgegeben. Was mich daran hinderte? Die siebzehn Stiche, mit denen mein Allerwertester genäht werden mußte. Wenn die Fäden gezogen waren, wollte ich mir etwas völlig Verrücktes gönnen, zum Beispiel übers Wochenende nach Martinique fliegen. Oder mir eine Tätowierung machen lassen. Oder mir die Haare rot färben.

Ich zuckte zusammen, als es an meiner Tür klopfte. Es war kurz vor sieben Uhr abends, und ich erwartete keinen Besuch. Vorsichtig humpelte ich in die Diele und sah durch den Spion. Ich schnappte vor Überraschung nach Luft. Es war Joe Morelli.

Er trug ein Sportjackett und Jeans, war glatt rasiert und kam anscheinend gerade vom Friseur. Mit einem selbstgefälligen Grinsen starrte er auf den Spion. Er wußte genau, daß ich ihn gesehen hatte und mir nun überlegte, ob es klug war, die Tür aufzumachen. Er winkte freundlich, und ich mußte daran denken, daß wir vor zwei Wochen schon einmal genauso voreinander gestanden hatten, nur mit vertauschten Rollen.

Ich schob die beiden Riegel zurück, ließ die Sicherheitskette aber noch hängen. Dann machte ich die Tür einen Spalt auf. »Ja?«

»Nimm die Kette ab«, sagte Morelli.

»Warum sollte ich?«

»Weil ich dir eine Pizza mitgebracht habe, und wenn ich sie hochkant durch die Ritze schiebe, rutscht der ganze Belag runter.«

»Eine Pizza von Pino?«

»Natürlich eine Pizza von Pino.«

Ich verlagerte mein Gewicht auf das andere Bein, um meine linke Seite zu schonen. »Warum bringst du mir eine Pizza?«

»Ich weiß nicht. Ich hatte einfach Lust dazu. Machst du nun die Tür auf oder nicht?«

»Ich habe mich noch nicht entschieden.«

Er lächelte fies. »Du hast doch nicht etwa Angst vor mir?«

»Also ... doch.«

Er lächelte immer noch. »Die solltest du auch haben. Du hast mich mit drei Leichen in einen Kühlwagen gesperrt. Früher oder später werde ich dir das heimzahlen.«

»Aber heute abend nicht mehr?«

»Nein«, sagte er. »Heute abend nicht mehr.«

Ich hakte die Sicherheitskette aus und ließ Morelli herein.

Er stellte die Pizza und den Sechserpack Bier in die Küche und drehte sich zu mir um. »Anscheinend bist du heute nicht sehr gut zu Fuß. Wie geht es dir?«

»Prima. Zum Glück hat Alphas Kugel fast nur Fett erwischt. Den meisten Schaden hat sie in der Dielenwand angerichtet.«

Sein Lächeln war verschwunden. »Und wie geht es dir wirklich?«

Ich weiß auch nicht, woran es liegt, aber irgendwie gelingt es Morelli immer, mir den letzten Rest an Selbstbeherrschung zu rauben. Selbst wenn ich auf der Hut bin und höllisch aufpasse, bringt er mich dazu, daß ich ihn in einem Moment am liebsten umbringen und im nächsten vernaschen möchte, oder daß ich zumindest an meinem Urteilsvermögen zweifle. Kurz gesagt, Morelli setzt jede Menge unerwünschter Emotionen in mir frei.

Nun sah er mich besorgt an, und um seinen Mund spielte ein ernsthafter Zug, den den beiläufigen Ton seiner Frage Lügen strafte.

Ich biß mir auf die Lippe, aber die Tränen kamen trotzdem und kullerten mir die Backen hinunter.

Morelli nahm mich in den Arm und hielt mich fest. Dann drückte er mir einen Kuß aufs Haar.

Wir blieben lange so stehen, und wenn ich nicht solche Schmerzen im Hintern gehabt hätte, wäre ich womöglich eingeschlafen, so tröstlich und friedlich war es, so geborgen fühlte ich mich in Morellis Armen.

»Wenn ich dir eine ernste Frage stelle«, murmelte Morelli in mein Ohr, »gibst du mir dann eine ehrliche Antwort?«

»Vielleicht.«

»Erinnerst du dich noch an damals, als wir in der Garage Eisenbahn gespielt haben?«

»Deutlich.«

»Und als wir in der Bäckerei zu Boden gingen . . .«

»Auch.«

»Warum hast du mitgemacht? Bin ich wirklich unwiderstehlich?«

Ich legte den Kopf in den Nacken, um ihn anzusehen. »Ich

glaube, es hatte eher etwas mit Neugier und Rebellion zu tun.« Von wild gewordenen Hormonen ganz zu schweigen.

»Dann gibst du also zu, daß es teilweise auch deine eigene Schuld war?«

»Natürlich.«

Nun lächelte er wieder. »Und wenn ich hier und jetzt in der Küche mit dir schlafen würde, würdest du dich dafür auch mitverantwortlich fühlen?«

»Mein Gott, Morelli. Ich habe siebzehn Stiche im Hintern!«

Er seufzte. »Meinst du, wir könnten nach all den Jahren doch noch Freunde werden?«

Was für eine Frage von einem Menschen, der meine Schlüssel in einen Müllcontainer geworfen hatte! »Möglich wäre es schon. Aber wir müßten keinen Vertrag schließen und ihn mit unserem Blut unterschreiben, oder?«

»Nein, aber wir könnten ihn mit einem Bierchen besiegeln.«

»Das wäre schon eher mein Fall.«

»Gut. Das hätten wir also geregelt. Dabei fällt mir ein, es kommt gleich ein Baseballspiel im Fernsehen, das ich mir gern ansehen würde. Und du hast meinen Fernseher.«

»Typisch Mann. Immer einen Hintergedanken im Kopf«, sagte ich und trug die Pizza ins Wohnzimmer.

Morelli kam mit dem Bier nach. »Wie schaffst du das eigentlich mit dem Sitzen?«

»Ich habe einen Gummiring. Wenn du auch nur den kleinsten Witz darüber reißt, betäube ich dich mit meinem K.-o.-Spray.«

Er zog sich die Jacke aus, schnallte das Revolverholster ab und hängte alles an die Schlafzimmerklinke. Dann machte er den Fernseher an und suchte den Sender. »Ich könnte dir noch das eine oder andere berichten«, sagte er. »Willst du es hören?«

»Vor einer halben Stunde hätte ich wahrscheinlich nein gesagt, aber mit einer Pizza schaffe ich alles.«

»Das liegt nicht an der Pizza, Schätzchen. Das liegt an meiner männlichen Ausstrahlung.«

Ich zog eine Augenbraue hoch.

Morelli ignorierte die Augenbraue. »Erstens, der Gerichtsmediziner meint, du hättest den Robin-Hood-Scharfschützenpreis verdient. Du hast Alpha fünfmal ins Herz getroffen, eine Kugel direkt neben der anderen. Was ziemlich beeindruckend ist, wenn man bedenkt, daß du dabei auch noch deine Tasche in Grund und Boden geschossen hast.«

Darauf gönnten wir uns beide erst mal einen Schluck Bier, weil wir nicht recht wußten, was wir davon halten sollten, daß ich einen Menschen erschossen hatte. Stolz schien fehl am Platz zu sein. Trauer paßte auch nicht recht. Mit Sicherheit gab es Bedauern.

»Meinst du, es hätte auch anders enden können?« fragte ich.

»Nein«, sagte Morelli. »Er hätte dich umgebracht, wenn du nicht schneller gewesen wärst.«

Damit hatte er recht. Jimmy Alpha hätte mich umgebracht. Daran bestand für mich nicht der leiseste Zweifel.

Morelli beugte sich vor, um sich den nächsten Wurf anzusehen. Howard Barker schlug den Ball ins Aus. »Mist«, sagte Morelli. Er wandte sich wieder mir zu. »Und nun zu der guten Nachricht. Ich hatte an dem Telegrafenmast neben deinem Parkplatz ein Aufnahmegerät installiert. Für den Notfall, wenn ich selbst nicht da war. So konnte ich das Band am Ende des Tages abhören und feststellen, ob ich irgendwas verpaßt hatte. Das verdammte Ding lief tatsächlich immer noch, als Jimmy dir seinen Besuch abgestattet hat. Es hat alles aufgezeichnet, das Gespräch, die Schießerei, einfach alles, klar und deutlich.«

»Super!«

»Manchmal bin ich so gut, daß es mir angst macht«, sagte Morelli.

»Immerhin gut genug, daß du nicht im Knast gelandet bist.«

Er nahm sich ein Stück Pizza. Auf dem Weg zum Mund verlor er ein paar Würfel grüne Paprika und Zwiebelringe, die er mit den Fingern wieder einsammelte. »Ich bin in allen Anklagepunkten freigesprochen worden und wieder in Amt und Würden. Das ausstehende Gehalt wird mir nachgezahlt. Die verschwundene Waffe lag mit Carmen in der Tonne. Sie war die ganze Zeit eingefroren gewesen, so daß die Fingerabdrücke noch bestens erhalten waren. Außerdem hat man im Labor Blutspuren darauf festgestellt. Auf die Analyse der DNA-Proben warten wir zwar zur Zeit noch, aber vorläufig scheinen die Tests darauf hinzudeuten, daß das Blut von Ziggy stammt, was bedeuten würde, daß Ziggy bewaffnet war, als ich ihn erschossen habe. Anscheinend hat seine Waffe blockiert, als er auf mich schießen wollte, genau, wie ich es mir gedacht hatte. Als Ziggy umkippte, fiel ihm die Waffe aus der Hand, und Louis hat sie aufgehoben und mitgenommen. Dann muß Louis beschlossen haben, sie sich vom Hals zu schaffen.«

Ich holte tief Luft und stellte ihm die Frage, die mir seit drei Tagen auf der Zunge brannte. »Was ist mit Ramirez?«

»Ramirez wird ohne Kaution festgehalten, mindestens bis zur Erstellung eines psychiatrischen Gutachtens. Seit du Alpha ausgeschaltet hast, haben sich einige glaubwürdige Frauen gemeldet, die als Zeuginnen gegen ihn aussagen werden.«

Ich war so erleichtert, daß es fast weh tat.

»Wie sehen deine Pläne für die Zukunft aus?« fragte Morelli. »Willst du weiter für Vinnie arbeiten?«

»Ich bin mir nicht sicher.« Ich biß in die Pizza. »Wahrscheinlich. Höchstwahrscheinlich sogar.«

»Eines muß ich unbedingt noch loswerden«, sagte Morelli. »Es tut mir leid, daß ich damals, als wir noch auf der High-School waren, das Gedicht über dich an die Stadionwand geschrieben habe.«

Mir blieb das Herz stehen. »An die Stadionwand?«

Schweigen.

Morelli bekam einen roten Kopf. »Ich dachte, das wüßtest du.«

»Ich wußte von Mario's Sub Shop!«

»Oh.«

»Soll das heißen, du hast ein Gedicht über mich an die Stadionwand geschrieben? Ein Gedicht, in dem es darum ging, was sich hinter der Vitrine mit den Liebesknochen abgespielt hat?«

»Würde es etwas nützen, wenn ich dir versicherte, daß es ein sehr schmeichelhaftes Gedicht war?«

Ich wollte ihm eine Ohrfeige geben, aber er war schon aufgesprungen und geflüchtet, bevor ich mich aus meinem Gummiring gehievt hatte.

»Das ist doch schon eine Ewigkeit her«, rief er, vor mir hertänzelnd. »Mensch, Stephanie. Sei nicht so sauer, das macht häßlich.«

»Du bist das letzte, Morelli. Das allerletzte.«

»Kann schon sein«, sagte Morelli. »Aber wenigstens bin ich ein sagenhafter . . . Pizzalieferant.«